위대한 그의 빛

심윤경
장편소설

위대한 그의 빛

문학동네

차 례

압구정동	7
대성리	46
뉴욕	69
밤섬	88
한강	118
녹두거리	144
성수동	171
올림픽대로	200
빛으로	245
작가의 말	263

압구정동

내가 사춘기를 넘기며 꽤나 투덜거리고 예민하게 굴던 시절에, 어머니는 이렇게 말했다.

"너는 이해하기 힘들겠지만, 사람이 하는 일에는 다 제 나름 이유가 있는 거다."

그때 나는 팔짝 뛰며 길고 격렬하게 반박했지만, 오랜 시간이 흐르면서 어머니의 그 말을 마치 원래부터 내 생각이었던 것처럼 여기게 되었다. 그런 식으로 어머니에게서 나에게로 이어진 것들이 많았다.

돌이켜보면 나야말로 어머니가 한 저 말씀에 가장 들어맞는 사람이었다. 어머니는 연달아 이해하기 힘든 선택들을 하는 나를 때로는 놀랍고 때로는 슬픈 눈으로 바라보았을 뿐 비난하거나 설교를 늘어놓지 않았다. 절레절레 고개를 저으며, 내가 어린 시절에 부렸던 몇 가지 말썽과 애독했던 몇 권의 책을 근거로, 어머니는 내가 늘 모험심이 많은 아이였다고 애처로운 결론을 내렸다. 그것은 일반적인 한국 어머니들에게 기대하기 힘든 정도에 이른 인내심이었다. 부모에게 큰 기쁨이 되어주었던 최고의 학벌과 전공을 아무 설명 없이 내팽개치고 제멋대로 미국으로 떠났을 때에도, 그곳에서 새로 시작한 공부나 일에 마음을 붙이지 못하고 이리저리 방황을 계속할 때에도 어쩌려고 그러느냐, 생각이 있느냐는 질문을 받지 않았다. 어머니를 향한 미안함과 그리움은 사람들에게 굳이 왜 그러느냐고 캐묻지 않고 이래라저래라 설교하지 않는 인내심으로 나의 내면에 조용히 퇴적되었다. 이해가 되지 않더라도 제 나름으로 이유가 있겠거니 생각하고 넘기는 내 멀건한 삶의 태도는 어머니를 닮은 묘한 인기로 보상받아서, 내 주변에는 언제나 사람들이 들끓었다. 그런 종류의 인복이 피로할 때도 있었지만 살아보니 결국 나에게 좋게 작용했다.

  그런 어머니가 갑작스럽게 돌아가셨을 때 나는 겨우 스물일곱 살이었고 뉴욕에 있었다. 이 년 뒤 아버지도 돌아가셨다. 부모님이 오랫동안 간절히 기다려왔던 지역주택조합 사업이 좌초되고 만 충격이 두 분의 이른 죽음에 직접적인 영향을 미쳤다. 나의 유년기 이래로 '재개발'이라는 단어는 항상 복잡한 뉘앙스를 품은 채 우리 가족의 식탁 위를 떠돌았던 것 같다. 대부분은 희망과 관련되었지만 당혹이나 갈등의 색채가 항상 섞여 있었다. 이런저런 이유로 재개발이 지연되면서 사업비가 천문학적으로 늘어났는데, 복잡한 소송을 거쳐 결국 조합은 시공사에게 사업권을 빼앗기고 말았다. 돌이켜보면 몰려오는 먹구름과 같은 재앙의 조짐이 수년 전부터 있었지만, 막상 그 일이 현실로 닥쳤을 때에는 청천벽력같이 느껴졌다. 조합원이었던 부모님이 평생에 걸쳐 쌓아온 자산의 상당 부분이 그 일로 공중분해되었다. 콧구멍을 새카맣게 하는 시멘트 공장의 분진이 내내 함께했을지언정 어린 시절의 행복과 미래에 대한 겁 없는 희망이 가득했던 성수동의 시간은 최악의 악몽으로 마무리되었다. 오빠 부부는 내 계좌에 몇 달 치 생활비 정도 송금하면서 아버지가 돌아가신 뒤 남은 재산이 거의 없고 엄청난 소송비를 감당해야 하므로 내 몫은 이것뿐이라고 했는데, 그것은 아무리 생각해도 터무니없는 배분이었던 터라 그 과정에서 남매 사이의 신뢰도 완전히 바닥나버렸다.

  나는 다니던 아트스쿨 예술경영 과정을 마치지 못했다. 부모의 경제적 지원 없이 졸업하기에는 학비가 지나치게 비쌌고 사실 그쪽 적성도 아니라고 느끼던 참이었다. 미국에 가기 전 한국에서는 경영학과에 다니다 중퇴했으니 기업경영이든 예술경영이든 결국 모두 나의 기질과는 맞지 않는 것으로 밝혀진 셈이었다. 경영이란 결국 돈과 사람을 움직이는 일이었는데, 내 성격이란 것이 그런 일을 즐기는 쪽이 아니었다. 나는 그냥 내 몸을 움직이고 남들이야 어쨌든 상관하지 말자는 식으로 살았고 그 방식이 나에게 맞는다는 걸 거듭 깨달았다. 마음이 통하는 사람을 만나 꽤 길고 위로가 되는 관계를 유지하기도 했고 결혼에 이른 적도 두 번이나 있었지만 삶이 주는 긴장과 고난을 모두 극복할 만큼 굳건한 사랑은 아니었다.

우리집은 큰 부자는 아니었지만 유복함의 경계를 벗어난 적도 없었고 나도 그렇게 적당히 연약하게 자랐다. 유산 문제도 오빠가 생각하기에는 공정한 분배였을지 모른다. 하지만 내가 겪은 박탈과 배신은 절대적으로, 그 무엇과 비교할 수 없이 고통스러웠다. 십여 년간 완전한 단절의 시간을 보낸 뒤 오빠는 드문드문 건강을 묻는 메시지를 보내어 혈육의 정을 이어가기를 원한다는 의중을 전하기 시작했다. 재산은 다 그쪽이 가지고 오누이의 정만을 함께 나누고 싶어하는 그런 방식에 동의하지 않았으므로 나는 답을 하지 않았다.

다니던 학교를 그만두고 혼란의 와중에 임시방편으로 친구가 일하던 작은 펍에서 일을 돕기 시작했는데, 그 일밖에는 대안이 없어서 그랬는지 그냥 그쪽으로 쭉 이어졌다. 솔직하게 말하자면 서비스업 쪽이 내 기질에 잘 맞았다. 좋은 일도 많았고 행복하다거나 성공했다거나 안정되었다는 느낌에 다

다른 순간까지 있었지만, 종종 청천벽력 같은 놀람과 배신감 속에 높은 곳에서 줄 없이 뚝 떨어지는 꿈을 꾸곤 했는데 그 장면의 배경은 항상 어둠 속의 뉴욕, 내가 살았던 롱아일랜드 시티의 콘도에서 보이는 맨해튼의 야경이었다. 실제 내가 살던 집의 창문에서는 맨해튼이 한 뼘도 보이지 않았고 보이는 것이라고는 좁게 다가선 옆 건물의 벽돌담이 전부였지만 꿈속에서는 항상 유엔 센터와 크라이슬러 빌딩과 그 모든 상징적인 맨해튼의 실루엣이 선명했다. 그 빛나는 스카이라인에 둘러싸인 채 나는 천천히 떨어졌다. 내가 디디고 선 바닥이 어느 날 예고 없이 사라질 수 있고, 그때 곁에 있던 사람들이 망설임 없이 내 손을 놓아버릴 것이라는 불안은 내 정서의 가장 깊은 심연에 자리잡고 그런 식으로 불쑥불쑥 존재감을 드러내곤 했다.

나의 미국 체류 기간은 크게 세 구간으로 나누어볼 수 있다. 부모님이 돌아가시고 학교를 그만두면서 폭풍우처럼 우왕좌왕했던 혼돈의 초기 오 년이 지난 뒤 다음 오 년 동안은 어느 정도 생활은 안정되었으나 돌파구를 찾을 수 없는 기분으로 레스토랑과 펍에서 일하며 그만그만 지냈다. 그러던 어느 여름 친구들과 이스트햄프턴에 놀러갔다가 새로운 국면을 맞이했다. 하루종일 수영을 하고 호젓하게 낡아가는 작은 와이너리에서 와인잔을 기울이다가, 그곳에서 생산되는 보르도 스타일 와인의 맛이 훌륭해서 깜짝 놀랐다. 그 와이너리의 주인은 함께 놀러간 친구의 이모부였는데, 우리를 환대하며 근사한 바비큐를 해주었으나 가족의 이름을 딴 셰퍼즈 와이너리가 시끌시끌한 관광지가 되거나 인기 있는 와인 생산지로 이름이 알려지는 식의 미래에는 별다른 관심을 보이지 않았다. 그의 시큰둥한 태도와는 반대로 나는 알 수 없는 열정에 불타올랐고, 내가 일하던 이탈리안 레스토랑의 와인 리스트에 'Wines of New York'이라는 페이지를 새로 만들고 셰퍼즈 와이너리의 카베르네소비뇽과 스파클링와인을 소개하는 데에 열을 올리기 시작했다. 지긋지긋한 물가에 질린 뉴욕 사람들도, 뉴욕의 모든 것을 맛보고 싶어하는 관광객들도 셰퍼드 씨의 와인을 좋아했다. 나는 그동안 일해왔던 레스토랑의 인맥을 동원해 셰퍼즈 와이너리의 와인들을 납품하는 공급선을 뚫었고, 이후 십 년 정도 셰퍼즈 농장과 이웃한 몇몇 와이너리의 와인 마케터로 일했다.

조지프 셰퍼드 씨가 세상을 떠나자 줄곧 파리에서 살았던 그의 아들 레너드는 1976년부터 이어져온 가족의 와이너리를 매각하기로 결정했다. 배가 나오고 콧망울과 광대뼈가 모두 동글동글해서 크리스마스 때마다 산타 분장을 단골로 맡았던 조지프 씨는 그의 유일한 아들과 원만하게 지내지 못했으므로 서글프지만 어느 정도 예상할 수 있었던 결말이었다. 조지프

씨는 생전에 암시했던 대로 나에게 어느 정도의 지분을 남겼고 나는 그 지분을 그의 아들에게 다시 넘김으로써 셰퍼즈 와 이너리와의 관계를 모두 정리했다. 내 수중에 남게 된 얼마간의 돈을 보자, 문득 롱아일랜드와 맨해튼을 오가며 살았던 지난 이십여 년의 시간을 이제 마무리할 때가 되었다고 느꼈다.

마침내 서울 땅을 다시 밟았을 때, 이제는 그동안 나에게 일어난 모든 일들을 그저 그랬던 것이라고 받아들일 수 있게 되었다. 그렇다고 내가 귀국한 뒤로 좀더 주기가 짧아진 오빠의 문자가 불쾌하지 않게 되었다는 뜻은 아니다. 과거의 일을 반추하고 그것이 몰고 온 상실들을 곱씹는 데에 많은 감정을 쓰지 않게 되었다는 뜻이다.

삶이라는 게 그런 것 같다. 살면서 나에게 가장 상처를 준 것들은 내가 그것들과 가장 오래 부대끼며 가까이 살았다는 뜻이기도 했다. 성수동 시절도 뉴욕 시절도 모두 잊고 새출발을 하고 싶었지만 막상 귀국해보니 내 발걸음을 이끄는 곳은 성수동이었고 그곳은 서울에서 손꼽히는 명소가 되어 있었다. 내가 어린 시절을 보낸 동네에는 이제 한강을 앞마당처럼 거느린 초고층 주거 시설 T타워가 들어서 있었는데, T타워 바로 옆에 붙어 있는 상업용 단독주택 임대를 지인이 꽤 좋은 조건으로 주선해주었다.

주택은 어느 기업체 소유였는데, 법인격치고는 취향이 섬세

해 반드시 품격 있는 와인바를 운영할 임차인을 원한다고 했다. 나는 지난 이십여 년간 맨해튼 요식업계에서 일한 경력과 셰퍼즈 와이너리의 총괄 마케터 이력을 어필해 임대계약을 성사시켰다.

"규아씨 정말 운좋은 거야. 누구나 눈독들이는 자리였다고. 이 근처에서 이런 조건은 꿈도 꿀 수 없는데."

거래를 주선한 공인중개사 김선희씨는 내 고등학교 동창의 시누이였는데, 공치사가 많은 편이었다. 하지만 내가 행운을 차지한 것은 어느 정도 인정할 만한 사실이었다.

봄과 가을에는 야외 테이블을 서너 개쯤 놓을 수 있는 아늑한 마당이 있고 담쟁이덩굴로 덮인 낡은 이층 주택은 뉴욕 감성을 살린 와인바 말고 다른 용도를 떠올릴 수 없을 만한 공간이었다. 그곳을 나는 꽤 잘 꾸몄다고 생각한다. 인테리어 마감 작업의 상당 부분을 직접 했는데, 처음에는 비용을 줄이려는 목적이었지만 원하는 디테일을 살리려면 내 손으로 하는 수밖에 없다는 것을 곧 알게 되었다. 이태원과 논현동과 방산시장을 누비며 가격을 흥정하고 물건들을 실어나른 시간들은 다시 만난 서울과 빠른 시간에 정서적 결속을 체결하는 효과도 선물로 주었다.

"서울숲역, 어디로 가야 합니까?"

어떤 사람이 막막한 얼굴로 내게 길을 물었을 때 그 순간 내 머릿속에 떠오른 것은 어린 시절 시멘트 공장을 드나드는 큰 차를 조심하라고 엄마가 늘 주의를 주던 큰길과 십 킬로그램짜리 에폭시 퍼티를 들고 요 며칠 숨넘어가게 조급한 심정으로 드나들었던 와인바 앞 진입로가 반반쯤 뒤섞인 어떤 이미지였다. 나는 이곳의 옛 모습을 기억하는 토박이이면서 아직 이곳이 낯선 신참이었고, 어쨌거나 지하철역으로 가는 길을 가르쳐줄 만큼은 아는 동네 사람이었다.

결국 나는 내가 어떻게든 떠나고 싶어했던 성수동과 뉴욕을 얼기설기 엮어서 둥지 같은 것을 만들고 그 안에서 숨쉬며 살게 되었는데, 그런 삶이 그리 불쾌하지도 않았다. 이제 나는 이 모든 일들에 그저 아이러니 이상의 의미를 부여하지 않고, 성수동에서 뉴욕 스타일 와인바 '킹스포인트'를 운영하는 자영업자의 삶에 순응했다.

킹스포인트는 오후 다섯시 반에 영업을 시작해 열두시 반쯤 문을 닫았다. 손님이 없는 날이면 좀더 일찍 닫기도 했지만 밤이 깊을수록 호젓한 분위기가 무르익어 단골들은 새벽이 깊도록 머물기도 했다. 그럴 때면 나는 직원들을 모두 퇴근시키고 반쯤은 나도 손님이 된 마음으로 그들의 이완된 기분에 동참했다. 마지막 손님을 보내고 청소를 마치고 나면 나는 혼자 남아 그곳의 심야를 조금 즐기는 시간을 가졌다. 물론 그건 즐긴다고 할 만한 상태가 아닐지도 모른다. 지칠 대로 지쳐서 꾸벅 꾸벅 졸기 일쑤였다.

  가장 편안한 소파에 비스듬히 누워 담요를 두르고 와인글라스를 손가락 사이에 끼우고 있다보면 졸음으로 흐려진 시야에 검은 강물이 흐르고, 강 건너편 아파트들도 그 무렵이면 거의 잠들었다. 그래도 그 시각까지 잠들지 않고 가물거리는 불빛들이 언제나 몇 개는 있었는데, 그중 하나는 독특한 초록색이라 눈에 띄었다. 강변을 따라 이어지는 흐린 구름 같은 아파트 단지의 중심부에서 혼자 다른 색깔로 반짝이는 그 불빛은 아무래도 시선을 끌었다. 초록빛으로 빛나는 창문을 보면서 나는 오래전 과학 기사에서 본 초록색 마녀머리성운이라는 예쁜 이름을 떠올렸다.

  바로 옆 T타워는 위용을 보이기 위해 밤새 조명을 켰다. 꼭대기 층을 둥글게 감싸며 시작되어 빌딩의 하부까지 내려오는 조명 때문에 T타워는 빛으로 된 웨딩 베일을 쓴 것처럼 보였다. T타워 때문에 밤이 되어도 충분히 어두워지지 않는 것이 좀 불만인 한편 안심이 되기도 했다. 그 건물을 짓는 과정에 벌어졌던 탐욕의 소용돌이와 그 틈바구니에 으스러지고 만 부모님이 떠오르기도 했지만 이제는 다 지난 일이었다. 그곳 거주자들이 나의 주요 고객이기도 했으므로 크게 꼬인 감정이 되지 않으려 노력했다.

  희미하게 보이는 강 건너편의 풍경은 내 어린 시절로부터도 크게 달라진 것 없이, 강변을 달리는 올림픽대로의 차량들과 H아파트 단지의 야트막하고 밋밋한 외곽선뿐이었다. 돌이켜보면 한평생 나의 거주지는 강폭만큼 좁아진 바다를 사이에 두고 맨해튼의 스카이라인을 마주하던 롱아일랜드시티 아니면 한강 건너 압구정동을 바라보는 이곳 성수동으로 요약되었는데 그 시선만을 생각한다면 나는 이 세상에서 가장 간절하게 부富를 해바라기하는 사람이라고 할 만했다. 누군가 그렇게 지적했다면 불쾌했겠지만 내 마음속에서 스스로 떠오른 생각이라서 조금 공교롭게 일관된 유사성이라고 혼자 우스워했다. 그런 식으로 지친 입술에 와인 몇 모금을 축이며 졸다 깨다 하다가 삼십 분쯤 지나면 정신을 수습해 내가 사는 투룸 오피스텔로 걸어갔다.

그러던 어느 날, 늦은 봄에서 초여름으로 접어들 무렵, 나는 문자에 적힌 주소를 계속 확인하며 강 건너편에 보이는 압구정동 H아파트를 찾아갔다. 단순한 디귿자 길이라서 길을 잃을 일이 없었는데도 습관적으로 문자를 자꾸 보았던 것은 내가 긴장했다는 뜻이었을 것이다. 한낮에는 꽤 더울 거라고 생각했는데 의외로 강바람이 서늘해서 놀랐다. 지하철 딱 한 정거장이면 곧바로 연결되는 여건이었지만 연지네 집에 초대받자마자 거의 즉시 걸어서 강을 건너가야겠다는 생각을 했는데, 그건 한강을 사이에 두고 남과 북의 강가에 사는 서울 사람이 즐길 법한 흥미로운 산책형 모험일 것 같아서였다. 와인 한 병을 챙겨들고 강변길을 따라 걷기 시작했을 때는 기분이 좋았는데 성수대교를 건너기 시작하자 갑자기 섬뜩해진 것은 찬바람의 영향만은 아니었다. 나 말고도 걷거나 자전거를 타고 다리를 건너는 사람들이 드문드문 있었지만 크게 위로가 되지는 않았다. 나는 다리가 떨리는 것을 깨달았다. 다리가 떨린다. 나는 계속 생각했다. 성수대교가 떨리고 있다. 내 다리도 무서워 떨렸다. 재미있는 말장난은 아니었다. 자동차가 지나갈 때마다 출렁이는 다리의 진동은 후들거리는 내 다리와 공명하여 더욱 증폭되었다. 나는 최대한 빨리 다리를 벗어나고 싶었다.

압구정 토끼굴에 이르자 굴다리에 설치된 반사경에는 강바람에 쑥대머리가 된 내 모습이 비쳤다. 서늘하다고 생각하며 왔는데 얼굴에 땀이 번들했다. 애초부터 차림새에 크게 신경 썼던 것은 아니지만 초대받은 이의 모양으로는 적절하지 않은 꼴이 되고 말았다. 특히 연지의 집에 가는 모양새로는. 어릴 때 단짝처럼 지냈던 동갑내기 사촌의 집이지만 마냥 반갑기만 한 초대는 아니었다. 우리 사이에는 서로 사랑할 수밖에 없는 많은 점이 있는 한편, 마음이 편할 수 없는 어떤 점들도 있었다.

프랑스 인형처럼 예쁜 연지가 모든 친척들의 무릎을 오가며 사랑받는 동안 나는 뻘쭘한 기분으로 배꼽 근처에 코 빠진 자국이 선명한 손뜨개 스웨터를 내려다보곤 했다. 그 당시 유행했던 뜨개질에 잠시 빠진 엄마가 직접 떠준 옷이었지만 소공녀같이 아름다운 연지의 드레스 앞에서는 그저 우스꽝스러워 보였다. 학창시절에 나는 성적이 좋은 아이로 칭찬을 받았지만 도자기 같은 피부에 뾰루지 하나 올라오지 않는 연지 앞에서는 언제나 시골뜨기가 되는 기분이었다. 같은 해에 대학 입시를 치르고 서울대 경영학과에 합격했을 때 나는 잠시 연지를 앞질러 관심의 중심이 되었다. 연지도 명문 사립 여대에 합격했지만 서울대의 영예에 가려 연지의 합격은 그리 빛나지 않았다. 내가 연지의 그늘에서 잠시 벗어났다고 느꼈던 유일한 시기였다. 지금 와서 생각해보면 연지도 나 때문에 비슷한 스트레스를 받았을지도 모른다. 어쨌거나 복잡한 감정들이 뒤섞인 가운데 우리는 동갑내기 사촌으로 무척 친했다. 내가 한국을 떠난 뒤에야 친족 평판의 굴레에서 벗어날 수 있었다.

성수동에서 압구정까지 이어진 강변길에서는 여러 생각이 갈마들어 마음이 복잡했는데 토끼굴을 지나 H아파트 단지의 햇빛이 이마에 떨어지자 옛 기억들이 한꺼번에 몰려와 다른 생각들을 모두 잊었다. H아파트는 어린 시절 명절이나 가족모임이 있을 때면 택시를 타고 외삼촌 댁으로 찾아갔던 그때 그 모습에서 거의 변하지 않았다. 아파트의 페인트칠이 바뀐 것을 제외하고는 놀랍도록 옛 모습이 많이 남아 있었다. 연지는 결혼한 뒤로도 어린 시절 자랐던 압구정동을 떠나지 않고 계속 살고 있었다.

어두컴컴한 복도에서 초인종을 누르자 연지는 문을 열더니 팔을 벌려 나를 꽉 껴안았다. 짧은 순간에 나는 어린 시절에도 우리가 이렇게 종종 포옹하고 동동거렸던 것, 그럴 때 엄마와 외삼촌이 우리를 보며 큰 소리로 웃었던 것, 나는 땀투성이인데 연지는 서늘하고 향기로운 것, 나를 향해 내밀고 또 접히는 팔의 궤적이 무용수의 그것처럼 느리고 우아한 것 등의 감각과 기억을 동시에 떠올렸다.

"나 눈물났어. 규아야, 나 진짜로 지금 눈물났다고!"

내 목을 껴안은 팔을 풀지 않고 동동거리며 연지는 속삭였는데, 아기 같은 피부에서 한 점 찾을 수 없는 습기가 그 목소리에 가득했다.

"광채는?"

"화장실 갔나보지. 꼭 이럴 때 뜸들여. 자기가 주인공같이 마지막에 나오려고. 웃기지 않니?"

연지가 입을 삐죽거렸다.

광채가 잠시 화장실에 머물러주어서 단 일 분이라도 연지와 둘이 먼저 만나게 된 것이 기뻤다. 덕분에 우리는 아이들처럼 껴안고 팔짝팔짝 뛰고 얼굴을 부비며 거리낌없이 이십여 년

만의 만남을 기념할 수 있었는데, 광채가 보는 앞에서 그렇게 하기는 힘들었을 것이다. 아니나다를까 광채는 안방에서 나오더니 우리를 보고 고개를 절레절레 저으며 혀를 쯧쯧 찼는데, 그에게는 예전부터 아무것도 아닌 일로도 사람을 바보처럼 느끼게 하는 면이 있었다.

"오랜만이야. 전에 우리집 와본 적 있던가?"

나는 그들의 결혼식에 참석하지 못했다. 내가 대학을 중퇴하고 유학을 떠나기 전까지 이광채와 나는 경영학과 동기였다. 이광채, 이규아, 가나다순으로 정해지는 출석 번호마저 가까워서 같은 조에서 수업을 함께 들을 때가 많았다. 하지만 그를 마음 편한 친구로 생각해본 적은 한 번도 없었다. 나뿐만 아니라 동기들 대부분에게, 이광채는 어느 정도 가까이하기 어려운 인물이었다고 생각한다. 그 시절의 문화로는 보기 드물게 그는 헬스장에서 근육을 만드는 취미에 열을 올렸다. 원래부터 근육이 잘 붙는 체질이었을 텐데, 요새 유행처럼 보기 좋게 잔근육을 다듬는 것을 넘어서 지나치게 거대해져버렸다. 그에게 상속된 거대한 부와 짐승 같은 근육, 지나치게 자신감에 가득차 목소리를 낮출 줄 모르는 태도 같은 것들 때문에 그의 주변에는 똑같이 부유하고 우쭐거리는 한 줌의 무리들만 남았다. 나도 가끔 그 무리에 끼어 놀았던 터라서—여학생 비율이 매우 낮아서 나는 어디서나 환영받는 편이었다—목청

높여 비판하기는 어렵지만 아무튼 그랬다고 말할 수밖에 없다. 유연지가 이광채와 결혼한다는 소식을 처음 들었을 때 나는 그것이 아주 뜻밖이면서도 다시 생각하면 꽤나 그럴듯하다고 여기기도 했다.

"너희 결혼식엔 못 갔었고, 결혼하고 일 년쯤 뒤에 한 번 온 적이 있었어. 그때도 이 집이었던 것 같은데?"

"응. 신혼 때부터 여기 살았지."

그들의 신혼집에 방문했던 옛 기억은 희미하다. 그때도 압구정동은 부촌이었고, 신혼부부 두 사람만 살기에는 너무 휑할 만큼 집이 컸다는 느낌 말고는 거의 떠오르는 것이 없다.

"삼 년 전에 리모델링을 싹 해서 아주 새집이 되었어. 한번 보라고. 어때?"

집을 한 바퀴 죽 둘러보라는 뜻으로 들어올려진 광채의 굵은 팔뚝에는 자부심이 어려 있었다. 오십 년 가까이 된 낡은 집이었지만 연지 부부의 집은 전면 리모델링을 해서 조명이 껌벅거리던 엘리베이터나 어두컴컴한 복도와는 전혀 다르게 고급 호텔 같은 분위기를 풍겼다.

연지의 집은 북쪽에 한강이 흐르는 지리적 여건을 고려해 생활공간을 보통 아파트와는 다르게 배치한 듯했다. 거실에서는 창밖으로 주차장 말고 별다른 흥미로운 게 보이지 않았으므로 그곳은 그저 소파에 앉아 티브이를 보는 공간으로 역할을 축소

했고 손님이 오거나 가족이 모이는 행사는 한강이 보이는 북향 창가를 중심으로 이루어지도록 배치했다.

원래 주방이었을 위치에 메인 테이블을 놓아, 마치 사진 액자처럼 커다란 정사각형 북향 창틀에 담긴 한강을 바라보며 식사를 할 수 있었다. 집안에서 한강을 사적으로 누리는 특권을 강조하기 위한 것인 듯 테이블 중앙에는 샹들리에가 매달려 있었는데, 반짝이는 투명 크리스털의 절반가량은 초록색이었다. 그러니까 킹스포인트의 테라스에서 바라보았던 가물거리는 마녀머리성운은 바로 연지의 집이었던 거였다. 샹들리에는 분명 어느 유명한 디자이너의 엄청나게 비싼 작품이었겠지만 한강보다도 샹들리에가 시선을 빼앗는 느낌이라서 결코 좋은 선택이라고 할 수는 없었다. 그게 연지의 취향이라고는 도저히 생각할 수 없어서, 우리집이랑 바로 맞은편이었네, 이 초록색 불빛을 보았어, 그렇게만 말했다. 연지가 피곤한 목소리로 중얼거렸다.

"난 몰라. 발리에 가 있었으니까. 자기들끼리 다 알아서 한 거야. 돌아와보니 저렇게…… 저렇게 해놓았더라고."

그랬겠지. 수첩 가득 빼곡하게 그려넣은 도면을 이리저리 뒤적이며 조명과 콘센트 이설이 애초 설명한 바와 다르다는 문제로 배선업자와 싸워대거나 하는 날들을 너는 겪지 않았겠지. 그런 피곤하고 복잡한 일들을 생각하는 건 너의 피부에 도움이 되지 않을 테니까. 일랑일랑 꽃다발을 늘어뜨린 발리의 리조트에서 스파를 받는 동안 너의 마음에 들지 않는 샹들리에가 설치된 것이었겠고…… 그것이 어쩌면 연지의 인생일 것이라고 생각했다.

광채의 관심사는 어느새 인테리어에서 세금으로 넘어가 있었다.

"그때 다행히 부모님이 증여를 해주셨으니까…… 그때는 세율이…… 도둑놈들, 지들이 뭐라고…… 다 포퓰리즘……"

이광채가 지금 하고 있는 소리는 예전에도 거의 비슷하게 들었던 것 같기도 했다.

나는 선물로 들고 온 와인을 내밀었다. 광채는 레이블을 쓱 보고서 "모르는 건데"라고 했다. 늘 그렇듯이 거슬리는 데가 있었다.

"너희하고 잘 어울릴 것 같아서 골라봤어."

그제야 이광채는 미간을 찌푸리고 와인을 들여다보았다.

"주세페 퀸타렐리 아마로네? 이건 보르도 2급쯤 되는 건가?"

연지는 광채의 손에서 와인을 빼앗았다.

"그러지 좀 마. 촌놈같이."

광채가 발끈했다.

"촌놈이란 소리 하지 말랬지. 농담이라도 기분 나쁘게."

"촌놈."

광채의 성질을 긁는 데에 쉽게 성공한 연지는 고풍스러운 레이블이 살짝 보이도록 붉은 냅킨으로 와인을 솜씨 있게 감아서 라넌큘러스가 탐스럽게 고개를 숙이고 있는 센터피스 곁에 세웠다.

"예쁘다. 난 와인은 전혀 모르지만. 늘 이곳에 있었던 것처럼, 아니 영원히 이곳을 기다려왔던 것처럼 보이지 않아?"

늙은 수도사가 손글씨로 쓴 것 같은 주세페 퀸타렐리 레이블을 나는 언제나 좋아했고 연지가 알아봐주어서 기뻤다. 촌놈이라는 소리에 얼굴이 붉어진 광채가 투박한 손길로 와인글라스를 놓는 모습을 보며 나는 연지와 광채의 결혼생활이 어느새 이십오 년에 이른 것을 상기했다. 그 긴 시간 속에는 내가 알 수 없는 부분이 많이 있을 것이다.

"와인을 열어. 오랜만에 만났는데, 축배를 들어야지."

하지만 광채는 시계를 한번 흘끗 보고서, 올 때가 거의 다 된 것 같다고 했다.

"민프로 오라고 했어."

"민프로?"

연지가 샐러드를 뜨려던 집게를 내려놓고 남편을 쏘아보았다.

"걔를 왜 불러? 이 자리에?"

"뭐가 어때서? 인사하고 지내면 좋잖아?"

"우리가 규아 만나는 게 얼마나 오랜만인데!"

"뭘 그리 예민해? 규아는 앞으로 맨날 보면 되지."

"민프로야말로 맨날 보는 애잖아! 걔는 왜 낄 데 빠질 데를 몰라? 난 정말 싫어. 아무나 꽁무니를 졸졸 따라다니고!"

광채는 드디어 찬스를 얻었다고 생각했다.

"꽁무니? 무슨 말이 그래? 당신이야말로 촌년이야?"

득의만만한 광채를 보면서, 연지는 숨이 막힌다는 듯 목덜미에 손을 얹었다.

"세상에, 누가 아내에게 그런 식으로 말을 해? 정말이지……"

"아까 당신은 나한테 뭐라고 했더라?"

거의 삼십 년에 가까운 세월이 놀랍도록 빠른 속도로 되감기면서, 나는 아무리 시간이 흘러도 변하지 않는 것들이 있다는 것을 실감했다. 광채의 이런 점들, 오래 쌓인 부와 최고의 학벌과 한 조각에 몇천 달러짜리 명품 옷 그 무엇을 동원해도 도저히 연출되지 않는 어떤 섬세한 감각의 결핍, 그런 것들 때문에 웃으며 숨이 막혔던 오래된 기분이 있었다. 아마도 광채는 연지와 결혼하면 그에게 부족한 이런 부분을 보완하는 역할을 해주리라고 기대했겠지만 연지는 돈과 학벌과 명품 옷에 이어서 네번째로 패배하고 있는 중이었다.

"규아야 이리 와. 나랑 놀자. 저 남자는 신경쓰지 말고."

연지는 폭발 게이지의 붉은 선을 두드리는 분노를 애써 가라앉힌 다음 다시 한번 내 어깨에 팔을 두르고 끌어당겼다. 내 볼에 뽀뽀를 하는 것에 그치지 않고 나를 꼭 껴안은 채 오랫동안 내 목덜미에 얼굴을 파묻고 있었다. 그들 부부의 껄끄러운 대화 속에서 야무지게 나를 여민 그녀의 팔뚝은 오랫동안 쌓인 그리움이나 친밀했던 어린 시절의 기억 같은 것들과 함께 어떤 간절함, 무언가에 필사적으로 매달리려 하는 그녀의 어떤 결핍을 말없이 보여주었다. 광채는 못마땅한 기색으로나마 그쯤에서 피식 웃었는데, 그것이 그들 사이에 위태롭게 남은 마지막 정지선인 것 같았다.

"고모부 돌아가신 다음엔 우리 한 번도 못 본 것 같아, 그렇지?"

나는 슬며시 웃음으로 넘겼다. 아버지가 돌아가신 뒤로 연지를 한 번도 만나지 못한 데에는 아마 내 쪽의 책임이 있을 것 같았다. 물리적 거리 때문에 만나지 못한 것은 아니었다. 연지는 두어 번 이메일을 보내 관광이든 사업이든 부부가 함께 뉴욕을 방문할 일정이 있음을 넌지시 알렸는데 그때마다 나는 곤혹스러웠다. 우리는 언젠가 다시 만날 테지만 지금은 아니라는 뜻을 구차하지 않게 전달할 방법이 없을까? 무슨 말을 해야 할지 한참 고민하다가 나는 결국 그녀의 메일 맨 윗부분에 달랑 하트 하나만을 얹은 채 답장 보내기 버튼을 눌러버렸다. 연지는 더이상 채근하지 않았다. 그러니까 그동안 우리가 만나지 않은 건 내 쪽의 문제였다.

뉴욕에서 나는 접시닦이도 사업가도 아니게, 루저도 위너도 아니게, 그 중간 어디쯤에서 그만그만하게 살았다. 하지만 연지 부부를 만나 마주앉는 순간 실제 이상으로 나 자신을 비하하게 될 것 같다는 예감이 들었고, 연지는 말없이 그런 내 입장을 이해해준 셈이었다. 그리고 오늘 이렇게 그들을 만나고 보니 내 예감이 아주 틀린 것은 아니었다. 어쨌거나 우리는 이렇게 다시 만났고 우리는 여전히 연지와 규아다.

연지와 광채의 대화가 내내 커버글라스처럼 날카롭고 위태로워, 이십대 후반으로 보이는 말쑥하고 싹싹한 남자가 집에 도착했을 때 나는 오히려 안도감을 느꼈다.

"처음 뵙겠습니다. 앞으로도 종종 뵙게 되겠죠?"

그 남자가 내민 명함에는 서울 근교에 있는 골프장 이름과 민경훈이라는 이름이 적혀 있었는데, 아마 광채의 골프 파트너인 동시에 부족한 사회성 부분을 보완하는 역할도 맡고 있는 것 같았다.

"태환이는?"

"해운대에 있다고 하던데요. 내일모레 푸껫에 가기로 했어요."

"누구랑?"

"대성이, 윤수, 뭐뭐…… 다 아시잖아요."

"걔네들이랑 그만 붙어다니면 좋을 텐데."

"당신은 싫어하지만 다 똑똑하고 좋은 집안 애들이야. 사회생활이라고. 이번에 대성이가 골프 마스터 패키지를 홈쇼핑에 올려서 잘되었던데, 그 집안은 사업 수완이 있어."

"썩 좋은 아이는 아니야. 어릴 때부터도……"

연지와 광채는 아들의 친구들에 대해서도 의견 차이가 있었다. 민경훈은 나이로는 사십대 후반의 우리나, 이제 이십대 초반일 연지의 아들 중 어느 쪽에도 속하지 않았는데, 오히려 그 덕분에 어렵지 않게 이쪽저쪽을 오가며 그때그때 메신저 역할을 하는 모양이었다. 연지가 경훈을 아무 꽁무니나 따라다니는 인물이라고 혹평하고 오늘 그를 부른 것에 화를 낸 것이 어느 정도 이해가 갔지만, 그가 온 뒤로 분위기는 확실히 부드러워졌다.

우리는 함께 테이블에 앉았다. 집의 본래 향과 반대이긴 했으나 틀림없이 아름다운 한강이었다. 나는 풍경에 감탄하며 예의에 합당한 찬사를 보냈다. 민경훈이 내 명함을 보고 또한 예의에 합당한 언급을 했다.

"성수동? 요새 최고 핫플이잖아요."

"바로 저 건너편이에요. 잘 보면 보일 텐데."

네모난 창틀의 한가운데에, 저녁 햇살을 받아 불그레하게 달아오른 T타워가 서 있었다. 나는 킹스포인트가 T타워 바로 옆에 있다고 설명했다. 경훈이 휴대폰으로 사진을 찍어서 줌으로 확대해 보여주는 등 중년을 위한 노력을 기울였지만 야트막한 킹스포인트는 나무 그늘에 가려 잘 보이지 않았다. 우리는 잠시 말없이 T타워를 바라보았다.

"성수동. 한강 코앞에, 서울숲 가깝고 입지가 최고죠. T타워에 유명한 사람들도 많이 살걸요."

"유명한 사람들? 누구?"

"사업가나 연예인들이겠죠. BTS 아세요? 거기 멤버 누군가 산다고 하던데요."

"어머 BTS가 저기 살아? 그럼 멤버들이 너희 바에 온 적도 있어?"

은근히 기대해보지 않은 것은 아니었지만, 안타깝게도 BTS 멤버들이 방문하는 행운은 찾아오지 않았다. BTS 정도가 아니고서는 웬만한 유명인사라고 해도 오랫동안 한국을 떠나 있었고 대중문화에 밝지도 않은 내가 알 만한 사람이 없었다. 몇몇 괜찮은 단골 고객들도 생겼지만 지금까지 우리 매장을 찾아온 사람들은 주로 면바지에 버켄스탁 정도의 편한 차림새라서 그런 대단한 인물들로 보이지는 않았다. 그리고 그들이 대단한 사람이건 아니건 나는 똑같이 성의껏 그들을 대했다. 그런 담담한 친절이 내가 사람을 대하는 주특기였고 내 와인바가 짧은 시간 안에 얻어낸 좋은 평판의 핵심이기도 했다.

"BTS? 걔들도 별거 아니네. 저까짓 거 몇 푼 한다고."

광채는 T타워를 향해 코웃음을 쳤다.

"저거 정말로 몇 푼 안 해. 들어가보면 코딱지만하다니까. 얼치기들이나 저런 데 살지."

T타워를 그렇게 말하는 사람은 처음 보았다.

"그래, BTS도 당신처럼 뼈대 있게 여기 살아야지. 당신이랑 나이가 똑같은 압구정동 아파트에."

그렇게 말하는 연지의 얼굴에서는 해묵다못해 다음 단계로 발전하려는 권태가 물씬 배어나왔다.

"결혼해서 이십오 년 동안, 그대로 이 집에서 살고 있다고. 지구상에 이 낡아빠진 H아파트 말고는 다 사람 살 곳이 아니니까."

"내가 틀린 소리 했어? 저거 몇 푼 하는데? 자꾸 낡았다 낡았다 하지만 서울에 압구정동만한 데가 어디 있냐고."

"여기만한 데가 없기는? 여기만큼 낡아빠진 데가 또 어디 있어? 근데 계속 여기서만 살아야 한다는 거야. 시댁도 같은 단지야. 우리집이랑 친정이랑 시댁이 모두 같은 단지에 있어. 나는 그러니까, 이 아파트 단지에서 한평생 벗어나본 적이 없다는 말이야! 나만 그런 게 아니지. 이 사람도 그래. 우리 너무 웃기지 않니? 몇십 년 동안 한 번도 이사하지 않고 살아가는 사람들이 요새 흔할 것 같아? 이 사람은 그런데 답답하지도 않대."

"또 시작이네, 복에 겨워가지고. 이 집이 요새 얼만지 알아? 팔십억이야."

"그래! 바로 그게 웃기다는 거야! 이 썩어빠진 집이, 당장 귀신이 나올 것 같은 이 집이 팔십억이래! 그게 좋다고 이사 한 번도 안 가고 한평생 사는 거야. 재개발이 될 때까지 이 귀신 같은 초록색 샹들리에를 매달고 버티는 거야. 세상에, 웃기지 않아? 나는 정말 너무 웃겨……"

연지가 높은 소리로 웃기 시작한 것과 광채의 휴대폰이 울린 것 중에 어느 쪽이 더 빨랐는지 모르겠다. 광채는 발신자를 흘끗 보더니 이맛살을 찌푸리며 거절 버튼을 눌렀다. 짧은 순간이었지만 연지의 히스테릭한 웃음과 광채가 거절한 통화 사이에 무언가 민감한 상관관계가 있는 것 같다는 느낌이 들었다. 경훈이 얼른 말을 돌렸다.

"압구정도 언젠가는 재개발될 테니까. 그때는 넘사벽일 거예요. 들어오고 싶다고 해서 아무나 들어올 수 있는 곳이 아닐 테니까요."

익숙한 장광설이 다시 시작된 것을 보면 광채는 경훈의 말에 분명 힘을 얻었다.

"저런 얼치기 타워랑 압구정동의 다른 점이 뭔지 알아? 바로 인적 구성이야. 여기는 가장 근본 있는 사람들이 모여 살아. 하루종일 다녀보라고. 여긴 모두 한국 사람들이야. 한국 사람들 중에서도 가장 근본 있는 사람들! 하지만 저런 겉만 번드르르한 데 가보면 어떤지 알아? 다 중국, 동남아, 중동에서 왔어. 외국인들이 몰려와서 보이지 않게 한국 사회를 점령하고 있다는 말이야. 저긴 도덕도 없어. 뻔뻔하게 이슬람교를 믿거나 마약을 퍼뜨린다고. 여기 H아파트에 그런 얼치기들이 하나라도 있는 줄 알아? 바로 그런 게 근본적으로 다른 거라고!"

"그래, 당신 눈에는 다 얼치기겠지. 우리는 얼치기가 아니라서 다 무너져가는 이 아파트에서 몇십 년이나 근본 있게 처박혀 있고 얼치기들은 새집에서 사람 사는 듯이 살지. 아주 지긋지긋해, 그놈의 한강, 그놈의 재개발. 그냥 싹 다 망해버리면 좋겠어."

정말 재개발로 집안이 싹 다 망해본 내 앞에서 할 말은 아니라고 생각했는데, 연지는 자기 감정에 치받쳐서 눈치채지 못한 것 같았다. 그때 광채의 휴대폰이 다시 울렸고, 그는 발신자를 보지도 않고 서둘러 일어서서 경훈에게 눈짓을 했다. 경훈은 재빨리 전자담배를 챙기며 광채의 뒤를 따랐고 그 뒷모습을 보던 연지의 입술이 파르르 떨렸다.

"우리 정말 오랜만이지. 더 일찍 보았어야 하는데, 그동안 너무 바빴어."

두 남자가 담배를 핑계로 나가버리고 둘만 남은 어색함을 깨보려고 별 의미 없는 근황들을 중얼거렸는데, 도울 길 없이 처참한 기분에 빠진 연지를 달래기엔 역부족이었다. 내가 입을 다물자 곧바로 찾아온 바늘방석 같은 침묵 속에서 나는 이럴 거면 왜 군이 나를 초대했을까 생각했다. 광채의 이기적인 처신에 연지가 속상했더라도, 손님을 배려해야 하는 책임은 연지 쪽에 있었다. 손님인 내가 분위기를 풀어보려고 이 말 저 말 해야 하는 것은 뭔가 뒤바뀐 일이었다. 얘네들 이러는 거, 똑같이 닮았네, 뒤틀린 속으로 그런 생각도 했다. 그렇게 한동안 침묵이 이어졌던 것 같다. 연지가 내가 여태 옆에 있었다는 걸 이제야 처음 깨달았다는 것처럼 문득 나를 낯선 시선으로 바라보았다. 우리는 이 침묵을 깰 책임이 누구에게 있는가 하는 문제의식을 담은 시선을 주고받았다.

"언니, 이리 와봐, 재밌는 거 보여줄게."

연지가 갑자기 정신이 돌아온 듯 서둘러 일어나서 내 팔을 잡아끌었다.

이것은 우리의 오래된 추억을 소환하는 행동이었다. 초등학교 오학년쯤 된 어느 날 연지가 난데없이 자기가 두 달 먼저 태어났으니 언니라고 부르라고 해서 그날 우리는 대판 싸우고 서로 기분이 상한 채 헤어졌다. 다음날 전화를 걸어 연지는 자기가 잘못 생각했다며 오히려 자기 쪽에서 나를 언니라 부르겠다고 했다.

"내가 언니를 얼마나 사랑하는지 알지? 언니가 훨씬 속이 깊고 똑똑하니까 언니가 맞아. 언니가 나를 용서하지 않으면 나는 이대로 죽어버릴 거야. 언니처럼 착한 사람을 화나게 하다니 난 정말 쓰레기야."

그러더니 내 대답에 마음이 놓이지 않았는지 곧바로 혼자서 택시를 잡아타고 강을 건너 우리집으로 찾아왔다. 당시 아이들 사이에서는 선물 가게에서 파는 반짝이는 보석함이 유행이었는데, 연지가 가져온 것은 어른들이 쓸 법한 우아하고 서늘한 물건이었다. 보석함을 선물로 들고 나타난 연지를 보고 내가 얼마나 놀랐는지 모른다. 혼자서 택시를 타고 돌아다니기에는 한참 어린 나이였으므로 얼마간 위험한 행동이라고 느끼기도 했다. 내가 번개처럼 사과를 받아들인 이후로도 연지는 스스로 반성하는 의미라며 한동안 나를 언니라고 불렀다.

우리는 그런 식으로 얼토당토않게 자주 싸우고 화해했다. 대개 연지가 혼자서 트집을 잡고 제풀에 사과하는 식이었는데 나는 어느 날부터 그것이 연지 나름의 즐기는 방식인 것으로 이해했다. 연지처럼 예쁘고 부유한 여자라면, 종잡을 수 없이 변덕을 부리는 것조차 매력이고 권력이 되는 법이다. 나는 그

법칙을 어릴 때부터 받아들였다. 다행히 견딜 수 없이 어려운 지경으로 가지는 않았다. 연지는 파르르 불타올라 변덕을 부리고 트집을 잡다가 갑자기 더없이 달콤하고 유순한 본래 모습으로 쉽게 돌아왔다. 연지는 사람들이 자기를 맹추로 아는 경향이 있어서 가끔 짜증이 나는 거라고 변덕의 이유를 설명했다.

갑작스러운 언니 소리에 우리는 어렵지 않게 킬킬 웃었다. 우리는 기억할 수 있는 한 오래전부터 이렇게 맥없이 싸웠다가 별일 없이 화해하는 사이였다. 나는 연지가 이끄는 대로 순순히 한강이 보이는 창가에 붙어 섰다.

창밖 너머 한강과 아파트 단지는 키 큰 나무가 선 높은 둔덕으로 가로막혀 있었다. 그것 말고 연지가 말한 재미있는 광경은 없었다. 그냥 한가롭게 걷고 있는 광채와 경훈의 정수리가 보였다. 위에서 내려다보니 광채의 정수리가 테니스공만큼 비어 있었다. 연지는 잘 다듬어진 손톱으로 창문을 콕콕 찌르며 그들을 손가락질했다.

"저것 봐. 딱 봐도 이상하지? 바람을 피우고 있을 거야."

"그냥 담배 피우면서 전화를 받으려는 것 같은데."

"아니야. 나는 알아. 바람을 피우고 있어. 민프로 저 자식도 한패거리일 거야. 맨날 골프 핑계를 대지만, 어디서 무슨 짓을 하는지 누가 알겠어? 뭘 하는지 알고 싶지도 않아. 하지만 손님이 온 저녁 시간에도 전화를 해대는 건 너무하잖아?"

"그런 거 아닐 거야. 민프로는 자식뻘이잖아. 태환이랑 친하기도 하고. 그런 사람 앞에서 그러기야 하겠어?"

"세상에."

연지는 진심으로 놀란 얼굴이었다.

"남자들이 그런 걸 생각하는 줄 알아? 규아야, 남자들이란 누구 앞에서도 짐승이 될 수 있어. 난 남자들을 하나도 믿지 않아."

"남자들? 모두 싸잡아 그렇게 말하는 건 좀 심하지 않아? 너도 아들이 있으면서."

연지의 얼굴이 불시에 명치를 맞은 것처럼 하얗게 질렸는데, 그녀의 얼굴에 갈마든 수많은 복잡한 감정들 중에 분노가, 나를 향한 분노가 번득였음을 인정하지 않을 수 없었다. 나는 실수한 것을 깨닫고 남자들은 철이 없지, 믿을 수 없는 존재들이야, 뒤늦게라도 맞장구치며 연지의 감정을 풀어주려 노력했지만 이미 나는 그녀를 둘러싼 무정하고 날카로운 가시덤불의 한 줄기로 편입된 뒤였다.

"규아야, 너 그거 아니? 난 정말로, 태어나서 단 한 번도 행복했던 적이 없어."

그때 내 표정과 대응이 적절했는지는 또한 확신할 수 없다. 크게 고개를 끄덕이지 않은 것은 확실하다. 어릴 때부터 나는 연지를 볼 때마다 반가우면서도 조금 심란했는데, 그건 그녀가 내가 본 그 누구보다 아름다웠기 때문이었다. 뉴욕에 살면서 세상에 존재하는 기기묘묘한 풍물을 볼 만큼 보았다고 생각하지만 지금도 그 생각에는 변함이 없다. 연지의 미모가 예쁜 사촌에 대한 심란한 질투심을 훌쩍 넘어가는 다른 지점에 있다는 것을 깨달은 어느 날부터 차라리 마음이 편안해졌다. 게다가 그녀의 전체 인생은 대한민국 최고 부유층의 테두리를 하루도 벗어나지 않은 것이었다. 외삼촌은 내가 아는 가장 부유한 사람이었는데 이광채를 두고 외삼촌은 자기가 아는 가장 부유한 사람이라고 표현했다. 그녀는 그 어떤 사치품 앞에서도 가격표를 확인하지 않을 수 있는 사람이었다. 그러한 삶이 단 하루도 행복하지 않았다면 인간은 행복하기 위해 도대체 무엇이 더 필요한 것인가. 인간이란 원래 행복하지 못하도록 운명지어진 존재이므로 내가 지금 추구하는 그 어떤 행복의 목표들도 결국 헛된 것으로 밝혀지는 것이 아닌가 하는 심란한 의구심에 빠져들게 되었고 아니 아니, 내가 그런 허무의 끝을 향해 달리고 있다고 인정하기보다는 그런 환경에서도 행복하지 못한 것은 그녀 자신의 내면적 문제에 기인한 것이 아닌가 하는 쪽으로 재빨리 마음을 바꾸도록, 자연스럽게 생각은 그렇게 흘러가고 마는 것이었다. 아주 작은 구배로도 아래를 향해 힘차게 방향을 정하는 물길처럼, 그 생각은 아주 자연스럽고도 돌이킬 수 없이 확고했다.

그런 내 생각들이 얼굴에 어느 정도 드러났을 것이다. 이런 저런 요소들이 있겠지만 결론적으로 연지에게는 불행할 요인보다 행복할 요인이 많았다고 나는 생각하고 있었다. 하지만 낙심한 연지를 보자 죄책감이 들어서 나는 얼른 연지의 편에 서기 위한 기억 속의 데이터들을 수집했다. 확실히 외삼촌과 외숙모는 우리 엄마 아빠처럼 너그러운 사람들이 아니었다. 이광채 같은 남자와 함께하는 결혼생활이란, 숨막히는 데가 있을 것이다. 그녀는 섬처럼 외로울 것이다.

"나 끔찍하지? 오랜만에 만나서 이런 꼴 부끄럽지만 어쩔 수 없어. 난 완전히…… 완전히 불행해졌어. 저이를 봤지? 난 밤에 잠을 이루지 못해. 안방에서 물소리가 나. 이십사 시간 물소리가 난다고. 난 거실로 나와야 해. 너무 깜깜한 건 싫으니까 주방에 저 불을 밤새 켜놔. 숨이 막혀. 끔찍하지. 나는 한강을 쳐다보기도 싫어. 당장이라도 뛰어들어버릴까봐 무서워서. 이건 더이상 결혼생활이 아니야. 나는 결혼해서 하루도 행복한 날이 없었다니까."

"꼭 그런 건 아니겠지. 분명히 좋은 순간들도 있었잖아?"

"좋은 순간? 어떤 거 말이야?"

"음…… 태환이를 낳았을 때라든지?"

내가 왜 이러지. 부유하고 아름다우나 절망에 빠진 중년 여자에게 그의 아들이 어떤 희망이나 구원이 되어줄 것이라고 암시하는 전근대적 사고에서 헤어나기를 나의 무의식은 거듭해서 거부했다. 내 가게에 찾아온 중년 여성 손님이 연지와 같은 절망을 토로했을 때 나는 이런 식으로 응대하지 않았다. 한 번도 이런 적이 없었는데, 이상하게 연지 앞에 서자 나는 완전히 구닥다리 같은 말과 행동만 거듭하고 있었다. 아버지의 뒤를 이어 서울대 경영학과에 진학해 부모를 한껏 자랑스럽게 해주었다고 알려진 그녀의 외아들이 그녀를 불행감에서 조금이나마 끌어내주었으리라는 기대가 상식을 크게 벗어난 생각은 아니지 않은가, 나는 자괴감 속에서 나 자신을 애써 변호했다.

"태환이는 잘 지내지? 몇 살이더라?"

"벌써 스물세 살이야. 아니, 스물넷이던가? 아 몰라, 아무튼."

연지는 휴대폰을 뒤져서 태환의 사진들을 보여주었다. 광채의 장대한 기골과 연지의 섬세한 미모를 균형 있게 물려받은 잘생긴 청년이 사진마다 하얀 치아를 드러내고 똑같이 웃고 있었다.

"저 남자는 내가 태환이를 낳았을 때도 사라지고 없었어. 어떤 여자랑 노닥거렸겠지. 출혈도 많고 위험했는데, 비참하게 나 혼자였다니까."

아들을 동원해도 지금 이 순간 연지가 행복의 기억을 찾아내기는 역부족이었다. 연지가 사진들을 건성건성 빨리 넘겨서 나는 태환의 얼굴을 자세히 볼 수도 없었다. 연지의 눈가에 곧 터질 듯한 습기가 부풀어올랐다.

"간호사가 아들이라고 하는데, 맥이 탁 풀렸어. 어른들은 좋아하더라만, 난 속으로 이렇게 생각했어. '그래, 아들이 좋아. 커서 바보나 되겠지. 남자애가 그거 말고 다른 게 있어? 잘생긴 바보.'"

현관문에서 비밀번호를 누르는 신호음이 들리고 경훈과 광채가 아무렇지 않은 얼굴로 들어왔다. 우리도 아무렇지 않은 듯 테이블에 다시 앉았다. 진심은 아니겠지, 지금 연지는 남편의 외도를 의심하며 불행감에 빠져 있는 상태니까. 외아들을 두고 저렇게 말하는 한국 여자를 나는 이전까지 본 적이 없었다.

네 명이 다시 함께 앉았지만 이야기는 다시 합쳐지지 않았다. 나는 마치 양쪽으로 바다가 갈라진 홍해의 모래톱이 된 것만 같았다. 광채와 경훈은 골프 이야기를 했고, 연지는 집요하게 드라마와 패션 트렌드 이야기를 했는데 어느 쪽이든 내가 잘 모르는 주제였다. 불편한 식탁이었다.

"뭔가 일을 해보는 건 어떨까?"

"무슨 일?"

"이제 애도 다 컸고, 시간이 많잖아. 네가 즐기는 걸 작은 사업으로 꾸리면 좋지 않을까? 플라워숍이라든지, 소품숍 같은 거?"

"아, 플라워숍. 나한테 그걸 권한 사람이 네가 사만이천오십번째야."

연지의 웃는 눈빛에 어떤 불꽃이 작게 엿보였다.

"근데 그거 알아? 옛날에 내가 주얼리숍을 해볼까 하고, 가게 자리를 알아본 적이 있었단 말이야. 그때 사람들이 나한테 뭐라고 했는지 알아? '얘, 너까지 일을 해야 하니? 돈도 많은 네가 더 벌어서 뭐하게? 그런 건 돈이 필요한 사람들을 위해서 좀 양보해야 하는 거 아니야?'"

연지는 두 손을 높이 올리고 산들산들 가볍게 흔들어 보였다.

"어느 장단에 맞출까? 응? 나는 어느 장단에 춤을 춰야 하지?"

경훈과 골프 이야기에만 열을 올리던 광채가 우리 쪽으로 몸을 돌렸다. 듣고 있었던 모양이었다.

"그렇게 남의 말만 듣고 사니까 그 모양이지. 당신이 진짜 좋아하는 일이면 남들이 뭐라든 해보지 그랬어? 노력도 안 해보고 불평만 하기는."

"아! 바로 그거야! 난 주얼리가 정말 싫었다구. 예물을 맞추겠다고 시시덕거리는 젊은것들에게 내가 그만 속마음대로 말해버릴 것 같았거든. 이것들아, 결혼하지 마! 너는 그냥 템프로들이나 만나고 너는 그냥 쇼핑이나 해!"

그뒤로는 양측의 대화가 완전히 끊어졌다. 이미 꽤 취한 연지는 오로지 경멸이라는 하나의 감정에만 희열을 느끼는 것 같았다. 이야기가 두서없고 맥락이 사라진 지 오래였지만, 이 세상이 경멸스러운 것이라는 사실을 나에게 설득하기 위해 그녀는 열을 올렸다. 연지는 이야기의 끄트머리마다 습관처럼 놀란 표정을 지으며 "우리 규아는 정말 순수해! 너무 순진해서 걱정이야! 이 세상이 얼마나 무서운지 알아야 하는데!"라고 덧붙였다. 나의 어떤 점이 그렇게 걱정스러울 만큼 순진한지 나는 한 번도 이해하지 못했는데, 그녀는 이제 설득을 포기한 듯 두 손을 완전히 높이 들어올리고 손뼉을 치며 깔깔거렸다.

"그래, 나 속물이야! 놀라긴! 나 원래 속물이잖아!"

깔깔거리다가 콜록거리는 연지가 토하는 줄 알고 나는 소스라쳤다. 그런 상태로 열한시가 넘도록 있으려니 두통이 찾아왔다. 하지만 아무도 자리를 마치자는 사람이 없었다. 나는 오래 참은 끝에 엉거주춤하게 핸드백을 챙겨들고 일어서서 이 긴 저녁을 끝내겠다는 신호를 보냈다.

취한 연지는 나를 배웅하러 발걸음을 옮기다가 중간에 포기하고 소파에 몸을 획 던졌다. 나는 연지에게 작게 손을 흔들어 보이다가, 광채가 갑자기 어깨를 툭 쳐서 깜짝 놀랐다.

"규아 너도 골프 하지 그래? 여기 민프로한테 배워."

"나중에. 킹스포인트가 좀더 자리를 잡으면."

"일단 시작해. 우리 나이엔 운동 하나쯤 해야지."

"골프는 시간도 너무 많이 들고 장비도 많이 필요해서 엄두가 나지 않아."

"장비? 그거라면 걱정도 하지 말라고. 저 방에 아주 쌓여 있으니까, 입맛대로 고르기만 하면 돼."

광채는 문간방에서 연지가 사놓고 쓰지 않는다는 골프 백들을 들고 나왔다. 핑크, 연두, 화이트, 골드까지. 골프 백들이 알록달록한 꽃다발처럼 귀엽고 어여뻤다.

"둘이 체격도 비슷하니 얼마든지 쓰라니까? 연지랑 같이 골프 다녀. 당신도 규아랑 같이 다니면 얼마나 좋아?"

"규아야 너 맘에 들면 가져! 다 가져도 돼! 우리 사랑-하는 서방님이 생일 선물로 주신 골프 백이야. 저건 결혼기념일에, 저건 크리스마스에. 저 핑크는 밸런타인데이!"

소파에 스카프처럼 널브러진 채로 연지가 외쳤다. 광채의 얼굴이 다시 붉어졌다.

"선물을 가지고 이러쿵저러쿵하기는."

"골프 골프 골프. 머릿속에 온통 골프뿐이지."

"당신 옷이며 가방 많잖아. 나까지 사서 보태야 하나?"

"사오지 마. 내가 금지했어. 얼마나 웃긴 걸 사오는지 넌 모를 거야."

스니커즈의 끈을 조이느라 잠시 지체한 그 시간마저 천 년처럼 느껴질 만큼 저녁은 길고 길었다.

"너도 봤지? 쉬지 않고 불평만 한다고. 애를 잘 챙기는 것도 아니고. 나가서 일을 하든지 취미생활을 하든지, 하다못해 교회라도 다닐 것이지. 너라도 좀 어떻게 해봐. 집사람 좀 데리고 나가서 놀고 기분 전환이라도 시켜주라고."

현관문을 닫고 엘리베이터 앞에 선 광채는 전자담배를 꺼내 들며 웅얼거렸다. 문득 오늘 내가 연지에게 건넨 말들이 광채의 말들과 크게 다르지 않았다는 깨달음이 찾아왔다. 결국 연지가 가진 부와 미모라면 세상에 부러울 것이 무엇이 있겠느냐는 나의 내심은 이광채와 다를 바 없이 무지막지한 데가 있었다. 현관 너머에서 연지가 외치는 목소리가 다시 들렸다.

"규아야, 자주 놀러와야 해! 사랑해! 내 맘 알지? 사랑한다고!"

나는 힘든 저녁이 끝났다고 안도했는데, 광채의 "아 참, 아까 가져온 와인 그거 두 박스 보내줘" 하는 말에 자동으로 머릿속에 계산기가 돌아가면서 앞으로 이들과 안 엮이고 지낼 도리가 없겠다는 예감이 들었다.

대성리

 이광채는 다짜고짜 전화를 걸어서 함께 가볼 곳이 있는데 내 사업에 도움이 될 거라고 했다. 내가 광채처럼 평일에도 여유롭게 골프나 치면서 사는 것도 아니고, 휴식 없이 피곤에 절어 사는 처지에 일주일에 딱 하루뿐인 휴무일에 그를 만나고 싶지는 않았다. 하지만 무엇이 어떻게 나에게 도움이 되는지 듣지 못한 채 약속이 정해졌다. 그는 자기 판단력에 대한 확신이 재력에 비례하여 커지는 사람이었다.
 광채는 킹스포인트 앞으로 나를 데리러 왔다. 운전기사가 있었으므로 광채와 나는 뒷자리에 나란히 앉았다. 가는 길에 강남대로변에 있는 대형 건물을 손짓하면서 거기에 자기 사무실이 있다고 했다. 그 건물이 네 거냐고 묻자 '회사 소속'이라고 짧게 답했다. 강남 상업용 부동산 업계의 동향을 몇 마디 전하면서 그는 어쩐지 들떠 보였다.

차를 몰던 기사는 행선지를 묻지 않고 광채의 사무실에서 십오 분쯤 떨어진 한 상가건물 앞에서 멈추었다. 좀전에 지나온 고층 건물의 숲과 같은 강남인가 싶게, 야트막한 빌라와 다가구 주택들이 다닥다닥 모여 있는 곳이었다. 대로를 몇 개 지났을 뿐인데 지방 소도시로 공간 이동을 한 것 같았다. 이런 곳에 광채가 볼일이 무엇일까 싶은 낡은 건물 일층의 사무실로 광채는 성큼성큼 들어갔다.

'다인 인테리어'라는 간판을 달고 있는 그 사무실은 고급스럽거나 전문적인 분위기가 느껴지지 않는, 근처 상가의 작은 수선 일거리나 맡을 듯한 업장이었다. 실내는 여러 가지 벽재와 타일 샘플들이 두서없게 놓여 어수선했고 먼지가 많아 기침이 났다.

"어서 오세요."

"좀 어때?"

"요새 다 그렇죠 뭐."

인테리어 사장은 소파 위에 쌓여 있던 벽지 샘플북을 치우며 우리에게 자리를 권했다. 사무실에 있는 모든 물건들의 일부분이 되어 그에게도 푸석한 먼지가 얹힌 것 같았다. 광채가 찾아온 것이 기쁜 듯 웃어 보였는데 그 미소에서도 먼지가 풀

풀 일 것 같았다. 그가 내민 명함에는 공권철이라는 특이한 이름이 적혀 있었다. 공사장, 공사장, 나는 입안으로 조용히 우물거렸다.

"광선빌딩 팔층, 나갔나요? 되면 좋을 텐데."
"아직. 감평 나오는 거 보고."
"그 친구들 일이 느리네요. 진작부터 한다 그러더니."
"느려? 그럼 다른 공사 맡든가."
"사장님 참, 그런 소리 아닌 거 아시잖아요."

공사장은 급히 종이컵에 커피 두 잔을 따라서 들고 왔는데 광채는 받을 생각도 하지 않았다. 나는 민망해서 컵을 받았다. 오래전, 내가 미국으로 떠나기도 전에 잠시 유행했던 묽은 헤이즐넛향 커피였다.

아마도 살림집을 겸한 것 같은 이층에서 한 여자가 내려왔다. 늦은 점심을 먹다가 급히 내려왔는지 입안에 든 것을 마지막으로 씹어 삼키고 있었다. 아주 규칙적으로 올록볼록한 물결을 이루는 그녀의 강력한 세팅펌 롱헤어를 보면서 요한 세바스티안 바흐의 초상화 말고 다른 곳에서 저런 고풍스러운 헤어스타일을 본 적이 있는지 기억을 되짚어보았다.

"사장님 오랜만에 들르셨네."

여자는 광채에게 익숙한 인사를 건네고 구강 청결제로 입을 헹궈 사무실 모퉁이의 작은 세면대에 뱉었다. 그가 내민 명함에는 '다인 인테리어 황진희 실장'이라 적혀 있었다. 나는 그녀의 뒤편 벽에 걸려 있는 낡은 사진들 중 하나가 광채의 집에서 찍은 것임을 눈치챘다. 가구가 없이 빈 상태였고 사진 자체가 태양빛에 바래 알아보기 힘들었지만 창가에 매달린 샹들리에로 알아챌 수 있었다. 그녀는 내가 사진을 보고 있는 것을 알아차리고 자랑스러워하는 몸짓을 했다. 바흐 헤어스타일 말고도 강력하게 하늘로 치솟은 가짜 속눈썹이나 광택이 나는 보라색 블라우스와 깔맞춤 구두까지, 그녀의 모든 것에 지나치게 과장된 에너지가 넘쳤다.

"이 친구는 성수동에서 와인바를 해. 같이 좀 다녀보려고."

"2호점 내시게요?"

"아마 곧."

"그럼 내가 좀 봐드려야겠네."

광채와 황실장은 별다른 설명이나 준비 없이 사무실을 나섰다. 공사장은 표정 없이 그들을 배웅했다. 나는 이 일에서 내가 관여된 부분이 얼마큼일까 생각하며 그들의 뒤를 따랐다.

내가 먼저 뒷자리에 올랐는데 다음으로 황실장이 내 옆에 앉고 광채가 그 옆자리를 채웠다. 이 차에는 운전석 옆에 조수석이 있지 아니한가? 그런 의문은 아무도 가지지 않는 것 같았다. 벤틀리의 뒷좌석이 좁은 건 아니었지만 두 여자와 광채가 함께 앉으니 옹색하게 느껴졌다.

"두 분 친하세요?"

우스꽝스럽게도 중간에 앉은 황실장이 광채와 나 사이의 어색한 침묵을 중재하려 나섰다. 스스로 그런 역할에 자신감이 있는 것 같았다.

"대학 동창이야."

"어머! 그럼 이분도 서울대 나왔어? 어머어머, 공부 엄청 잘하셨구나!"

한국을 떠나 사는 동안 그런 호들갑에 어떻게 처신해야 하는지 어느 결에 잊은 터라서 깜짝 놀라고 당황했다. 학교를 떠난 지가 삼십 년 가까이 되어가는데 아직도 공부 잘한다는 소리를 듣고 살다니. 내 삶의 어떤 부분은 십대 후반에 정신없이 지나친 어떤 지점에서 화석화되어 내면에서 영원히 덜그럭덜그럭 소리를 내며 굴러다녔다. 대체로 무해했지만 가끔 그 덩어리가 예민한 지점을 쿡 찌르면 요로결석에 걸린 것처럼 비명을 지르며 한참 동안 그 통증에서 헤어나지 못할 때도 있었다.

"근데 그동안 한 번도 못 뵀는데?"

"우리 동창을 다 아는 것처럼 말하네."

"친한 분들 어지간히 다 뵀잖아 내가? 이런저런 사업상 일로."

황실장은 '사업상'을 강조했지만 광채의 최측근이라는 자신감을 감추지 않았다. 육감적인 분위기와 반말투의 친숙함이

묘하게 잘 어울리는 여자였다. 차 안에서 나는 공사장이 우유부단하게 망설이다가 날려버린 중요한 계약에 대한 뒷담화를 들었다. 그것 때문에 여름 휴가가 엉망이 되어버렸다는 말로 미루어보아 그들은 거의 틀림없이 부부인 것 같았다. 초면에 나누기엔 다소 불편한 이야기였지만 황진희의 어깨와 허벅지를 통해 불쑥불쑥 전달되는 물리적 압력만큼 신경이 쓰이는 것은 아니었다. 그들은 손장난을 나누는 중인 것 같았다. 나는 점점 벤틀리의 창문에 바투 밀려가면서 당황스러운 감각을 모르는 척하려 애썼다.

"쏠 호텔 가보셨어요?"

바쁜 와중에도 황진희는 유쾌하게 나를 배려한 대화를 시도했다. 명랑한 이 여자는 벤틀리가 향하고 있는 곳에 대해 설명을 해주려는 중이었다.

"가평의 요새 최고 핫플인데. 넷플릭스 드라마 〈마지막 선택〉 봤어요? 거기에 나왔잖아."

가평이라는 지명에서 오래된 기억 속의 어떤 빛바랜 장면들이 여린 안개처럼 피어올랐다. 대학 시절 이광채 무리를 따라 몇 번 그쪽으로 놀러 다닌 기억이 있다. 가평보다는 대성리라고 불렀던, 대학생들이 경춘선 기차를 타고 MT로 많이 가던 곳이었다. 자기 차를 가진 대학생들이 별로 없던 시절에 광채 무리는 차를 가진 아이들이 벌써 많았다. 우리는 좁스러운 선

민의식을 느끼며 자동차 몇 대에 나누어 타고 출발했다. 그곳에 있는 넓은 별장에서 고기를 굽고 술을 마시고 수많은 게임을 한 다음 이 방 저 방을 차지하고 편히 잤다. 남녀가 8 대 2 정도로 섞여 있었지만 불미스러운 일은 일어나지 않았다.

듣기로 이광채의 가문은 대대로 광산을 운영했다. 외가 역시 해방 이전부터 대두유 사업을 하다가 이후 식용유 수입과 가공 체인까지 확장해 상당한 규모의 식품 업체가 된, 역시 성공한 사업가 집안이었다. 구십년대 초반에 대기업의 식품사업 부문으로 인수되어 지금도 튀김용 유지 부문에서 점유율이 상당하다고 했다.

술이 들어가면 광채는 자기 조부와 숙부들이 탄광 사업장에서 싸웠던 무용담을 들려주곤 했다. 분노한 광부들이 사북 사무실을 포위하자 경찰이 섣부르게 발포하는 바람에 소요 사태가 일어났고 석 달 가까이 사북은 무정부 상태가 되었다. 그때 사무실을 지켰던 작은아버지가 광부들에게 맞아 하반신마비가 되는 부분이 언제나 클라이맥스였다. 광채는 광부라고 하지 않고 폭도들이나 그놈들이라고 지칭했다.

"그러니까, 그쪽만 정의롭거나 희생된 게 아니라고."

이광채는 분노로 눈을 번득이면서 이렇게 말하곤 했다. 그의 작은아버지는 하반신마비로 남은 생 내내 고통받다가 환갑을 조금 넘겨 죽었다. 갱도 붕괴 사고로 동료가 희생된 광부들의 봉기를 북한의 지령에 따른 소요 사태로 해석하는 그의 인식은 시대의 정의 감각으로는 도저히 받아들이기 힘들었지만 그는 한치의 의구심 없이 그렇게 단언했다. 나는 '양쪽의 이야기를 다 들어봐야 한다'는 논리로 애써 반감을 눌렀다. 내면적인 정의 감각과 관계없이 그의 별장에서 고기를 굽기로 약속하고 그의 차에 동승하는 그 순간부터 나는 귀에 솜뭉치를 좀 끼우기로 동의하게 된 셈이었다. 이광채를 좋아하지는 않았지만 그가 풀어놓는 이야기에는 사측이나 광부측이나 크게 다르지 않게 느껴지는 투박한 절박성이 존재했고 나는 그런 면에 오싹한 흥미를 느끼며 그 이야기를 듣곤 했다.

넓은 과수원으로 둘러싸였던 그 별장에 쏠 호텔이 들어섰고 우리는 지금 그곳으로 향하고 있다는 것 같았다.

"현사장님 오늘 와?"

"부를까?"

"난 그분 좋더라. 와카자와? 그분도."

"와키자니 슌."

"꼭 오라고 해, 그 부인도. 아, 정말 진짜 예술가야 그분들."

메신저와 문자로 부지런히 지인들에게 연락을 돌리는 광채가 은근히 들떠 있는 것을 느낄 수 있었다. 황실장은 나에게 휴대폰 화면을 들이밀어 쏠 호텔과, 지난번 파티에 참여한 인사들의 면면을 보여주었다. 삭발을 한 일본인 건축가 부부의 예술적 풍모에 대해 힘주어 강조했는데 가장 인상 깊었던 것은 그녀가 이광채를 '이이'나 '그이'로 호칭한다는 점이었다.

"이이는 예술가들과 자주 어울려요. 그래서 호텔 디자인도 잘 빠진 거라니까. 칵테일바를 와카자와 이 사람이 디자인했어. 예술가 본 적 있어요? 이 사람들은 진짜 예술가라니까요."

황실장은 건축가 부부를 손가락으로 콕콕 찍으며 그들의 예술성을 내가 모르고 넘어가지 않도록 신경을 썼는데, 그들이 '진짜 예술가'임은 튜닉과 삭발이 넉넉히 보증하는 것 같았다. 그 열띤 손가락을 보면서 진정한 예술가란 무엇인가, 내가 알고 지냈던 수많은 예술가와 예술계 언저리의 인물들, 그리고 사진 속의 인물들을 진짜 예술가와 가짜 예술가로 나누는 보이지 않으나 확실한 선을 그녀는, 또 세상은 무엇에 기준하여 긋고 있는 것일까 생각하게 되었다.

대학 시절의 내 기억은 몹시도 희미해, 쏠 호텔로 가는 길의 어떤 부분에서도 기시감을 느끼지 못하다가, 자동차가 호텔 입구로 들어서며 야트막한 숲과 언덕 너머 언뜻 강줄기의 흐린 선이 보이자 그제야 예전에 보았던 풍경을 겹쳐볼 수 있었다. 기억 속의 그곳은 과수원이 넓었던 것 같았는데 이제는 아름답게 잘 꾸며진 정원 너머로 골프장이 보였다. 굽이치는 찻길이 강가를 향해 꽤 가파르게 쏟아지자 예전에 채석장으로 쓰였다는 서늘한 절벽 아래의 별장이 떠올랐다. 강가에서 첨

벙거리며 놀고 고기를 구워 먹던 기억만 남아 있는데 이제 보니 그 암벽이 꽤나 절경이었다. 쏠 호텔이 그 절벽 아래 자리 잡고 있었다.

거대한 천연 암반의 한쪽 면을 그대로 노출시킨 쏠 호텔의 로비를 보자 그곳이 힙스터들의 핫플레이스로 각광받는 이유를 바로 알 수 있었다. 지하 이층에서 세로로 높고 좁게 쪼개진 바위 틈새 어둡고 묵직한 나무문을 밀고 들어가면 이탈리아의 와인 저장소를 연상시키는 칵테일바가 나왔다. 엄격하게 회원제로 운영되어 더 궁금증을 자아내는 그곳은 와키자니가 디자인했다는 커다란 바위 수반이 홀 중앙을 넓게 차지하고 있었다. 바위틈에서 흘러나오는 암반수가 얕게 찰랑이는 수반은 아메바처럼 모양이 불규칙했지만 폭이 가장 넓은 곳은 칠 미터 가까이 되는 커다란 규모라서 휴대폰 카메라로 찍어보려니 한 프레임 안에 잘 들어오지 않았다. 사람들은 그 수반을 둘러싸고 앉아서 찰랑이는 물소리를 들으며 칵테일과 음악을 즐겼다.

"겨울엔 물이 끊어지는 대신 장작을 때요. 불멍, 끝내주죠."

어깨 뒤편에서 갑자기 말을 건 사람은 경훈이었다. 나는 그곳에서 그를 만나 놀란 한편으로 아는 사람이 있어 반가웠는데, 그는 내가 권한 의자에 잠시 엉덩이를 붙이면서 일행이 있어 곧 가봐야 한다고 했다. 먼 테이블에 이삼십대로 보이는 젊은 친구들이 예닐곱 모여 있었다. 경훈이 손짓하는 방식으로 보아 그들 사이에 내가 아는 사람이 끼어 있다는 것 같았다. 내가 알아보지 못하고 있자 하얀 반바지를 입고 양키스 모자를 쓴 청년이 태환이라고 알려주었다.

"이태환? 광채 아들 말야?"

오촌 조카 태환은 이전까지 만나본 적이 없는데다가 어둑한 조명에 야구모자까지 써서 얼굴을 거의 인식할 수 없었다.

"그때 얘기했던 그 친구들이에요. 태환이, 정대성, 허윤수. 요즘은 종강해서 늘 뭉쳐 다니다시피 하죠. 푸껫도 함께 다녀왔고. 누가 제일 괜찮아 보여요?"

그들이 어때 보였냐면, 부유하고, 공부도 잘하고, 세상 부러울 것 없이 다 가진 젊은이들, 딱 그랬다. 그런데도 누가 제일 괜찮으냐는 질문은 조롱기를 띠고 있었다.

"쟤네들, 괜찮은 아이들 맞아?"

"글쎄요? 그렇게 물으시면 제가 뭐라고 하겠어요?"

부유하고 성적도 좋은데 성품은 비열하고 완력까지 있는 아이들. 멀찍이서 보았을 뿐인데도 왜 그런 확신이 들었는지 모르겠다. 앉아 있는 무릎의 각도? 동석한 여자의 어깨를 스치는 손 매무새? 그냥 집안 좋고 참한 청년들일 것이라는 긍정적인 짐작을 허용치 않는 무언가가 그들을 감싸고 있었고, 그들을 보면서 나는 아주 심란해졌다.

그러니까 이곳은 오래전 채석장으로 쓰였던 가평의 강가였고 그곳에서 놀고 있는 젊은 친구들을 보자 오래전 이광채를 따라와 고기를 굽고 놀았던 내 모습을 떠올리지 않을 수 없었다. 우리가 별스럽게 부유층 자제처럼 굴었던 것은 아니었다. 폭력적이거나 난잡한 짓을 하지도 않았다. 그냥, 여기는 쏠 호텔, 돈 좀 있고 바람 쐬고 싶은 사람들이 오는 곳일 뿐이다. 그런데도 숨쉬기가 답답했다. 태환의 맞은편에 앉은 여자는 이쪽에서 뒤통수밖에 보이지 않았지만 그녀가 돌아서면 내 얼굴이 나타날 것 같았다.

어느새 이광채와 황실장은 사라져 보이지 않았다. 그들이 나를 데리고 쏠 호텔로 향한 것도, 그곳에 그의 아들이 와 있는 것도 내가 도저히 이해할 수 없는 일들이었다. 남자들이란 누구 앞에서도 짐승이 될 수 있어, 소곤거리던 연지의 목소리가 들렸다. 우리 규아는 정말 순수해, 너무 순진해서 걱정이야, 하던 소리도. 나는 과연 연지의 걱정을 살 만한 백치였다.

"성수동에 좋은 데 많죠? 와인바가 어디예요?"

누군가가 말을 걸었다. 나는 지도 앱을 열어 위치를 보여주었다.

"T타워 바로 옆이네! 여기 유명한 사람들 많이 살지 않아요?"

그의 목소리가 한 옥타브 높아졌고 다른 사람들도 성수동의 유명인사들에 대해 관심을 보였다. 늘 그러듯이 나는 그곳에 BTS 멤버가 산다고 하던데 직접 보지는 못했다고 대답했다. 사람들은 모두 T타워에 살고 있는 사람들에 관심이 많았다. 새로 인기를 끌고 있는 스테이크 전문점 체인의 CEO, 폐가에 오방색 침구를 놓은 작품으로 유명해진 사진작가, 유럽에 전쟁이 발발한 이후 개인 헬리콥터를 새로 샀다는 무기 거래상 등이 줄줄이 언급되었다.

"펜트하우스는 에클바이오 거라며?"

"제이 강?"

누군가가 휘파람을 불었다.

"제이 강을 본 적 있어요?"

나는 BTS 멤버를 본 적이 없듯이 그 사람을 본 적도 없다고 답했다. T타워에는 도대체 몇 명의 스타트업 대표와 연예인이 살고 있는지, '전설적'인 사람들이 자꾸 새롭게 등장했는데 나는 그들이 어차피 다른 세상의 사람들이라고 생각해서 굳이 호기심을 느끼지 않았다.

내가 연지의 사촌이라고 밝히자 사람들이 상당한 관심을 보였는데, 연지 쪽 지인이 이 무리에 낀 것이 처음인 것 같았다.

"부인이 굉장히 미인이죠?"

"근데 좀 까다로운 분 같던데."

"미인이니까 예민한 거겠지?"

"골프도 안 치고 사람 만나는 것도 싫어하니까, 이프로가 답답한 거지."

어느새 이쪽으로 다시 섞여든 민경훈이, 이프로라 함은 광채를 일컫는다고 알려주었다.

"이프로라고 불리는 걸 제일 좋아해요. 알아두세요."

광채는 주말 골퍼를 넘어 프로 자격증까지 있었다. 야수 같은 근육과 골격을 생각하면 프로 선수라고 해도 이상하지 않았다. 좀더 섬세한 감각이 보태졌다면 정상급 선수로 성장했을지도 모른다. 대회에서 수상권에 들어가는 데에는 끝내 실패했지만, 어쨌거나 이광채는 하고 싶은 일은 다 하고 사는 스타일이었다.

그런데, 알아두라는 건 또 무슨 소리인지. 이광채를 기쁘게 하기 위해 이프로라고 부를 생각은 물론 없었다. 여러 면으로 격차가 있기는 해도 우리는 대학 동창으로, 서로 광채야 규아야 라고 이름을 불렀다. 독한 술을 몇 잔 들이켠다면 술기운을 핑계로 야 이 미친놈아 하고 욕을 할 수도 있는 사이였다. 다시 안 볼 각오만 하면 어렵지도 않은 일이었다. 오늘이 바로 그래야 하는 날인지도 모른다.

"이해할 수 없네. 왜 나를 여기 데려왔을까?"

"좀 즐기고 싶었나보죠."

"나는, 알잖아요. 연지의 사촌이에요. 놀아나고 싶으면 혼자 조용히 얼마든지 할 수 있잖아? 왜 나를 불렀죠?"

경훈은 깊이 생각해본 적 없는 듯 대수롭지 않게 말했다.

"글쎄요, 이프로는 사람 몰고 다니기를 좋아하니까?"

씩 웃는 얼굴은 아무런 문제의식을 담고 있지 않았다. 이광채 같은 남자가 황실장 같은 여자와 놀아나는 것은 아마 선사시대부터 있었던 일일 것이다. 그렇다고 아무것도 아닌 일은 아니었다. 나중에 연지에게 변명할 일이 생기더라도 내가 방패막이가 되어줄 거라고 생각했을까? 나를 그런 식으로 아무렇게나 활용해도 되는 사람 취급한 것이 불쾌했다.

나는 동창인데! 나는 동창인데! 그렇게 혼자 분을 삭이다가, 결국 그 무엇도 중요하지 않다는 데에 생각이 미쳤다. 동창이든, 아내의 사촌이든, 이광채는 나를 이런 식으로 끌고 다닐 수 있는 사람이라고 생각했고 나는 그런 사람이었다. 동창이면 어쩌라고. 나는 속으로 한숨을 쉬었다. 결국 이렇게 되는구나.

여자의 짧고 높은 외마디 소리에 사람들이 모두 고개를 돌렸다. 태환의 길고 곧은 팔뚝이 앞으로 쭉 내밀어져 여자의 입을 움켜쥐고 있었다. 여자의 비명이 짧았던 이유였다. 여자는 고개를 내저어 그 손에서 벗어나려 했지만 소용없는 몸짓이었다. 더이상의 소란은 없었다. 경훈이 재빠르게 다가가 그 팔을 풀었고 태환은 아무 일 없다는 듯 자신에게 모인 시선을 우리에게 되돌려주었다. 그와 눈길이 마주친 짧은 찰나 내 팔뚝에는 우수수 소름이 돋았다. 나를 등지고 앉은 그 여자가 우는지 불평하는지 알 수 없는 채로 그들은 계속 웃고 마셨다.

농구선수처럼 놀랍도록 길고 단호하게 쭉 뻗은 팔뚝은 불로 찍은 낙인처럼 내 망막에 오랜 잔상을 남겼다. 인간사에 관련한 불편한 관계들을 제외하면 그 장소가 불쾌한 곳이었다고 할 수는 없었다. 전체가 천연 암반으로 이루어진 그곳은 코끝이 찡한 바위 향기와 함께 더할 나위 없이 대담하고 쾌적했다. 와인바의 운영자나 연지의 사촌이 아닌 일반 방문객으로서 이곳을 즐기기로 결심하고 나는 사람들이 권하는 대로 넙죽넙죽 받아 마셨다. 뉴욕에서 일할 때부터 나에게 술은 술이 아닌 업무상 재료가 되어서 이렇게 경계심 없이 마셔본 것은 굉장히 오랜만이었다.

"말뚝박기 기억나세요? 우리는 갑자기 그 짓에 열을 올리기 시작한 거예요."

나는 이곳이 거의 공터였고 오래된 과수원과 호젓한 강물, 낡은 별장만 있던 시절의 몇 가지 일화들을 꺼냈다. 그때 우리는 이십대였고 온갖 우스꽝스러운 짓들을 하고 다녔다. 이곳에 놀러와서 술을 마시다가 갑자기 강가로 우르르 달려가서 시작한 말뚝박기가 그중 하나였다. 한 팀의 주장이 나무에 등을 기대고, 몇 사람이 그의 가랑이에 고개를 처박은 채 고개를 숙여 말이 되고, 반대편의 사람들은 무지막지한 기세로 달려와 말의 잔등에 올라타며 주장의 가랑이에 일차적인 물리적 고통을 가하는 게임이었다. 그 폭력적인 진동으로 말들이 무너지면 쉽사리 승리할 수 있었고, 말들이 끝까지 버틴다면 목숨을 다 내건 듯한 열띤 가위바위보로 승부를 가리는 어린아이 같은 놀이였다.

정말로 그건 몸이 가벼운 어린아이들에게나 마땅할 놀이였다. 건장한 이십대 청년들이 만취해서 웃통을 벗어던지고 눈에 광기를 띠며 자갈밭을 날아다닐 일이 아니었다. 그날의 구성원 중에 여자도 몇 명 있었는데 모두 동등하게 말이 되어 누군가의 가랑이에 고개를 처박았다. 약한 고리인 우리는 더욱 난폭한 착지의 표적이 되었고 우리 때문에 졌다는 소리를 듣기 싫어 두 다리와 척추에 미친듯이 힘을 주었다. 자갈밭을 뒹구는 푸른 소주병이 점점 많아졌고, 처음에는 순전히 재미있었지만 곧 끝나지 않는 악몽인 것처럼 독기에 찼다. 그날의 말뚝박기는 가장 사나운 야생마와 같았던 이광채가 비명을 지르며 자갈밭에 나뒹구는 것으로 끝났다. 누구 하나 전신 마비가 되어도 개의치 않을 것처럼 이광채가 가장 높이 날아올라 누군가의 목덜미에 엉덩이로 내려앉았을 때, 그는 고환 부위에 불이 붙은 것 같은 고통을 느끼고 비명을 지르며 말에서 떨어졌다. 죽을 지경으로 지쳐 있었던 말들이 이겼다고 환호성을 지르며 이리저리 주저앉았는데, 이광채의 비명이 예사롭지 않은 것을 뒤늦게 깨달았다.

"개새끼! 어떤 새끼야! 개새끼! 가만히 안 놔둬!"

개새끼를 넘어서는 더 험한 욕설이 무한에 이르도록 이광채의 입에서 쏟아졌다. 그때 뒷목에 뾰족하고 튼실한 왕자갈을 얹었던 반역의 말이 누구였는지는 끝내 밝혀지지 않았다. 아니 밝혀내지 않았다. 그쪽에서도 경추 탈골로 전신 마비가 될 위험을 감수하고 저지른 일이었으니 그날의 분위기는 피차간에 목숨을 내건 대결이었다고 할 수 있다. 당황해 서로의 얼굴을 마주보면서 대충 누가 그랬겠다는 짐작은 했지만 그걸 분명히 밝혀서 서로 간에 영원히 증오를 고정해서는 안 되겠다는 자각이 빠르게 우리를 술기운에서 깨웠다. 우리는 어그적거리며 한 걸음마다 고통의 비명을 내지르는 이광채를 부축해서 차에 싣고 음주 운전을 불사해 최대한 빠르게 병원으로 달렸다. 다행히 음주 단속에 걸리지는 않았던 것으로 기억한다.

그때 이광채의 소중한 물건이 터졌는지, 터지지는 않고 소염제만 먹고 끝났는지 우리끼리 수군거리기는 했으나 이광채 앞에서 그때의 일을 다시 들먹이지는 못했다. 그 무렵부터 나는 학과보다는 동아리에 푹 빠져 살다가, 결국 학교를 중퇴하고 뉴욕으로 떠났다. 삼십 년이 흐른 지금, 이광채와 황실장이 자리를 비운 틈을 타서 와인을 잔뜩 마시고 이야기하려니 꽤

대성리 63

나 괜찮은 우스개처럼 여겨지기도 했다. 오늘은 이 이야기를 꺼내기에 가장 알맞은 날이었다. 가까운 곳에 건장한 아들이 있으니까, 결국 회복 불가능한 손상은 아니었음이 밝혀진 것이다. 나는 그 일을 이야기하면서 야만성이 부각되지 않도록 내가 아는 모든 서사의 기법을 동원했다. 한번 말문이 터지면 곧잘 그러듯이, 나는 그날의 주인공이 되었다. 심지어 한국말을 잘 모르는 와키자니 부부조차 눈물을 흘리며 웃었다.

꽤나 좋은 시간이었다. 칵테일바의 공간이 은연중에 2030과 4050의 영역으로 나뉘어 있었다면, 나의 활약으로 우리 쪽이 기세를 압도했다. 이런 시간을 즐겨본 지 오래였던 나는 이광채의 제안을 따라 계획에 없던 나들이에 나서기를 잘했다고 생각했다.

"피아노를 연주해, 와키자니!"

넓은 홀의 한쪽에 그랜드피아노가 놓여 있었다. 와키자니는 익숙하게 그랜드피아노의 뚜껑을 열고 의자에 앉았다. 우리는 환호하며 그를 따라갔다. 음악이 시작되자 와키자니의 아내가 춤추기 시작했다. 나도 그녀와 함께 춤을 추었다. 와키자니는 〈마이 퍼니 밸런타인〉을 빠른 재즈 리듬으로 바꾸어 연주했는데 와키자니가 제 마음대로 박자를 비틀곤 해서 나는 몇 번이나 스텝을 헛디뎠다. 그는 그런 걸 오히려 즐기는 듯했다. 나는 그 이상한 박자에 맞추기를 포기하고 내 맘대로 몸을 움직였다. 나에게는 오래된 춤새들이 있었다.

"춤을 잘 추시네요. 동작이 아름다워요."

와키자니의 아내가 서툰 한국어로 나를 칭찬했다.

"고마워요. 미얄할미의 궁둥이춤이에요."

"한국의 전통 스텝이군요! 무용가이신가요?"

"아뇨. 그냥 대학 때 동아리에서 조금."

난간이마에 주게턱, 웅게눈에 개발코, 머리털은 다 모즈러진 빗자루 같고 쌍통은 깨진 바가지 같고 한 손엔 부채 들고 또 한 손엔 방울 들고 키는 석 자 세 치 되는 미얄할미는 힘차게 엉덩이를 내두르면서 걷는다. 기억의 암막을 뚫고 오래된 아니리가 어렵지 않게 술술 흘러나왔다. 그 기세 좋은 할미의 걸음으로 나는 꽤 인기를 끌었다. 황실장과 광채가 다시 나타났을 때 그들은 볼이 불그레하게 달아오른 채 나른하고 뻔뻔하게 웃고 있었다. 광채는 자신의 영토에서 벌어진 축제를 무척 만족스럽게 여기는 왕과 같았다. 축제의 분위기를 이끌고 있는 내가 광채에게 무척 괜찮게 보였나보다. 이광채는 춤에 서툴렀는데, 꼴사납지 않은 정도로 엉덩이를 흔들며 나에게 다가왔다.

"네 매장도 이런 식으로, 유니크하게 디자인해봐. 명소가 될 수 있을 거라고."

아아, 성수동의 킹스포인트를 이런 식으로. 유니크하게. 천연 암반으로 인테리어를 해보기로. 공사는 황실장에게 맡기자. 좋은 아이디어.

나쁜 뜻으로 한 소리는 아닌 게 분명했다. 이광채는 기분이 좋았고 보기 드물게 내 비위를 맞추려는 기색마저 얼핏 보였다. 어쨌거나 나는 인기를 끌고 있었으니까. 모두 내 앞에서 왕을 알현하듯 한 번씩 스텝을 밟고 갔다.

황실장이 튜닉풍의 원피스로 옷을 바꾸어 입은 것이 눈에 띄었다. 아까 사진에서 보았던 와키자니 부인의 의상과 닮아 보였다. 갈아입을 옷까지 완비해놓은 그들만의 공간은 어떻게 생겼을까? 거기도 천연 암반? 바흐 머리에 진한 눈화장을 하고 황금색 튜닉을 입은 황실장은 오시리스에게 제사를 올리는 이집트 천녀처럼 보였다. 천녀가 된 황실장도 튜닉 자락을 휘날리며 내 곁으로 다가왔다.

"이이는 정말 귀염둥이라니까. 덩치 커다란 귀염둥이."

황실장은 보란듯이 광채의 볼을 두 손바닥으로 문질렀다. 광채는 슬그머니 멀어졌다. 그 뒷모습을 사랑스러워 죽겠다는 눈길로 쳐다보면서 그녀는 나에게 더욱 달라붙었다.

"저이는 외로운 사람이에요. 이렇게 나와서 가끔 기분을 풀어야죠. 꿈이 많은데, 뒷받침해주질 않는다니까요."

광채에 대해 속속들이 알고 있음을 과시하느라 그녀는 말을 멈추지 않았다.

"저이는 정치를 하고 싶어해요. 하지만 정치를 하려면 부인이 협조를 해야 하잖아요. 불우이웃돕기 김장도 담고, 장애인 목욕도 시키고, 그런 일들을 다 해야 하잖아요. 하지만 그 여자는 절대로 그러지 않아요. 저이가 국회의원 선거에 나갔던 걸 아세요? 하지만 떨어지고 말았어요. 부인이 얼굴도 내비치지 않고 아무 협조도 하지 않는데, 누가 그에게 표를 주겠어요? 아무 일도 하지 않으려는 사람이에요. 남편을 위해서라고 해도 말이에요."

나는 이 여자를 피해 달아날 수 있는 곳을 찾아 두리번거렸다. 사람들이 이광채를 둘러싸고 비죽비죽 새어나오는 웃음을 참느라 입술을 깨물고 있었는데, 아마 대놓고 너 그때 그게 터졌어? 라고 물어볼 만큼 용기 있는 사람은 없었을 것이다. 이광채는 이유를 알 수 없는 인기에 당황스럽기도 하고 수줍게나마 좋기도 해서 엉덩이를 더 열심히 흔들고 있었다.

"저이는 불쌍한 사람이에요. 외로운 사람이라니까요. 적극적으로 내조를 받기만 했으면 다른 인생을 살았을 텐데. 난 그게 너무 안타깝다는 말이에요. 저 사람은 더 활기차고 긍정적인 여자를 만났어야 했던 거죠. 그건 나도 마찬가지예요. 내 남편도 쪼다 같은 놈이거든요. 우리는 서로 처지를 이해하니까 대화가 너무 잘 통하는 거예요. 글쎄 첫날 만났을 때 저이가 나한테 뭐라고 했는지 아세요?"

나는 하는 수 없이 민경훈 쪽으로 스텝을 밟아 자리를 옮겼다. 태환과 무리들의 시선이 나에게 쏠렸다. 태환아 나 오촌 이모야, 라고 소개하는 것은 너무 경악스럽게 구시대적이라서, 나는 그냥 경훈에게 접근하는 늙은 여자가 되었다. 경훈은 역시나 기대에 어긋나지 않게 내 춤을 찰떡같이 받아주었다. 태환의 굳센 팔이 쭉 뻗어 내 목을 움켜잡는 일은 일어나지 않았다. 그들의 흐느적거리는 몸짓이나 숨결에 텁텁하게 섞인 대마초 냄새가 유쾌했다고 할 수는 없지만, 천녀처럼 튜닉 자락을 펄럭거리는 황실장이 따라오지 않는 곳은 역시나 이쪽밖에 없었다.

뉴욕

 담쟁이잎이 몇 장 드리운 킹스포인트의 서쪽 창문으로 김선희씨가 자기 부동산 사무실의 문을 열고 차도를 몇 번 두리번거린 후 종종걸음으로 길을 건너는 모습이 보였다. 그녀는 나에게 이 건물 임대차를 중개한 공인중개사였는데, 근무중 한가한 시간이나, 업무상 이쪽 상가를 지나칠 일이 있다든가, 퇴근 후에 분위기를 즐기고 싶어진다든가, 새로 단골이 될 만한 멋진 고객이 있다든가, 이 멋진 건물을 나, 이규아에게 거저나 다름없는 조건으로 안겨준 공로를 새삼 상기시키고 싶어지면 언제든지 이곳으로 발걸음을 옮겼다. 공식적인 거래에 개인적인 공치사를 너무 많이 재생하는 편이라 피곤한 이웃이기는 했지만, 그녀에게 주워듣는 동네 돌아가는 이야기가 재미없지도 않아서 나는 그녀의 방문을 꺼리지 않는 편이었다.

　김선희씨와 잡담을 나누는 중에 갑작스럽게 진동하기 시작한 내 휴대폰 액정에는 모르는 번호가 떠 있었다. 전화에서는 젊고 생기 있는 목소리가 흘러나왔다. 그녀는 에클바이오 비서실의 누구라고 자신을 소개하며 몇 시간 후 제이 강이 들러 파티를 의논할 터이니 잠시 시간을 내주면 감사하겠다고 하고는, 갑작스러운 부탁을 드리게 되어 죄송하다고 덧붙였다. 그는 정중한 말투로 지금부터 일반 고객을 받지 말고 공간을 비워달라고 했는데, 하루 영업 손실을 보상하기 위해 그쪽에서 제시한 금액은 분명 일반적인 범주를 넘어서는 것이었다. 내 얼굴에 얼떨떨함이 드러났는지 금세 김선희씨의 관심을 끌었다.

　"뭔데? 누구야? 무슨 일인데?"

　"에클바이오 비서실이라고 하는데, 파티를 의뢰한다고 하네요. 회장이 온다고, 오늘 영업을 하지 말고 기다려달라는데……"

　"에클바이오 회장? 제이 강 말이야?"

　"그렇게 들었어요. 그 사람 알아요?"

　"제이 강을 아냐고?"

　김선희씨는 나에게 돌았냐는 의미로, 머리 옆으로 손가락을 뱅글뱅글 돌려 보였다.

"저기 101동 꼭대기, 펜트하우스, 보여?"

선희씨의 손가락은 이곳 킹스포인트에서 길 하나 건너편, 그녀가 방금 작은 길을 총총 건너온 그 거대한 고층 건물의 꼭대기를 다시 가리켰다. 뒷목을 급격히 꺾어 바라본 그곳은 구름이 흘러가는 하늘을 배경으로 한, 높은 건물의 최상층부일 뿐 펜트하우스의 어떤 모습을 파악할 수는 없었다. 나도 모르게 손으로 시선을 반쯤 가리면서, 쏠 호텔의 칵테일바에서 들었던 제이 강이라는 이름을 기억해냈다.

"에클바이오, 제이 강, 몰라? 와, 진짜 모르네. 뉴욕에 살았다면서."

뉴욕에 살았다고 해서 나스닥 상장 업체를 줄줄 꿰고 살지는 않았다. 에클버그라는 이름은 들어본 적이 있다고 할 틈도 없이, 김선희는 내 팔뚝을 질질 끌어 정원으로 향했다.

"저거 몰라? 안경? 맨날 보면서 에클버그도 몰랐냐고."

우리는 정원 끄트머리, 초여름이면 흐드러지게 장미가 피어나는 얕은 생울타리에 바짝 붙어 서서 강 건너편을 바라보았다. 눈부시게 반짝이는 한강 너머 숲을 이룬 강변 공원이 있었고 그 한가운데에 우윳빛 안경 모양 로고가 하늘 높이 치솟아 있었다. 선희씨 말대로 늘 보던 사물이기는 했다. 솔직히 말하면 무심결에 그것이 공공 설치예술 작품일 것이라고 생각해왔다. 그것이 기업의 로고라면 가장 단순하고 세련된 모습이기는 했다. 일반적인 광고 구조물과는 달리 기업 이름이나 어떤 설명도 덧붙이지 않고 오로지 두 개의 동그라미를 연결한 짧은 막대 모양, 안경처럼 생긴 로고 하나만 덜렁 서 있었다. 소용돌이치는 모양으로 굽어진 오묘한 각도와 불투명하면서도 우아함을 느끼게 하는 독특한 아이보리 색감 때문에 나처럼 예술 작품이라고 생각한 사람이 많았을 것이다. 시민의 공용 공간인 한강공원에 기업 광고물이 눈에 띄게 혼자 자리잡았지만 그 심미성 덕분에 시민들의 항의는 별로 없었을 것이다. 조용하고 아름답게 주변과 조화를 이룬 그 아래에서 사람들은 사진을 찍었다.

"저게 에클버그 로고잖아. 청담사거리에 안경 로고 크게 달린 건물도 있잖아, 그게 에클버그 본사고. 거기 창업자 제이 강!"

선희씨는 휴대폰을 분주하게 뒤져서 에클바이오의 특징적인 안경 로고와 화려한 건물, 그 세계적인 기업을 일구었다는 CEO 제이 강의 이미지와 기사들을 정신없이 눈앞에 들이밀었다.

"에클버그가 암 치료 유전자 이름이야. 그걸 한국 사람이 발견한 거라고. 암! 그 유전자 물질을 이용하면 모든 암에 다 치료 효과가 있대! 전 세계 제약사들이 다 에클바이오 신약에 줄을 섰고, 제이 강은 곧 노벨상을 받을 거래!"

암 치료제. 신약 개발. 노벨상. 다소 과장이 아닌가 싶으면서도 나는 그가 굉장한 사람임을 납득했다.

"서울대와 하버드를 수석 졸업했다는데 딱 보면 그냥 천재잖아, 사람이."

선희씨가 말하는 동안 고개를 끄덕이면서 나는 무심결에 와인 리스트와 메뉴, 좌석 배치를 생각했는데, 그런 자세가 그녀의 마음에 들지 않은 모양이었다.

"내 말 듣고 있어, 규아씨?"

"네?"

"서울대 나오고 하버드 수석 졸업했다고. 천재 아니냐고, 제이 강."

나는 쓴웃음을 지었다. 서울대와 하버드를 나왔다고 해서 모두 천재로 인증된 것은 아니라고 하면 좀스러워 보일 테고, 유전자 치료니, 노벨상이니 하는 소리들이 왠지 수상하게 들린다고 말하면 꽉 막힌 사람 같을 것이다. 그냥 그는 그런 소문들을 몰고 다니는 사람인 것이다.

"제이 강이 직접 와서 의논한다니, 도대체 얼마나 중요한 파티겠어? 내 말 듣고 있냐고, 응? 규아씨! 오늘 사람이 왜 이렇게 맹해? 이래 가지고 야무지게 할 수 있겠어? 아, 정말!"

알 수 없이 고무된 선희씨는 인턴사원을 야단치는 대리처럼 매장 여기저기에 손가락질까지 해대며 나를 몰아세웠다. 그녀의 태도가 거슬렸지만 어쨌든 정신이 좀 들기는 했고 선희씨 말대로 거물 제이 강이 직접 온다면 보통 일은 아니었으니 특별히 준비할 필요가 있었다. 이날 오후에 경훈이 바에 들르겠다고 했으므로 급히 약속을 미루자고 전화했는데, 경훈은 섭섭한 티를 냈다.

"벌써 출발했는데요, 대체 무슨 급한 일이길래?"

쏠 호텔에서 만난 이후 경훈은 킹스포인트에 종종 들러 잡담을 나누곤 했다. 그와 나는 스무 살 가까운 나이 차이가 있어서 광채가 다소 저속한 눈짓으로 암시하듯이 연애 관계로 발전하는 것은 현실적이지 않았다. 경훈은 찾아와 그냥 놀다 가곤 했고, 친목의 범위가 유난히 넓은 골프 티칭 프로의 일상인가보다 하면서 나는 그의 방문을 꺼려하지 않았다. 경훈은 속물이 분명했지만 그걸 조금도 감추려 하지 않았고 별것 아닌 이야기도 아기자기하게 이어나가는 장점이 있었다. 그가 대수롭지 않게 광채와 연지, 태환의 일상들을 이야기할 때면 나도 모르게 귀를 기울이게 되었다.

"제이 강? 우와, 대박인데! 나도 오늘 가면 안 돼요? 창고에 짜져 있을게! 조금도 방해하지 않겠다고요! 혹시 도움이 될지도 모르잖아요?"

약속을 미루기는커녕 경훈은 대놓고 급가속을 해서 단 몇 분 만에 킹스포인트로 달려왔다. 간신히 등 떠밀어 선희씨를 내보내자마자 경훈이 들이닥쳐 흥분하는 바람에 나는 무엇을 차분히 준비하거나 계획할 정신이 하나도 없었다.

"제이 강에 대해서 최소한 기본 정보는 알고 있어야죠. 그래야 대화가 자연스럽지 않겠어요?"

선희씨에게 들은 것이 제이 강에 대한 브리핑이었다면 경훈은 심화편이었다. 사전 준비도 없이 즉석에서 한 개인에 대해 이토록 많은 정보가 콸콸 쏟아져나올 수 있다는 것에 놀랐다. 에클버그는 제이 강이 발견한 암세포 분열 억제 유전자의 이름이었다. 이 유전자에서 생성된 두 개의 고리형 단백질이 결합해 안경 모양이 되었는데 이 구조가 에클바이오의 로고가 되었다. 그는 한국에서도 이런저런 사업화를 시도했고 꽤 괜찮은 성공을 거두기도 했지만 그의 야심의 크기에 비해 한국 시장은 비좁고 답답했다. 미국에 대해 아는 것은 없었지만 그는 가능성 하나만을 믿고 미국으로 떠났다. 처음엔 하버드로 갔지만 마침내 그가 기회를 잡은 곳은 실리콘밸리였다. 실력과 사업성을 중시하는 그곳에서 마침내 에클버그 단백질의 미래 가치를 인정받았고 사업화에 성공했다.

처음에는 에클버그 단백질을 이용한 암 치료 신약 개발을 생각했지만 비상한 감각을 지닌 제이 강은 주력 사업 방향을 암 진단 분야로 설정했다. 부유하고 건강에 관심 많은 전 세계의 중장년 인구를 생각하면 치료제보다 예방 진단 시장이 더

넓었다. 에클버그 단백질은 암세포 분열 초기부터 광범위하게 발현되기 때문에 초기 암 진단에 적합했다. 겨우 혈액 몇 방울만 채취하면 일주일 안에 전신의 27종 암세포를 조기에 진단해낼 수 있었다. 제이 강은 더욱 과감하게, 대형 약국 체인에서 구입할 수 있는 간편 진단 키트를 개발해 출시했다. 내 몸에 암세포가 자라고 있을까 궁금한 사람이라면 키트를 구입해 그 자리에서 손가락을 찔러 피를 몇 방울 뽑은 뒤 그 키트를 지정 냉장고에 넣고 돌아오면 끝이었다. 며칠 뒤 27종 암에 대한 진단 검사 결과가 이메일로 발송되었다.

에클바이오의 기업 가치가 십억 달러로 평가되며 나스닥 상장을 눈앞에 둔 것만으로도 거대한 성공이었지만 제이 강의 스토리는 이제 시작에 불과했다.

"지금 에코 사만원 넘은 거 알아요? 작년 수익률 이천 퍼센트 났어요."

경훈은 코인 거래 창을 열어 오른쪽으로 치솟은 그래프를 보여주었다. 코인에 대해서 아무것도 모르는 나에게도 그 가파른 기울기는 따로 설명이 필요하지 않았다.

"에코, 에클코인 몰라요? 국민 코인이잖아! 하아…… 규아 씨 아무것도 모른다더니 진짜네."

암호화폐, 쉽게 부르는 이름으로는 코인. 어느 IT 포럼에서 제이 강은 에클버그가 단순한 바이오 스타트업이 아니라 '생체 기술을 기반으로 한 IT 기업'이라고 정의하며 에클코인 출시를 선언했고 이는 실리콘밸리 투자 업계에서 하나의 계시로 받아들여졌다. '고차원적인 기술을 활용하는 IT 플랫폼과 결합된, 바이오-IT-투자 삼원 기술 지원형 4세대 블록체인 프로토콜'이며, '분산형 애플리케이션과 보안 클라우드 서비스 제공자를 포괄하는 생태계 구축을 목표'로 한다는 에클코인은 현재 세계 코인 시장에서 시가총액 4위였는데 투자자들은 곧 3위를 추월할 것으로 기대했다.

토종 한국인으로 한국에서 이십대 중반까지 성장하고 병역도 마쳤으며 아직도 한국 국적을 유지하는 기업가가 미국 시장에서 독보적인 성과를 보여주었다는 면에서 에클버그는 한국인의 자존심이 되었고 에클코인은 에코라는 애칭을 얻으며 지난 한 해 이천 퍼센트의 가파른 상승을 보여주었다.

실리콘밸리에서 주로 활동하던 제이 강은 얼마 전부터 한국 사업에 눈을 돌리기 시작했다. 한국은 알고 보면 강한 나라다. K-엔터는 이미 전 세계를 휩쓸었고, 사업 감각이 다소 답답하기는 하지만 바이오 분야의 기술력도 세계적이었다. 제이 강이라는 걸출한 인물의 계시적 신체가 한국 땅에 돌아왔다는 사실만으로도 시장은 거세게 들썩였다. 그는 대한민국이 싱가포르와 일본을 제치고 동아시아 바이오-엔터-IT의 독보적인 허브가 될 것이라고 전망했다.

"그는 신화예요."

신화라기보다 신이 아닌가. 킹스포인트 앞에 오색구름이 내려앉고 제이 강이 빛나는 은빛 날개를 곱게 접으며 들어선다고 해도 전혀 놀랄 일이 아닌 것 같았다. 제이 강에 대해 이미 모든 것을 알고 있었던 경훈은 단 하나, 그가 킹스포인트 바로 옆 T타워의 최상층 펜트하우스에 살고 있다는 것만은 처음 듣는다고 했다.

"그 정도 되는 사람은 얼마든지 더 좋은 데도 많을 것 같은데요. 한강을 좋아하나보다."

제이 강은 어떤 취향의 인물일까. 경훈이 검색력을 동원해 제이 강의 사적 행보를 알아내려 노력했지만 화려하게 노출된 그의 공적 활동에 반해 개인적인 부분은 놀랍도록 알려진 바가 없었다.

"도대체 누구를 부르길래 제이 강이 직접 온다는 걸까? 일론 머스크? BTS? 파티를 한다면 연예인들도 많이 오는 거 아니야?"

전류가 흐르는 것처럼 등골이 쭈뼛하면서, 도대체 그런 사람들이 드나드는 킹스포인트라면 내 인생이 어떻게 되는 것인가 하는 생각에 잠시 눈앞이 하얘졌다. 경훈은 최고로 핫한 연예인들의 긴 리스트를 줄줄 댔는데, 요새 잘나가는 아이돌 그룹들 중에서 역시나 내가 알 만한 이름은 하나도 없었다.

"어쨌거나 오늘은 처음 만나는 거니까, 그 사람이 뭘 원하는지 들어보면 되겠지요."

제이 강의 취향에 맞을 법한 와인과 간단한 메뉴들을 생각하면서 한 말이었는데 경훈은 나를 위아래로 훑어보았다.

"그럼요. 제이 강 같은 사람이야 연예인에게 둘러싸여 살 텐데, 뭐 섹시하게 나가서 될 일은 아니죠. 근데 규아씨 오늘 좀 빈약하다. 아직 시간 있는데, 얼른 머리라도 좀 만지고 와야 하는 거 아니에요?"

나는 조금 발끈했다.

"내가 더 치장을 해야 한다고요?"

"그럼요. 첫인상이 얼마나 중요한데."

"제이 강이 나랑 연애하러 오는 것도 아니잖아요?"

"하지만 오늘 같은 날 좀더 화사해서 나쁠 건 없잖아요?"

내 취향대로라면 보다 담담하게 제이 강을 맞이했겠지만, 이날 나는 주변인들의 흥분과 기대에 쉽게 굴복해 한 번도 가본 적 없는 길 건너편 T타워의 미용실로 급히 달려가고 말았다. 예약을 하지 않아 어렵다고 난색을 표하는 걸 갑자기 중요한 미팅이 생겼다고 통사정해서 겨우 손질을 받았다. 웨이브가 자연스럽게 흘러내리도록 머리를 매만지고 가벼운 메이크업을 받은 것만으로도 꽤 큰돈을 썼다. 그렇게 매만지고 나니 아주 큰 차이는 아니었지만 조금은 더 봐줄 만한 모습이 되었고 마음도 어느 정도 안정되었다. 긴장되는 만남이 있는 날이면 가끔 하는 생각이었는데, 미용실 거울에 내 모습을 비추어 보면서 오늘 같은 날은 좀더 화려한 용모, 말하자면 연지 같은, 한눈에 기억되는 미모를 타고났으면 얼마나 좋았을까 하는 생각을 했다.

조금 변명하자면 내가 나 아닌 어떤 존재를 부러워하고 그렇게 되기를 소망하는 것은 자주 있는 일은 아니었다. 그런 선망을 타고나지 않은 체질이거나, 아니면 일찌감치 포기했을 것이다. 제이 강이라는 압도적인 거물의 갑작스러운 방문, 그 방문 결과에 따라 천지 차이로 달라질 내 사업적 전망 같은 비일상적인 상황에서 내가 잠시 불안해졌던 것이라고 이해해주면 좋겠다. 그런 순간이 닥치면 보통 사람들은 대개 평정을 잃게 될 것이다.

예약 취소 전화를 돌리고 불쑥 들어오려는 워크인 손님들을 거절해 돌려보내면서, 나는 점점 더 초조해졌다. 자꾸 시계를 보거나 작은 소리에도 깜짝깜짝 놀랐다. 경훈은 약속한 대로 주방 구석에 의자를 갖다놓고 잡지를 읽었는데, 나만큼이나 긴장해서 자주 고개를 밖으로 빼는 것 같았다. 초조한 기다림에 동지가 있는 것이 어쩐지 나쁘지 않았다. 경훈이라는 남자는 광채나 태환처럼 쉽지 않은 인물과 그림자처럼 붙어다니는 친화력의 소유자인 만큼, 묘하게 거슬리지 않고 감초처럼 어디에서도 무난하게 처신하는 장점이 있었다.

마침내 길가에 노란 쿠페가 멈춰 섰을 때 내 심장도 우주의 시간도 그 차와 함께 멈추기로 한 것 같았고 차의 주인이 무심하게 차에서 내려 킹스포인트의 야트막한 철문을 밀어 열고 들어서는 동작들 모두 다소 비현실적인 슬로모션으로 재생되었다. 나는 깊이 숨을 들이마셨다.

그 남자는 별스럽지 않게 홀에 들어섰다. 그가 문을 열고 들어서는 순간 내내 나를 압도하던 지나친 중력이 사라지며 나는 갑자기 나 자신으로 돌아갔다. 이쪽 업계에서 오래 일하다 보니 일종의 직업병이랄까, 마트나 거리에서 스쳐지나는 모든 평범한 사람들을 나의 고객 자리에 한 번쯤 앉혀보는 습관이 생겼는데, 돈을 잘 쓸 법한 고객, 유쾌하게 몇 마디쯤 나눌 고객, 까다롭고 긴장되는 고객, 우리 매장에 오지 않기를 바라는 진상 고객 하는 식이었다. 나는 나의 분류법으로 그를 보기 시작했다.

지금 문을 열고 들어오는 호리호리한 남자는 전혀 위압적이지 않았다. 유전자, 노벨상, 하버드와 나스닥을 버무린 유난한 선행 학습이 있지 않았다면 나는 그가 킹스포인트에 종종 들러 와인 한잔을 즐기고 가는 반가운 고객 중 한 명이라고 해도 전혀 이상하게 여기지 않았을 것이다. 나는 그가 어떤 부류에 속하는지를 한눈에 파악했다.

그런 사람들이 종종 있었다. 그가 올려주는 매출과 관계없이 그가 다녀감으로 해서 그날 하루의 피로가 보상될 만한 사람, 그에게 직업적인 정중함의 톤을 유지하기 위해 내 쪽에서 신경써서 마음을 단속하는데도, 웃으며 유쾌한 대화를 나누다가 아차 하는 순간 고객을 대하는 매니저의 표정을 훌쩍 넘어서버리지는 않았는가 뒤늦은 자각이 찾아올 수 있는 사람. 어느 새벽녘 혼몽 속에서 그를 부둥켜안고 이 세상에 존재하지 않을 지독한 사랑을 나누다가 지옥같이 달아오른 몸에 놀라서 깨어나며 내가 혼자 침대에 있다는 것을 깨닫고는, 죽을 때까지 해소되지 않을 것 같은 육체의 목마름에 절망하는 한편으로 아주 약간은, 꿈속에서 짐승 같은 유희를 즐기던 그 여자가 아니라 일상적인 연애와 깨짐 사이를 왕복하는 찌질한 나 자신일 뿐이라는 사실에 비겁하게 안도할 것이다. 그가 다시 웃는 얼굴로 매장의 문을 열고 들어오면 꿈속에서 내가 그를 어떤 식으로 원했는지 떠올리며 민망함을 느끼고, 웃음 아래 붉어지는 얼굴을 어둑한 조명으로 솜씨 있게 감춰야 하는 그런 사람이다.

그가 가까이 다가와 내 앞에 마주섰을 때 왠지 남의 옷을 입고 있는 기분이 들기는 했지만 나는 머리를 다듬고 메이크업을 받아두기를 아주 잘했다고 생각했다. 그 순간에는 분명 그것만이 위안이 되었다. 그가 말없이 빙긋 웃자 갑자기 심장이 놀란 암탉처럼 파닥거리기 시작했는데, 내 얼굴에 아찔한 기분이 그대로 드러났을 것이다. 분명히 그랬을 것이다. 나는 처음 만나는 사람 앞에서 지어야 할 적절한 표정이란 게 어떤 것인지 완전히 잊어버린 것 같았다. 그를 보고 아찔해하는 여자들이 한둘이 아니겠지, 나는 마음을 가다듬었다. 어차피 이 남자는 자기 앞에서 어쩔 줄 몰라하는 여자들에게 아주 익숙할 것이다.

"안녕하세요."
"안녕하세요."

우리는 첫 소개팅에서 마주앉은 숙맥들처럼 첫인사를 나누고 다음 말을 잇지 못한 채 침묵 속에 그냥 서 있었다. 아무 말 없이 흘려보낸 몇 초는 영원처럼 길게 느껴졌다. 제이 강은 백악관에 초청받아 미국 대통령하고도 인사를 나눈 사람이 아닌가. 그쪽에서 뭐라고 다음 말을 해야 하는 것이 아닌가. 긴장해서 입이 얼어버린 불쌍한 와인바 사장을 구원해주는 것은 그쪽의 책임이 아니겠는가! 이상하게도 나만큼이나 어려워하던 그가 마침내 큼큼 목을 가다듬고 꺼낸 말은 내가 도무지 준비하지 못한 질문이었다.

"나 모르겠어요, 누나?"

몰래카메라로 갑자기 아이스버킷 챌린지를 당한 기분이었다.

"못 알아보네. 나는 금방 알겠는데."

"너…… 너…… 재웅이."

"응, 나야, 누나."

나는 그 자리에서 돌이 된 듯 그를 보았다.

마당패 '탈' 95학번 강재웅.

그가 바로 에클바이오의 제이 강이었다.

그가 두 팔을 약간 벌렸다. 내가 예의를 차릴까봐 두려워 망설이는 마음이 그 몸짓에 보였다. 아니 아니, 나는 예의를 차릴 생각이 조금도 들지 않았다. 나는 카운터에서 달려나가 그를 덥석 껴안았다.

하루가 멀다 하고 막걸리를 폭음하던 시절, 동아리방에서 며칠이나 숙식을 함께하는 일이 드물지 않았던 시절에도 재웅을 이렇게 꽉 껴안아본 일이 있었을까? 기억나지 않는다. 우리는 그러지 않았던 것 같다. 나는 마당패 탈의 94학번 이규아, 그는 95학번 강재웅이었다. 우리는 너나없이 친했고 어깨동무 정도는 술기운 없이도 흔하게 했지만 이렇게 뜨겁게 부둥켜안은 일은 없었다. 세월이 우리 사이에 놓였던 많은 장애물들을 치워서 우리는 남의 눈을 의식하지 않고 거리낌없이 덥석 껴안을 수 있었다. 나는 바삭바삭한 그의 리넨셔츠에 오랫동안 고개를 파묻고 있었다.

"맙소사. 재웅아, 너였구나."

"응, 맞아, 누나. 나야."

자리에 마주앉고 나서도 우리는 같은 말만 여러 번 되풀이했다. 우리는 그렇게 서로 믿을 수 없는 존재들이 되어 있었다. 물론 나도 많이 변했지만 강재웅이 제이 강으로 변신한 것만큼 놀라운 변모는 아니었을 것이다. 재웅의 잘 다듬어진 피부와 머릿결 사이에 언뜻언뜻 보이는 작은 주름살이나 반짝이는 짧은 흰머리들로 부인할 수 없이 흘러간 세월을 확인하는 한편, 우리는 여전히 함께였던 시간들과 그 외의 많은 것을 공유할 수 있었다.

"제이 강이 너일 줄은 꿈에도 몰랐어. 그래, 너 전공이 생명과학…… 뭐 그런 거였지."

"공부 때려치울라 그랬는데 어쩌다보니까 이렇게 됐네."

"그땐 그랬어. 아무도 학점 따위엔 관심이 없었지."

그때는 아무도 전공이나 학점을 진지하게 생각하지 않던 시절이었다. 실상 그는 전공이나 소속 학과에 아무 관심을 두지 않고 거의 동아리에서 살다시피 했다.

그만둘까 고민했던 전공을 계속하고 사업으로 발전시켜 오늘의 에클 신화를 이루기까지 일어난 모든 일을 스스로도 잘 이해할 수 없다는 듯이 그는 어깨를 으쓱했다. 오래된 기억들이 새록새록 떠올랐는데, 그는 여유로우면서도 우아하게 움직이는 사람이었다. 춤새가 아름답기로 마당패에서도 으뜸이라서 그는 학번이 낮았는데도 금방 센터를 차지했다. 구석에 세워놓으면 사람들의 시선이 모두 그에게 몰려 오히려 공연의 균형이 깨졌으므로 얼른 중앙에 세우는 것이 나았다. 동아리 이름이 마당패 탈이었지만 우리는 창작극을 주로 했고 탈춤을 추었던 적은 한 번도 없었다. 재웅이 생긴 게 아까워서 마당패가 모두 탈을 벗기로 했다는 농담도 있었다. 와인잔을 입가로 가져가고, 창밖으로 시선을 던지고, 환하게 웃으며 깍지낀 두 손을 풀어 팔걸이에 얹는 작은 동작 하나하나, 오래된 심미적 가치가 있었다.

"시위하고 공연했던 그거밖에 생각 안 나는데. 시위에 목숨 걸었었지."

"아유, 짱돌 들고 지켜준다던 선봉대 다 어디로 튀고 우리가 다 두들겨맞고, 잡혀가고."

"고향에서 학비 보내주는 부모 생각해서 공부하라고, 경찰한테 욕먹고."

"그래도 서울대라고 봐준 거."

"봐주긴. 뭣같이 얻어맞았는데."

"네가 째려봤다면서. 다들 눈 깔고 찌그러져 있었는데."

"아니에요. 난 얌전히 있었다고요. 괜히 불러다 팼지."

"기생오라비같이 생긴 놈이 째려본다고, 본보기로 네가 많이 맞았지."

"아니 내가 뭘 어쨌다고. 난 정말 안 째려봤어. 그냥 맞은 거라고요."

"그냥 맞았다기엔, 넌 유난히 많이 맞았어."

"팔자가 험한가. 왜 나만 그렇게 당했지."

그때, 구십년대 우리의 삶은 여전히 시위였다. 팔십년대 학번 선배들이 겪었던 전쟁 같은 민주화 투쟁기가 지났지만 우리는 여전히 그 시대를 용납할 수 없는 불의와 몰역사의 한가운데라고 정의했다. 마당패 탈은 오방색 띠를 두르고 시위의 선봉이나 꼬리에 서서 춤을 추고 흥을 불렀다.

"동아리 사람들이랑 지금도 연락해?"

"아뇨. 누나가 처음인데. 누나는 동아리 사람들 만나요?"

"아니, 난 계속 뉴욕에 살았어. 나도 네가 처음이야."

그의 눈빛에 무언가 예리한 반짝임이 느껴졌고, 그 순간 오래된 기억 속의 어떤 것이 불쑥 고개를 들었다. 정확하게 짚어낼 수는 없었지만 무언가 위험하고 미심쩍은 것이라는 직감만은 분명히 들었는데, 그를 오랜만에 만난 반가움에 의혹을 끼얹을까 두려워 얼른 그 느낌을 지웠다.

"반가워, 누나. 정말로 반가워요."

밤섬

그날 와인을 두어 병 비우며 이야기를 나누다가 우리는 결국 그의 펜트하우스로 올라갔다. 그가 자기 집으로 가서 한잔 더 하자고 했을 때 나는 이미 알딸딸한 상태였고 강재웅과 이십오 년 만에 다시 술을 마시는 것 이상 더 중요한 일이 있다는 생각이 조금도 들지 않았으므로 망설이지 않고 그를 따라 나섰다. 이미 여러 사람으로부터 여러 차례 들었던 바로 그 펜트하우스는 사실 킹스포인트에서 몇 발짝밖에 떨어지지 않은 곳이었는데, 그곳으로 가는 길이 콩나무 덩굴을 타고 하늘로 오르는 재크의 길처럼 비현실적으로 느껴졌다.

펜트하우스로 향하는 엘리베이터의 문이 닫히는 순간 내가 하늘로 승천하는 비현실감을 느꼈다면, 숨죽이고 우리를 지켜보던 민경훈과 김선희는 CCTV의 화면이 암전되는 것과 같은 좌절감을 느낀 모양이었다. 다음날 내가 욱신거리는 머리를 부여잡고 출근했을 때 그들은 내가 숙취로 번호키를 누르다 한 번 틀리는 사이에 초현실적으로 빨리 등장했다.

"이분 사무실에서 커피 마시던 참이었어요."

"어떻게 된 거야? 규아씨, 어제 거기서 잤어? 잤냐고!"

나는 우리 셋 사이에 일어난 갑작스러운 변화가 잘 이해되지 않았다. 민경훈과 김선희 두 사람은 어제까지 분명 안면이 없는 사이였다. 그런데 오늘 아침에 그들은 갑자기 커피를 함께 나누고 어젯밤 내가 누구와 잤는지를 의논하는 사이로 갑자기 바뀌어 있었다. 우리 사이에 이런 친분이 언제, 왜 만들어졌는지 의문이었지만 자기 집처럼 나를 위해 커피를 내리고 숙취 해소 음료를 들이밀며 바싹 다가앉아 눈을 빛내는 두 사람의 자연스러운 움직임을 보면 우리는 오래전부터 이만큼 친했는데 나만 모르고 지냈던 것 같기도 했다.

"저리 좀 가요, 나 생각 좀 하게."

하지만 정반대 효과만 불러일으켰다.

"어머어머, 이게 웬일이야, 웬일이야."

"생각할 게 뭐가 있어요? 그냥 대박이지!"

"어제 보니까 처음 만난 사이가 아닌 것 같던데? 그치? 맞지?"

"보자마자 껴안아서 너무 놀랐잖아요."

"첫사랑이야? 예전에 사귀었던 사이?"

"그런 것 같던데? 첫사랑, 맞죠?"

"어머어머, 어쩌면 좋아. 우리 규아씨가 제이 강 첫사랑이었던 거야? 제이 강이 어제 첫사랑을 만난 거야? 대애박!"

"제이 강 눈빛이 이글이글하더라고요. 규아씨를 평생 기다렸나봐요."

"이거 무슨 소설 같지 않아? 첫사랑을 한평생 잊지 못해서, 남자가 떼돈 벌어서 다시 나타나고, 그런 소설 있지 않았어? 카사블랑카?"

나는 계속해서 "그런 거 아니거든, 조용히 좀 해봐요, 아 좀 조용히 하라고. 머리 아프다고" 하고 중얼거리고 있었지만 민경훈과 김선희가 흥분해서 떠드는 목소리에 파묻혀 내 목소리는 들리지도 않았다.

"아, 그런 거 아니라고! 시끄럽다고!"

마침내 나는 힘을 쥐어짜내 소리를 빽 질렀다.

"그런 거 아닌데, 만나자마자 집에 가서 자고 와?"

"그냥 가서 술만 마셨거든? 아무 일도 없었다고요."

"술만 마셨다고? 우리더러 그걸 믿으라고?"

나는 두 손을 내저었다.

"그런 사이 아니야. 대학 동아리 후배야."

두 사람은 잠시 조용해졌다가 금세 다시 궁금한 게 생겼다.
"규아씨, 그럼, 하버드 나왔어?"
"이분, 서울대 경영학과 나왔잖아요. 난 알고 있었는데."
"세상에…… 감쪽같이 몰랐네. 난……"
 선희씨는 마치 내가 그동안 무언가를 감쪽같이 속여오기라도 했다는 듯 약간의 힐난마저 섞어 나를 노려보았다. 사람들은 내 학벌을 알게 되면 서울대 경영학과에 다녔는데 왜 대기업 임원이 되거나 자기 사업체를 경영하지 않고 이렇게 와인 바에서 음식을 나르고 있는지 궁금하게 여겼다. 대학 동기들과는 잘 연락하지 않아서 모르겠지만 나처럼 전공과 전혀 관계없는 인생을 살고 있는 사람들이 꽤 많을 것이다. 연극배우가 되었거나 낚싯배를 몬다는 소식을 들으면 번잡한 세상사와는 다른 삶을 살고 싶었구나 할 것이다. 하지만 한 선배가 스튜어디스가 되었다는 소식은 우리 사이에서 화제가 되었다. 경영학이라는 전공과 서비스업은 이상하게 어울리지 않았다. 경영이란 사람을 부리는 일인데 서비스를 하고 있으니 그럴 것이다. 그런 시선으로 보자면 나 같은 인생도 이상한 축에 속했고, 이상하다면 이상하겠지만 얼마든지 그럴 수도 있는 일인데, 언제나 무언가 변명하는 기분이 되고 말았다. 스튜어디스가 된 그녀는 아마 나보다 더 심하게 변명하며 살고 있을 것이다.

아무튼 나 이규아는 그리되었다. 서울대 경영학과를 중퇴해서 이광채와 동기지만 조그만 와인바를 운영하며 살고 있고, 에클버그의 제이 강은 동아리 후배, 우리는 마당패 탈에서 함께 춤추던 사이였다.

"역시, 네트워크 고급지다. 사람은 이래서 좋은 학교를 나와야 해. 우리나라에 알 만한 사람들 모두 선후배라는 거 아니야. 그럼 무슨 걱정이 있겠어? 뭘 하든 선후배들이 엄청 밀어줄 거 아니야?"

이래서 내가 굳이 학교 이야기를 하지 않고 입을 다문다. 내가 그 학교 그 학과를 나온 것이 알려지면 결론은 생뚱맞게 '그럼 무슨 걱정이 있겠는가'로 직행한다. 뉴욕에서 일할 때 대학 동기나 선후배를 만난 적이 여러 번 있었다. 나는 팬트리에서 한숨을 여러 번 몰아쉬고 아무렇지 않은 척 마음을 가다듬고 주문을 받으러 다가갔다. 아예 못 알아보고 지나친 적이 절반쯤 되고, 그중의 절반은 서로 알아보았으면서도 굳이 알은척하지 않은 경우였을 것이다. 서로 알아보고 인사를 나누었더라도 기분좋은 이벤트는 아니었다. 특히 그쪽에 가족이 함께했을 경우 우리는 서로 더욱 당황해서 어쩔 줄 모르기 일쑤였다.

뉴욕에서 음식을 나르고 있는 나의 존재는 우리가 꿈꾸었던 젊은 날의 미래상이 굉장히 예상과는 다른 방향으로 흘러갔다는, 그럴 수 있다는 산 증거가 되었다. 그것은 어쩐지 우리 양쪽 모두를 매우 불편하게 했다. 그들은 나를 보며 저렇게 될 수도 있었다고 생각했을 것이며, 나는 그들의 삶을 조금도 부러워하지 않았음에도, 나도 저렇게 살았어야 했다는 알 수 없는 부채의식에 얼마간 시달렸다. 우리는 같은 공장에서 생산되어 같은 거래처로 팔려나가야 할 상품인 줄 알았는데, 막상 살아보니 삶의 모습은 천차만별 달랐다. 당연한 일인데 우리는 한 번도 그걸 당연하게 여기지 못했다. 그들이 떠난 뒤 팁이라기엔 너무 큰 액수가 테이블에 남아 있을 때 잘못 흘러 여기까지 왔다는 심정은 절정에 닿았다.

성수동에 킹스포인트를 오픈하며 형편이 어려워져서 학교 동기들에게 홍보차 연락하게 되는 일만은 없기를 기도했고 다행히 실행에 옮기지 않을 만큼은 유지가 되었다. 이광채가 내가 만난 첫 동기였고, 그 만남 또한 광채보다는 연지 때문이었다. 나의 훌륭한 학벌은 평소에 차고 다니기는 곤란하고 그렇다고 제값 받고 처분할 길도 없는 알 굵은 에메랄드 반지 같았다.

"제이 강 옛날에도 진짜 천재였어? 수석 졸업했어?"

"아유, 그 정도는 아니었고. 애는 똑똑했지만."

무심결에 '애'라고 지칭한 것이 그들에게 지나치게 강한 인상을 주고 말았다. 나는 제이 강과 동격이거나 한 급 높은 인물인 것을 자백하고 말았다. 김선희와 민경훈은 갑자기 자세를 바로하고 옷깃을 가다듬었다. 나는 제이 강이 학교에 다닐 때는 전공에 아무 관심이 없었다고 말해주었다.

"그러면 하버드 수석 졸업은, 가짜야? 학력 위조야?"

"박사과정이거나 포닥이 아니었을까? 가긴 갔겠죠. 거기까진 잘 몰라."

하버드 수석 졸업이 아니라도 어쨌거나 에클버그 유전자를 발견하고 에클 CEO가 된 것은 대단한 일이 틀림없었다. 나는 그의 중요한 학문적 발견들이 이루어진 시절에는 그와 연락하며 지내지 않았고 그저 그가 연구에 아무 관심 없이 동아리방에서 살던 시절에 친했을 뿐이라고 설명했다. 숙취 해소 음료를 마시며 이야기하려니 조금 술기운이 가시는 것 같았다.

"그럼 어제 저기 펜트하우스 간 거야? 집 좋아?"

"제이 강 펜트하우스에 가다니, 어마어마하겠죠?"

"얘기 좀 해봐. 어땠냐고. 사진 없어? 사진?"

그들은 내 휴대폰이 끈적끈적하다고 얼굴을 찡그리며 휴지를 적셔 닦다가 슬그머니 내 얼굴로 잠금을 풀어 앨범까지 열었다. 어쩌자고 이 사람들은 이리 거침이 없는지 세상 모를 일이었다.

"어머머머, 제이 강 맞지?"

"그런 거 같은데요?"

기억에 없는데 놀랍게도 사진이 몇 장 있었다. 다만 모두 어둠 속에 흔들려서 자세히 알아볼 수 있는 형체가 아니었다. 사진 속의 인물이 제이 강이라고 추정할 만했던 유일한 사진에서도 조명은 어둑했고, 남자는 마치 교향악단을 지휘하는 것처럼 한 손에 글라스 두 개를 몰아 쥐고 다른 손은 소테른 와인을 휘두르고 있었다. 그 모습을 보고 깔깔거리며 셔터를 눌러대던 내 모습이 언뜻 떠올랐다. 안타까운 샤토 디켐은 글라스에 담기지 못하고 바닥을 향했을 것이다.

김선희와 민경훈이 기대했던 화려한 야경이나 펜트하우스의 모습은 담겨 있지 않았다. 물론 피부가 많이 드러난 사진도. 사진을 통해 알 수 있었던 사실은 어제 펜트하우스에 우스꽝스럽도록 취해서 바닥에 술을 뿌려댔던 남녀가 있었다는 것뿐이었다. 사진의 도움을 받아 사라졌던 기억들도 조각조각 돌아왔다.

펜트하우스에 처음 들어설 때 나는 만취까지는 아니었지만 살짝 기분좋을 만큼 취해 있었다. 가장 놀랐던 것은 아무리 펜트하우스라고 해도 믿을 수 없을 만큼 높았던 층고였다. 마치 하늘이 모두 열린 것처럼 넓고 높은 거실 유리벽이 한강을 가득 담고 있었다. 취한 것과는 다른 들뜸이 있었고 그것에는 재웅의 보이지 않으나 능숙한 조력이 작용했다. 거실에 들어서자 그 집에 처음 초대받은 사람답게 환성을 지르며 하늘과 한

강으로 열린 창가로 향했는데, 재웅이 자연스럽게 손을 잡아 보조해주어서 나도 모르게 거실에 놓인 넓고 나직한 커피테이블을 훌쩍 밟고 지나갔다.

샬롯 페리앙, 미술관에서 보았던 작품을 밟고 지나가려니 미안해서 나는 기억나는 그녀의 이름을 중얼거렸다. 재웅은 고개를 갸우뚱하며 르코르뷔지에 아니었나요, 디자이너가 선택해준 거라서 나는 잘 몰라요, 누구라도 상관없지만, 이라고 했다. 아니, 샬롯에게는 상관이 있었을 것이다. 하지만 그다음에는, 너무 넓고 거침없어서 무서운 느낌마저 주는 높은 통창 앞에 서서 한강을 바라보며 그들을 잊었다. 동쪽으로는 구리시, 서쪽으로는 인천까지 뻗어간 한강이 보였고 강 건너편에는 까마득하게 낮아 무릎 아래로 보이는 H아파트가 있었다.

"이 사람 아이돌 아니야? 그런 거 같은데? 도무지 알아볼 수가 없네. 무슨 사진을 이따위로 찍었어?"

"어! 맞는 거 같아! 대박!"

"규아씨, 대체 얼마나 마신 거예요? 제대로 된 사진이 하나도 없네. 어제 펜트하우스에 사람들이 이렇게 많았던 거예요?"

나는 그들에게서 휴대폰을 빼앗아왔다. 온통 흔들린 사진 속에는 재웅과 나 말고도 많은 사람들이 더 존재했다.

나와 재웅이 들어가기 이전에도 펜트하우스에는 손님들이

있었다. 그들은 아무도 나의 등장에 놀라거나 호기심을 보이지 않았다. 이후로도 손님들이 찾아왔다. 문을 따로 열어줄 필요 없이 알아서 들어오는 사람들이었다. 술과 음식은 어디선가 끝도 없이 나왔다. 그들 중에 유명한 얼굴들이 있었던가? 잘 기억나지 않는다. 유명했더라도 내가 못 알아보았을 것이다. 초로의 한 남자를 보면서 내가 좋아하는 영화를 연출한 감독인 것 같다고 생각했던 게 유일한 아는 사람의 예였다. T타워 옆에서 와인바를 운영하려면 연예 잡지나 경제 전문지를 탐독하면서 국내 유명인들의 얼굴과 필모그래피, 보유 기업의 지분 정보 정도는 알아두어야 했을지도 모르겠다. 그런 준비 없이 와인바를 연 나는 도무지 알 수 없는 유명인사들을 만나 그들의 합당한 가치를 알아봐주지 못하는 실례를 저지르며 살게 되었다. 하지만 그들은 그런 익명성에 기분이 상하지 않는 것 같았다. 너무 알려져 살다보니 자기를 보고 반색하는 반응에 질린 사람들이었을 것이다.

"그런 사람들은 어떻게 놀아? 펜트하우스에서 제이 강이랑 이런 사람들이랑, 어떻게 놀았어? 응? 응? 아, 말 좀 해보라니까아!"

무엇을 했더라? 오랜만에 당구 실력을 발휘했다. 지금 명치뼈 근처가 욱신욱신한 것은 갑자기 균형을 잃어 당구알 위에 가슴으로 엎어졌기 때문이다. 펜트하우스 어딘가에 당구대와 피아노가 있었다. 그리고 춤을 추었다. 나는 아니고 다른 사람들이. 나는 소파에 늘어져서 흐린 눈으로 그들을 보기만 했다. 굉장히 잘생긴 어떤 남자가, 아마 그 사람도 유명한 사람이었을 것 같은데, 옆에 앉아서 내 어깨에 오일을 바르며 혈점을 눌러준다고 했다. 그의 손끝이 꽤 야무져 나는 몇 번 아프다고 꽥꽥 소리를 질렀다.

그리고 누구였더라? 내가 전생에 술탄의 여자였다고 말한 사람은? 그는 나에게 향유를 태운 연기를 마시게 하면서 눈앞에 떠오르는 것을 말해보라고 했는데, 그 순간 전생이 아니라 현생에서 본 것이 분명한 싸구려 플라스틱 돗자리의 너덜너덜한 테두리가 떠올랐다. 확실하게 다시 한번 말하는데, 그것은 이스탄불의 양털 카펫이 아니고 심지어 흔한 중국산도 아닌, 저가 중국 제품이 밀려들어오기 이전 시대에 한국의 어느 공장에서 대량생산된, 화문석 무늬를 흉내낸 오래된 플라스틱 돗자리였다. 사람들은 마치 내가 굉장히 재치 있는 것을 본 것처럼 왁자지껄하게 웃었는데 나는 그 영상이 갑자기 왜 떠올랐는지, 그게 사람들에게 왜 웃긴지 하나도 이해하지 못했다. 누군가를 끌어안고 깊은 키스를 한 것도 두 번이었다. 우린 서로 몸을 만졌지만 그 이상 발전하지는 않았다. 누구였냐고 묻는다면 또 한번, 유명한 것 같지만 나는 모르는 사람이라고 답할 것이다. 그러니까 재웅은 확실하게 아니었다.

그런 시간을 거쳐 다시 조용한 킹스포인트로 돌아왔고 그 밤 이후 나의 인생이 무언가 이전과 같지 않게 달라진 것 같았다.

조각조각 부서져 생각났지만 대략 그런 그림이었다. 탐욕스럽게 눈을 빛내고 있는 선희와 경훈에게 다 이야기하지는 않았다. 그들도 내가 어젯밤 이후로 완전히 다른 세계에 발을 디뎠다고, 어쩌면 나보다도 더 확실하게 이해하고 받아들이는 것 같았다.

내 인생이 뜻하지 않게 달라지기는 했으나 당장 급박하게 바뀐 티가 나지는 않았다. 에클버그의 법무팀이 찾아와 킹스포인트를 제이 강의 사적 친교 공간으로 사용하는 문제에 대한 계약서를 내밀었다. 그들은 아주 꼼꼼하고 철두철미한 사람들로 보였지만 막상 제시된 계약 조건은 상상할 수 없을 만큼 너그러웠다. 결과적으로 나는 그냥 이전과 크게 다르지 않은 방식으로 와인바를 운영하면 되었다. 제이 강이 찾아왔을 때 호젓하게 대화를 나누기 어려울 만큼 북적이지만 않게 유지해달라는 거였다. 제이 강이 방문하지 않는 날에는 일반 고객을 받을 수 있게 해달라고 에클버그와 소송전이라도 불사할 기세였던 나는 정말로 이것뿐인가 하는 놀라움을 느꼈다. 보안이나 프라이버시에 신경을 곤두세워야 할 사람들은 비서와 법무팀이고 나는 그저 이곳이 제이 강에게 휴식을 줄 수 있도록 편안하고 아늑한 분위기만—그리고 물론 좋은 와인—을 신경써달라고 했다.

"편한 분위기 좋아하시더라고요. 오히려 거창한 건 불편해 하실 거예요. 보통 사람들처럼 자연스럽고 평범하게 생각하시면 됩니다."

웨스트15번가 혹은 허드슨가에 있는 작은 레스토랑에 셰퍼즈 와인을 납품하기로 계약할 때조차도 이보다 쉽지는 않았다. 그 수월함에는 무어라 설명하기 어렵게 찜찜한 기분이 묻어 있었다. 무신경한 손날이 아직 마르지 않은 서명을 스치면서 번지고 만 검은 잉크의 흔적을 나는 자책하는 기분으로 응시했다. 최대한 예속성을 줄이고 보통 사람으로서 삶의 감각을 유지하는 것이 무엇보다 중요하겠다고, 나는 자존심인지 경계심인지 아니면 믿을 수 없는 행운을 차지한 자의 교만함인지 모를 것을 바짝 세웠다.

하지만 그날의 곤두선 생각과 감정들은 알고 보니 과민했던 것이었고, 실제로 일어난 일들은 무엇 하나 별다를 것 없이 조용했다. 재웅의 프라이버시에 대한 보장이 국가 안보급으로 중요하지 않을까 긴장했던 것은 나 혼자만의 과대망상으로 밝혀졌다. 재웅은 유연하게 움직였다. 재웅은 가끔 미리 온다는 연락도 없이 치노팬츠와 셔츠 차림으로 들러서 친구들 두엇과 조용히 와인을 마시고 갔다. 나는 그가 오지 않을 때에도 딱 두세 테이블 정도의 고객만 받아서 매장이 언제나 활기와 아늑함을 유지하도록 했고 그것이 바로 재웅이 원하는 분위기였다. 재웅은 다른 고객들의 존재에 대해 거부감을 표시하지 않았다. 그런 식으로 우리는 소중한 보안과 보통의 삶이 주는 자연스러움을 함께 추구했다.

그를 위해 특별한 와인을 내놓기도 했지만 그는 의례적인 감사를 표했을 뿐 와인에 큰 관심이 있는 것 같지 않았다. 그는 거창하고 비싼 것들보다 특별함과 수수함 사이의 미묘한 경계선 어딘가에 존재하는 미적인 지점들에 예민하게 반응했다. 예를 들자면 캐러웨이 씨앗의 알싸한 향기를 잘 살린 감자 샐러드 같은 것에 언제나 얼굴이 밝아졌다. 나는 바로 그런 지점들을 아주 민감하게 잘 짚어내는 것에 큰 자부심을 느꼈다. 우리는 손발이 잘 맞았다.

그는 멋진 고객으로, 나는 내면의 콧대가 약간 높아진 와인 바 주인으로, 서로의 본질을 훼손하지 않고 얼마든지 기쁘게 만날 수 있어서 좋았다. 고담시 같았던 T타워의 파티는 다시 언급하지 않았다. 사실 그건 첫 만남으로는 과한 자극이었다. 보수적인 내 생각으론 그랬다. 성공한 사업가인 제이 강이 그런 세계에 사는 것은 얼마든지 상상 가능한 일이다. 하지만 나를 누나라고 부르는 재웅을 그 세계에 오려붙인 장면들은 내 눈으로 직접 보았음에도 쉽게 믿기 힘들었다. 그 괴리를 소화하기 힘들어서 나는 그날 그렇게 만취해버렸는지도 모른다.

나는 알코올로 그 기억을 싹싹 닦고 폴라로이드 사진처럼 토막토막 끊어진 희미한 몇 장면 정도만 남겼다.

어느 날 재웅이 좋아할 것 같은 엔다이브보트를 가지고 그의 테이블로 갔을 때 그의 친구들은 요트 이야기를 하고 있었다. 대화를 주도하는 사람은 한 달 동안 요트를 타고 일본을 일주했고 다음엔 러시아를 거쳐 알래스카에 가보겠다는 이야기를 길게 늘어놓는 중이었다. 재웅은 지루함을 감추고 있다가 나에게 말을 걸었다.

"사장님, 요트 타보셨어요? 요 앞에 선착장이 있는데요, 수강생 모집한다는 현수막이 붙어 있더라고요."

"아뇨. 시간이 있어야 말이죠."

우리는 다른 사람들 앞에서는 친분을 드러내지 않고 서로 존댓말을 썼다. 우리끼리 있을 때는 이렇게 말했다.

"누나, 같이 요트 탈래요? 여름 가기 전에."

"요트? 너 요트 있어?"

"사놓고 영 안 타서. 좀 타려고요."

그는 살짝 얼굴을 찡그리며 촘촘한 일정표의 빈틈을 찾아서 날짜를 잡았다.

나는 피크닉 바구니를 준비했다. 미사리나 인천 쪽으로 나갈 줄 알았는데 코앞 반포였다. 색다른 경험을 원하는 커플과 관광객들이 오는 곳이었다. 거기에 눈부시게 정비된 그의 요트 오스프리호가 있었다. 생각했던 것보다 많이 컸다. 서너 명이 즐기는 주말 세일러의 배가 아니라 수십 명쯤 선상 파티를 열 수 있는 유람선에 가까웠다. 이대로 인천을 지나 인도까지도 갈 수 있을 것 같았다.

"여긴 프라이빗 마리나가 아닌 거 같은데?"

"멀리 갈 시간이 없어서. 갖다달라고 했어요."

그는 허세 없이 무뚝뚝하게 말했다. 나는 고개를 끄덕였다.

출발하고 나서도 그의 얼굴은 굳어져 있었다. 요령 있게 움직였지만 그의 말대로 많이 몰아보지는 않은 것 같았다. 나는 가까운 곳에 수상구조센터가 있는지 살펴보았다. 요트가 강 한가운데로 나가자 그의 얼굴이 조금 풀어졌다.

"언제 요트 면허까지 땄어?"

"뭐, 차 모는 거랑 비슷해요."

말은 여유롭게 했다. 하지만 나는 그가 긴장했다는 것을 알았다. 칵테일 파티를 즐길 수 있는 키친이 있었고 침실이 세 개나 되었다. 요트의 제조사가 어디이고 전장이 몇 피트, 최대 속도 몇 노트, 이걸 누구에게 얼마에 샀고 어떻게 여기까지 운반했는지, 요트를 산 사람이라면 신바람나게 늘어놓기 마련인 설명들을 들어줄 마음의 준비가 되어 있었지만 재웅은 여자들이 그런 스펙과 무용담에 관심이 없다는 걸 아는 남자였다. 요트 딜러가 뜻밖에 자기가 키우던 바이마라너 개들을 함께 데려가라고 했는데 거절했다는 일화가 그가 요트에 대해서 한 유일한 이야기였다.

요트가 한강을 가르기 시작하면서 강바람은 즐길 만하게 시원해졌다. 요트를 운전하는 재웅을 조종실에 두고, 나는 요트의 앞과 뒤를 오가며 도시의 풍경을 감상했다. 나는 재웅에게 돌아가 마요르카로 휴가를 가 요트를 탔던 이야기를 했다. 뉴욕에서도 여러 번 타보았지만 휴가지의 감성이 없는 세일링은 그리 환상적이지 않았다. 재웅은 고개를 끄덕이며 바하마에 갔을 때 요트를 살 결심을 했다고 말했다. 그의 얼굴에는 아까보다는 느슨해진 긴장감이 은은히 떠돌았을 뿐, 내가 요트를 탈 때마다 사람들의 얼굴에서 늘 목격했던 해방감이나 기쁨은 찾을 수 없었다. 요트를 즐기지 않는다면 왜 굳이 사서 타는 것일까 나는 생각했다. 한국에서는 요트라는 물건이 애초 낯설었고 그는 그것을 즐길 시간도 없었지만 그와 같은 위치에 이르면 다들 거치게 되는 과정일지도 모른다. 우리는 강의 상류를 향해 올라갔다.

"한강은 성수동 쪽에서 보는 게 예뻐. 강남에서는 북향이 되니까."

나는 T타워의 펜트하우스 쪽을 손짓했는데, 그는 한번 흘끗 보고는 관심 없이 시선을 강으로 향했다. 나는 조금 무안해져서 그는 지금까지 거둔 성공을 그리 대단하게 여기지 않거나,

그것을 찬양하는 사람들의 목소리에 질렸는가보다고 생각했다. 요트에서 재웅은 대체로 말이 없었다. 나는 혼자 중얼거리듯 어린 시절에도 이렇게 유유하게 흘렀던 한강의 추억을 이야기했다.

그때 한강변에는 새하얀 백사장이 드넓었는데, 그것이 어린 시절 무엇이든 크고 넓게 보였던 착시 때문인지 실제로도 그렇게 넓었던 것인지 새삼 궁금했다. 어쨌거나 내 기억 속 한강에는 해운대만큼이나 크고 넓은 백사장이 있었고, 나는 엄마야 누나야 강변 살자, 뜰에는 반짝이는 금모랫빛, 이라는 가사의 의미를 제대로 알고 있는 마지막 세대라고 할 수 있을 것이다. 국군의 날에는 전투기들이 그 모래톱에 무시무시한 사격을 퍼부었는데, 귀청이 찢어질 듯한 굉음에 강변에 서 있던 나직한 아파트의 유리창들이 몽땅 깨져버린 일도 있었다. 겨울에는 스케이트를 탔다. 내가 얼어붙은 한강을 씽씽 달렸던 세대는 아니다. 엄마는 오빠와 나를 사설 스케이트장에 데려갔다. 엄마는 언제나 한강이 위험하다고 했다. 예전에는 너르고 평탄해서 얼마든지 놀 수 있는 곳이었다고 하지만 내가 어릴 때에는 이미 대형 트럭이 드나들며 한강의 모래를 퍼 나르고 있었다. 그 모래로 강남의 아파트들을 지었다고 한다. 한강은 공사판이나 다름없이 파헤쳐지고 있었지만 그래도 나는 반짝이는 강물과 모래톱에 떼 지어 서 있던 물새들이 언제나 아름답다고 생각했다.

  재웅은 나의 이야기에 귀를 기울이는 것 같지 않았다. 오랫동안 떠올린 적 없었던 추억들을 주절거리면서 나는, 우리는, 지금 무엇을 하는 것일까 하는 질문에 피치 못하게 젖어들었다. 어린 시절의 기억들은 이미 희미했고 곧 바닥날 것이다. 그다음엔 날씨 이야기로 넘어가야 할 것이다. 뉴욕의 하늘과 서울의 하늘. 색깔과 밀도가 다른 두 하늘에 대해서. 그가 침묵하고 내가 아무 말이나 지껄이는 시간은 나를 왜소하고 초조하게 만들었다.

  재웅은 강폭이 조금 넓어진 곳에서 크게 돌아 하류 쪽으로 방향을 바꾸더니 긴 잠에서 깨어난 것처럼 입을 열었다. 그가 피크닉 바구니에 관심을 보였을 때 나는 진심으로 기뻤다. 정서향이 되었는지 오후 햇살이 눈을 찔렀다.

"뭐 가져왔어요?"

"샌드위치랑 탄산수."

"자동 운항 모드를 켜볼게요."

  우리는 자동 운항 모드에 배를 맡기고 데크로 나왔다. 배는 동력을 낮추고 천천히 하류를 향해 흘렀다. 우리는 두툼한 아이보리색 차양막을 두른 카바나 아래 푹신한 소파에 편안하게 자리를 잡았다. 나는 빨간 체크무늬 담요를 펼치고 작은 꽃바구니와 샌드위치, 탄산수 같은 것들을 예쁘게 늘어놓았다. 초보 운전자에게 차마 권하지 못할 와인도 사이잘 바구니 곁에 장식품처럼 세워놓았다. SNS 계정에 자랑하지 못할 사진들을 많이도 찍었다.

"자동 운항 모드 좋네. 쉴 수도 있고."

"선장을 고용한 셈이죠."

요트는 자동 운항 기능을 훌륭하게 발휘해 잠실대교가 다가오는 동안 교각 사이를 조준하며 스스로 긴장하는 것이 느껴졌다. 우리는 요트가 무생물이지만 성실하고 소심한 성격인 것 같다고, 기특한 면이 있고 확실히 제값을 한다고 칭찬했다.

"자동 운항 옵션이 왜 필요한지 알아요?"

"분위기 내려고?"

"꼭 필요할 때 꺼보려고."

요트의 자동 운항 장치라는 것이 내가 알고 있는 대로 안전이나 위기에 관한 기능이라면, 아니면 다소 에로틱한 상상의 영역을 돕는 경우라고 해도, 그걸 꼭 꺼야 하는 순간이란 잘 떠오르지 않았다. 재웅에게도 중년의 위기 혹은 치기라고 할 만한 것이 찾아왔다는 뜻일까. 대개 이런 유치한 소리는, 이십 대 초반 이후에는 안 하게 되지 않던가? 스쳐지나가는 유람선에서 젊은 커플들이 와인글라스를 높이 들어 건배하며 모든 순간을 꼼꼼하게 사진으로 남기고 있었다. 나는 어색한 농담 수습반이 되었다.

"우리가 쟤네처럼 무드에 죽고 사는 나이는 아니잖아."

하지만 저쪽 배에 탄 사람들이 이쪽을 본다면, 선글라스와 밀짚모자를 쓰고 뷔스티에 원피스를 입고 빨간 체크무늬 피크닉 담요를 펼쳐놓은 중년 여자가 오늘 하루 무드에 죽고 살기로 작정한 것 같다고 생각한들 이상할 것도 하나 없었다.

시시각각 주변의 보트에서는 사랑에 빠진 커플들이 쉴새없이 탄성을 올리고 사진을 찍고 키스를 했다. 다시 T타워가 오른쪽으로 다가오고 흘러갔지만 이번에는 굳이 알은체를 하지 않았다. 우리는 조용히 하류로 흘러갔다. 오늘 대화, 어렵네. 나는 VIP가 눈치채지 못하게 낮은 한숨을 쉬었다.

> 언제라도 힘들고 지쳤을 때 내게 전화를 하라고
> 내 손에 꼭 쥐여준 너의 전화카드 한 장을
> 물끄러미 바라보다 나는 눈시울이 붉어지고
> 고맙다는 말 그 말 한마디 다 못하고 돌아섰네

문득 재웅이 노래를 부르기 시작했다.
"누나, 기억나요?"

오래전 재웅이 좋아했던 노래였다. 아니 우리들 모두, 누구라도 이 노래를 좋아했다. 오랫동안 잊고 있던 노래였지만 듣자마자 생생하게 기억이 되살아났고 어려움 없이 뒷부분을 따라 부를 수 있었다.

> 나는 그저 나의 아픔만을 생각하며 살았는데
> 그런 입으로 나는 늘 동지라 말했는데
> 오늘 난 편지를 써야겠어 전화카드도 사야겠어
> 그리고 네게 전화를 해야지 줄 것이 있노라고……

평소에는 낮고 부드럽다가 고음으로 올라가면 문득 맑고 경쾌해지던 재웅의 목소리는 시간이 흘러도 변함이 없었다. 오래전 함께 부르던 노래는 우리 사이의 묘한 긴장을 녹였고 우리는 생각나는 대로 노래를 이어가기 시작했다. 우리가 산다는 건 장작불 같은 거야, 장작 몇 개로는 불꽃을 만들지 못해, 여럿이 엉겨붙어야 마침내 활활 타올라 쇳덩이를 녹인다는 그런 노래들을 부르면서 우리는 이십대로 돌아간 듯한 기분으로 신이 났다. 구십년대 중반의 우리는 세상을 다 뒤집을 듯 분노에 충만하면서도 그 서정만은 다감하기 그지없었다. 그래, 그 시절의 노래들이 좋았다. K팝이 세계를 휩쓰는 세상이 되었지만, 이렇게 아무 생각 없이 줄줄 따라 부를 수 있는 노래들이 곁에 있던 시절이 좋았다.

그렇게 서울은 장마권에 들고, 다시는 종로에서 깃발 군중을 기다리지 말자고 했었지. 하지만 뉴욕에서 돌아온 서울에는, 그때보다 더 많은 깃발을 든 사람들이 종로와 광화문을 메우고 있었다. 땀냄새 가득한 청계천8가의 가난한 사랑을 노래하다가 뒷부분 가사도 잘 생각나지 않고 해서, 우리는 벌렁 드러누워 낄낄거렸다. 터무니없이 가난하고 서러운 우리 노래들은, 요트에서 와인을 마시며 부르기에는 정말이지 어울리지 않았다. 그렇다고 우리가 투쟁을 하지 않은 게 아닌데. 어느새 우리 나이가 사십대의 막바지에 이르렀다니 믿어지지 않았고 그 햇수만큼 서러웠다. 우리는 정말이지 몸부림쳤다. 녹두거리에서 통음하며 울부짖던 그때의 투쟁과는 비교조차 되지 않을 만큼 목숨을 걸고 싸웠다. 뉴욕은 부족주의 정글이었다. 임대차 계약을 맺으며 유대인, 인도인, 아르메니아인 건물주와 싸워보지 않은 애송이들은 투쟁이라는 말을 입에 올리지도 마라. 나는 신성한 삶의 투쟁을 단 하루도 멈추지 않았다. 그런데 어느 날부터 이 노래들을 부르기가 쑥스러워졌을까?

"누나, 저기 멋있지 않아?"

재웅이 손짓한 곳에는 강 한가운데에 수풀이 빽빽하게 우거진 평평한 섬이 있었는데 테두리에는 얇은 반달 모양 모래톱이 보였다. 오래전 강변을 온통 빛나게 뒤덮고 있었으나 이제는 기억 저 너머로 사라진 한강 모래사장의 마지막 흔적, 강심이 크게 낮아져 배들이 조심스럽게 돌아가야 하는, 오후 햇빛을 등지고 바람에 흔들리는 식물들이 너구리의 털처럼 북슬북슬하게 보이는, 밤섬이었다.

"저기 갈까?"

재웅이 말하는 저기가 정말로 밤섬인지 확인하느라 내 시선은 의아하게 섬과 재웅을 오갔다. 밤섬에 내가 알지 못하는 카페라도 있는 건가 잠시 생각했지만 아무리 보아도 그곳은 우거진 수풀뿐, 선착 시설이나 휴게 공간은 보이지 않았다.

"저기 누우면…… 세상을 다 얻은 기분일 것 같아."

그 말을 듣고 다시 한번 놀랐는데, 에클버그의 제이 강이 여태껏 세상을 다 얻은 기분이 아니었다는 소리를 듣고서 섬뜩하게 놀라지 않기는 누구라도 어려웠을 것이다. 재웅은 농담기 없이 진지하게 나에게 물었다.

"가볼까?"

내가 좋다고만 하면 재웅은 망설임 없이 자동 운항 장치를 끄고 요트를 모래톱에 처박을 것 같았다. 투명하게 빛나는 갈대숲에 누워 온 세상을 다 얻기 위해서. 그 북슬북슬한 너구릿과 짐승 털의 찬란한 부드러움을 온몸으로 감촉하기 위해서.

"누나, 그런 기분 들 때 없어? 내가 여기 왜 와 있지 하는, 잘못 살고 있는 것 같은 기분. 지금이라도 시간을 돌이켜 되돌아가야 할 것 같은 기분. 그런데 어디로, 어떻게 돌아가야 하는지 알 수 없는 거야. 이미 결코 돌아갈 수 없게 된 것 같기도…… 그럴 땐 정말 뭔가 당장이라도…… 뭔가를 해야 할 것 같아. 뭔가 미친 짓을. 남들이 미쳤다고 하지만 나한테는 너무 중요한 거, 꼭 해야만 한다고 생각하는 거, 그런 거 있잖아요. 그걸 꼭 해야 할 것 같은데 말이야, 누나. 정말 미칠 것 같을 때."

 그는 무언가 설명하기 어려운 감정을 전달하고 싶어서 고통스러운 얼굴로 어떤 말을 더 쥐어짜내려 애쓰다가 결국 입을 다물고 다시 이글이글한 눈으로 밤섬을 바라보았다. 나는 그가 말하는 것이 정확하게 어떤 감정인지 이해해보려 혼자 조용히 애를 썼다. 성공을 거두고 화제의 중심이 되어 세상을 내려다보는 펜트하우스에 홀로 살고 있는 중년 남자의 공허감이 있을 것이다. 스트레스로 폭발할 것 같은 순간이 있을 것이다. 잘못 살았다는 생각이 들기도 할 것이다. 보통 사람은 이해하기 힘든 세상이지만 그곳에도 그런 회한들이 있다고 가정해보기로 한다. 그 회한들을 떨치고 진정한 삶으로 돌아가기 위해, 온전한 자신을 되찾기 위해 그의 눈길이 어딘가에 머문다. 밤섬, 밤섬이다.

 나는 그가 마침내 온 세상을 다 얻기 위해 날아가는 모습을 상상해보았다. 그와 함께 요트에서 뛰어내리는 내 모습도. 자동 운항 장치가 꺼진 카타마란 요트의 이중 선저가 둔탁한 소리를 내며 모래톱에 처박히면 그와 내가 요트에서 함께 뛰어내려―그것은 어두운 밤일지도 모른다―가슴까지 철벅거리는 강물을 지나 마침내 북슬북슬한 수풀에 이를 때를.

나는 얼굴을 찡그렸다.

물속에 숨은 창처럼 날카로운 갈대가 스커트 아래 내 허벅지를 찌르며 밀려들어오는 그곳에서, 눈앞에 보이는 모래톱에 이르고자 하지만 나는 차가운 물속에서 자꾸 넘어져 숨이 막히고 만다. 그곳은 밤섬이다. 밤가시처럼 집요하고 촘촘한 갈대가 물밑에 빽빽이 숨어 있다. 허우적거리는 손으로 무엇이든 쥐어 몸을 지탱하려 애써보지만 날카로운 가시에 얼굴과 손바닥이 더 깊이 베일 뿐이다. 나는 흙탕물 속에 번져가는 나의 핏물을 본다. 우리가 함께 노래하던 시절에, 사랑은 동지 사이의 일이었고 흔히 죽음으로 연결되었다. 사랑을 하려거든 목숨 바쳐라. 사랑은 그렇게 아름다워라. 그런 식이었다. 재웅과 나는 그런 사랑으로 밤섬에 뛰어든다.

물속에서 숨이 막히고 몸이 찢기면서도 나는 그의 손을, 그는 나의 손을 놓지 않을 것이다. 사랑만이 우리를 구원할 줄을 알기에 목숨을 놓더라도 그 손은 놓지 않을 것이다. 인어공주처럼 피투성이가 된 다리에 찢어진 치마를 두르고 마침내 뭍에 올라—그곳은 밤섬이다—그를 뜨겁게 포옹할 것이다. 그곳에 이르기까지 목숨처럼 소중하게 간직한 붉은 체크무늬 피크닉 담요를 펼칠 것이다. 그것을 깔고 누워 사랑을 나눌 것이다. 북슬북슬한 너구릿과 짐승의 털과 같은 갈대를 온몸으로 느끼며 마침내 뜨거운 절정에 올라 높고 긴 비명을 지르면 강 이편과 저편의 잠든 모든 사람들이 놀라서 깨어나 두리번거릴 것이다. 그것이 바로 온 세상을 다 가지는 것이다.

이건가?

나는 사랑이 무엇인지 완전히 잊어버린 것 같았고 특히 재웅과 밤섬 앞에서는, 도무지 어떤 생각도 맥락이 이어지지 않았다. 하지만 하나만은 확실하게 느낄 수 있었다. 나는 내 손과 허벅지를 보았다. 온몸이 찢어진 감각이 너무 선연해서 내가 디디고 선 요트 바닥에 피가 흐르고 있지 않은가 살펴보았다. 그가 요구하는 것이 그런 것은 아닐 텐데도, 나는 왠지 그런 환상에 빠져들었다.

"뭔지 알 것 같아."

내가 말간 발밑을 살피는 동안 요트는 조용히 방향을 지키며 흘러갔다. 밤섬이 옆으로 잔잔하게 흘러갔다. 오래전 본 애니메이션에서 바닷속 생물들이 속삭였다. 키스해. 키스해. 환호하던 어린이들이여. 그 전설에서 인어공주는 원래 물거품이 되어 사라지는 거였어. 우리는 디즈니의 상술에 속았지. 키스하면 안 돼.

재웅이 팔을 뻗어 내 어깨를 감쌌다. 내 머리칼을 쓰다듬고 어깨를 토닥이는 동작이 조심스러웠다. 그의 셔츠에서 좋은 향기가 났다. 나는 그의 셔츠에 기대어 조심스럽게 그의 등을 만졌다. 마르고 강한 등이었다. 오래전 그때도 지금처럼 서로 조심스럽게 좋아하는 마음이 있었다. 동아리에 선후배 커플도 많았으므로 잘되지 말라는 법도 없었다. 하지만 우리는 커플이 되지 못했다. 내가 혼자일 때는 그에게 여자친구가 있었고 그가 싱글이 되면 내 곁에 누군가 있었다. 지금 우리는 둘 다 싱글이고 아무 핑계도 없고 그 어느 때보다 은밀하게 가깝다. 그런데도 이상하게, 우리가 커플이 될 수 있다는 생각은 들지 않았다. 그의 마른 등을 만지면서 나는 멀어져가는 밤섬을 바라보았다.

"저기 떨어지면, 수상구조대가 구조하러 오겠지?"

"벌금을 좀 물겠지."

이번에는 재웅이 어색한 농담 수습반이 되어주었다. 우리는 서울과 김포의 경계쯤 되는 곳에서 배를 돌렸다. 눅눅해진 샌드위치를 먹고, 풍경을 즐기고, SNS에 올리지 못할 사진을 찍고, 지나는 배에 탄 사람들에게 손을 흔들었다.

집으로 돌아가는 길에 재웅이 자기 집에서 한잔 더 하자고 했을 때에도 나는 아직 밤섬의 그 물속에 잠겨 있었다.

"아니. 집에 갈래. 피곤해."

재웅은 나를 집 앞에 내려주고 돌아갔다. 노란 쿠페의 뒷모습을 보면서 느꼈던 감정이 후회였다고 생각하고 싶지는 않다. 뭔지는 몰라도 아무튼 복잡한 감정이었고 나는 집으로 돌아가서 화장을 지우고 샤워를 하려다가, 경훈에게 전화했다.

"뭐해?"

"뭐, 친구들이랑 같이 있죠."

"나 오늘 제이 강이랑 둘이서 요트 탔어."

경훈은 긴 휘파람으로 놀라움을 표시했다.

"어디야?"

"가까운 데예요. 잠깐 볼까요?"

"피곤한데, 집으로 올래?"

그는 내가 샤워를 마치기도 전에 냉큼 달려왔다.

"금방 왔네?"

"요 근처에 잘 가는 집이 있어요. 태환이가 아주 죽때리다시피 하는 곳이죠."

태환이의 꽁무니에서 내 꽁무니로 옮겨붙은 경훈을 보며 내가 띄운 미소가 태환의 것보다 덜 비열했을 것이라고는 자신할 수 없다. 나는 경훈 앞에서 거드름을 부리고 싶었고 그가 받아줄 것을 아주 잘 알고 있었다.

"쉽지 않은 성격 같던데, 그런 녀석이랑 같이 다니는 거 피곤하지 않아?"

"아쉬운 거 없이 산 애들이 다 그렇죠. 웃기는 구석이 있기도 해요."

경훈은 태환이 연습생에게 했다는 웃기는 짓들을 늘어놓았다. 내가 쏠 호텔에서 본 장면은 그 일화들에 끼이지도 못할 아주 작은 사건에 불과했다. 처음엔 웃을 만했지만 점점 토할 것 같았다. 나는 경훈이 기다리는 요트 이야기를 풀었다. 사실 별로 이야기할 만한 것이 없었기 때문에 뉴욕에서 겪은 요트와 경주마와 전용 비행기의 세계를 동원했다. 경훈은 내가 내 몸뚱이만큼의 에클코인인 것처럼, 나를 황홀하고 눈부시게 바라보았다. 나는 경훈에게 새끼손가락을 까닥여 보였다. 경훈의 눈에는 나의 새끼손가락에 걸려 있는 투명한 황금열쇠가 또렷이 보였을 것이다. 경훈은 분명 그 열쇠를 간절히 원했으므로, 손짓 하나로 우리는 어렵지 않게 침대로 향했다. 경훈이 나를 번쩍 들어 침대에 내동댕이치는 퍼포먼스를 했는데, 나는 미친듯이 깔깔대고 웃었다. 경훈은 나를 소유하고, 마음껏 주무르고, 마침내 나를 하늘 끝까지 쏘아올렸다.

나 스무 살 연하랑 자본 여자가 되었네. 나는 그의 귓불에 고양이처럼 앙큼하게 속삭였다. 남자와 자는 욕망이 오래전에 없어졌다고 생각했는데, 알고 보니 나는 여전히 미친듯이 뜨거웠다.

한강

나른한 취기를 느끼며 까마득하게 높은 곳에서 어두운 한강을 마주하고 서면 인생이 참 이상하다는 느낌이 찾아왔다. 실내가 밝았기 때문에 유리는 내 모습을 비추었고 한강은 전혀 보이지 않았다. 어둠 속에서는 빛을 내는 것들, 강남의 건물들이나 도로의 불빛들만 보였다. 그곳에서 나는 빛나는 것과 빛나지 않는 것에 대해 생각했고 나의 부모님이 죽은 것은 빛나지 않는 일이었으므로 창밖의 어둠에 파묻혀 보이지 않게 되었다. 죽음 위에 아픔 없이 서다, 라고 중얼거렸더니 누군가가 무슨 시냐고 물어보았다.

나는 이제 펜트하우스에 초대받은 인물들을 몇 명쯤 알아볼 수 있게 되었다. 팝스타, 영화배우, 미술가, 사업가, 시인, 그리고 아주 젊은 친구들도 꽤 있었다. 그들을 연예인 지망생이라고 일컬었다가 그 말이 옛날식 표현이고 실례일 수 있다는 지적을 받았다. 요새는 그들을 연습생이라고 불렀다. 아직 성공에 이르지 못했지만 그 무엇으로도 빼앗을 수 없는 젊음과 빛나는 재능을 걸친, 아무러하든 아름다운 생명체들이었다. 꼭 유명하거나 성공한 사람들만 그곳에 오는 것도 아니었다. 나이도, 성별도, 종사하는 업종도, 각 분야에서의 성취도도 모두 제각각인 사람들이 너나없이 그 펜트하우스에 모였다.

"저 사람은 누구인가요?"

나는 내 옆에서 미술품 이야기에 열중하던 한 뮤지션에게 그와 방금 전까지 열띤 토론을 나누던 사람이 누구냐고 물었다. 하지만 뜻밖에 그는 모르는 사람이라고 답했다. 서로 친해 보였는데 알고 보면 모르는 사이일 때도 있었다. 모두 낯선데 낯설지 않은 척하기로 한 사람들 같기도 했다. 그런 식으로 지내다보니 그곳의 사람들 모두가 세상 부러울 것 없이 성공한 것 같았지만 다들 어딘가 병든 것처럼 보이기도 했다.

그곳에서 나는 외롭기도 하고 아니기도 했다. 재웅을 제외하고 아는 사람이 없었지만 재웅만 알면 다 되는 곳이기도 했다. 재웅의 '동아리 선배'라고 나를 소개하면 사람들은 이렇게 말했다.

"제이 강을 알고 지낸 지 꽤 오래되었지만, 그의 가족이나 학교 친구를 만난 적은 한 번도 없었어요."

상당히 기묘한 일이었다. 실험실에서 배양액을 만들듯 신중하게 허브를 섞어 민트줄렙을 만들고 있는 저 남자가 강재웅이던 시절과 제이 강이 된 지금 사이에는 창밖의 한강만큼이나 거대한 침묵의 물결이 흐르고 있었다. 나는 강 건너 저편에서 처음으로 헤엄쳐 나타난 사람이었다. 제이 강이 강재웅이던 시절의 일화들, 그가 마당패 탈에서 막걸리를 폭음하던 시절의 가장 시시한 한 조각만 꺼내도 펜트하우스의 사람들에게 부러움을 살 수 있었다.

그리고 민경훈과 김선희가 했던 것과 근본적으로 같은 질문들을 수없이 많이 받았다. 그는 정말로 서울대를 나왔는가? 예스. 그때도 천재였는가? 노. 대학교 다닐 때는 공부에 관심이 없었다. 하버드를 나온 것도 사실인가? 학위를 받은 건지 어떤 코스를 수료한 건지는 잘 모름. 그가 일론 머스크나 손정의와 친하다는 건? 사업 쪽 이야기는 전혀 모름. 모두 똑같이 대답하면서, 나보다 제이 강과 훨씬 더 긴 시간을 함께 보낸 이들이 왜 나에게 이런 질문들을 반복하는지 의아하게 여겼다.

나는 펜트하우스에 올라가 섞이기도 하고, 킹스포인트의 테라스에 누워서 하늘 높이 치솟은 T타워를 올려다보기도 하면서 그곳과 나의 거리를 가늠했다. 파티에 초대받은 어느 날 나는 거절하고 킹스포인트를 지켰는데, 경훈에게 무심코 그 이야기를 했다가 다툼이 일어났다.

"중요한 인맥을 너무 소홀히 취급하는 게 아닌가요? 제이 강이 괘씸하게 여길지도 모르는데."

제이 강이 나에게 천벌을 내린대도 꼼짝하는 수 없을 만큼 힘의 격차가 확실하기는 했지만, 그래도 대학 동아리 선배로서 나는 재웅이 나를 괘씸하게 여긴다는 표현에 거부감을 느꼈다.

"규아씨는 그게 문제예요. 기회가 찾아와도 겁에 질려서 도망부터 가잖아요?"

"기회? 재웅이가 기회라고?"

"그럼요! 제이 강이 기회가 아니란 소리예요?"

"우린 그렇게 비즈니스적인 사이 아니거든? 그렇게 말하지 말아요!"

"배부른 소리 하시네! 그렇게 규아씨 혼자 세상 순수하게 살아가는 척하지 말아요!"

"난 그저 재웅이랑 원래대로, 친한 동아리 선후배로 지내고 싶다고! 그게 순수한 척하는 거예요?"

"친한 동아리 선후배로 지내고 싶다고요? 웃기시네! 제이 강에게 끌리니까, 끌렸다가 상처받을까봐 무서우니까 황급히 나하고 사귀려는 거잖아요. 아니에요?"

한강 121

나는 말문이 막혀버렸다.

"알 거 다 알면서! 아직도 그렇게 순수한 척할 일인가요?"

경훈은 그렇게 쏘아붙이고 킹스포인트를 떠났는데, 나는 창피하고 상처받은 마음을 감추느라 그것이 진지한 질문이었다고 서둘러 포장하고 깊은 성찰의 시간을 가졌다. 경훈의 말이 옳았다. 나는 지나친 자극이 오면 일단 피하는 성격인 것 같았다. 신중함이라고 생각했지만 경훈의 표현대로 회피적인 성향일지도 모른다. 성공한 대학 선후배를 만나는 건 좋은 일이겠지만 성공도 어지간해야지, 에클버그의 제이 강은 나에게 버겁다. 그런 중요한 인맥을 잘 활용하지 못해서 평생 요만하게 사는지 모른다. 하지만 내가 제이 강과 밤을 함께 보내지 않고 그의 펜트하우스 파티에 거리를 두는 것은 부정직하거나 부도덕한 일이 아니고 어리석다고 욕먹을 일도 아니다. 그냥 나다운 삶의 방식일 뿐이다. 그 결론에 나는 그럭저럭 만족할 수 있었다.

진지하게 성찰한 것치고는 뒤끝이 강하게 남아서 나는 민경훈에 대해 검색해보았다. 동명이인도 흔하고 골퍼 경력도 뚜렷하지 않아서 온갖 잡동사니 뉴스에 파묻힌 의미 있는 정보를 찾아내기 힘들었다. 한부모 청소년을 대상으로 적성과 진로 탐색을 돕는 새벽별 푸른 등대 프로그램의 자원봉사 골프 앤젤로 활동했다는 기사들이 여러 페이지에 중복되어 쌓여 있었고 프로 골퍼 민경훈에 대해서는 별 내용이 없었다. 집념을 가지고 스크롤바를 아주 오랫동안 내려서 아주 오래전, 그가 겨우 십대를 벗어난 경력의 초반에 순위 조작에 관련되어 대회 기록이 취소되고 선수 자격 정지 처벌을 받았다는 기사를 찾아냈다. 잊힌 지 오래되었지만 그때는 커다란 파문이었을 것이다. 기사를 보며 상당한 쾌감을 느꼈음을 부인하지 않겠다. 순위를 조작한 주제에 정직한 척하시네. 남을 가르치기는!

그리고 한편으로 모멸감을 느끼기도 했다. 우리는 스무 살 차이 나는 연상 연하 커플로 비밀스럽지만 나름대로 달콤한 연애를 하는 중이었는데, 내가 제이 강과 밤섬에 뛰어들면 가장 기뻐할 남자를 애인이라 부를 수는 없을 것이다. 이럴 때 우리가 진짜 연인이 아니라는 자각이 강하게 찾아왔고 내가 그에게 느끼는 감정이나 관계, 내가 살아온 삶의 방식에 대한 믿음이 온통 모호하게 헝클어졌다. 마흔아홉. 나는 내 나이에 매겨진 숫자를 새삼스러운 눈으로 다시 보았다. 2030을 언급할 때 요새 젊은 애들은, 이라는 식으로 서두를 꺼내는 말투를 좋아하지 않았지만, 이십 년의 나이 차이를 아무렇지도 않게 여기고 행복에 빠질 만큼 뼛속 깊이 낙관적인 사람이 되지도 못했다.

이래 가지고서야 우리가 지금 하고 있는 일을 연애라고 부를 수나 있는 것인가? 그가 내뱉은 한마디를 잊지 못하고 하루종일 붉으락푸르락하는 걸 보면 연애가 맞는 것 같기도 했고, 경훈이 당장 내 인생에서 사라진다고 해도 별 상관이 없을 것 같은 걸 보면 연애가 아닌 것 같기도 했다. 혼자서 씨근거리다가 결국 가장 고전적인 꼰대의 혼잣말을 내뱉고 말았다. 어린놈이 벌써, 알 거 다 안다고? 네 나이였을 때 나는 첫 번째 엑스와 재결합을 할까 말까 고민하며 코니아일랜드에서 울었다.

어느 날 재웅은 친구가 하는 와이너리에 함께 가자고 했다. 눈부시게 날씨 좋은 여름날, 한강을 쭉 따라 달렸다. 노란 쿠페는 자율 주행 기능이 훌륭하게 작동해서 운전에 거의 신경을 쓰지 않아도 되는 것 같았다.

"이 차, 일론 머스크가 선물했니?"

"응. 누나 앞에 글러브박스 열어봐요. 싸인 있어요."

나는 흥분해서 터치패널에 여러 번 헛손질을 하며 간신히 글러브박스를 열었지만 아무 흔적 없이 깨끗한 안쪽 면을 발견했다. 재웅은 킬킬 웃었다.

"세차하다 지워졌나? 분명히 있었는데."

"집어치워, 이 자식아."

동아리에서는 새침하게 느껴질 만큼 수줍은 성격이었는데, 능글맞은 유머를 장착한 재웅도 나쁘지 않았다.

"누나는 참 여전하네. 여전해서 좋아."

"뭐가. 놀려먹기가?"

"그거 알아요? 내가 누나 좋아했던 거."

경훈의 목소리가 다시 귓전에 왕왕 울렸다. 알 거 다 알면서! 알 거 다 알면서!

"처음 서울에 왔을 때 사실 힘들었다고요. 서울이 낯설어서. 그런 게 좀 있었거든. 서울은 눈뜨고 코 베어 갈 것 같다고, 우리끼린 다 그렇게 생각했어요."

우리끼리란, 서울로 유학온 지방 학생들을 가리킬 것이다.

"서울 사람들이 무서웠어. 같이 이야기하면 내가 왠지 촌스러운 것 같고."

"왜? 너 사투리 하나도 안 썼잖아."

"안 썼지. 그래도 속으론 그랬다고요."

재웅은 고향을 물으면 진주라고 대답했는데 실제로 태어나 자란 곳은 한참 더 시골인 축동면 가산리였고 진주에서 고등학교를 다녔다고 했다. 동아리 면접에서 춤을 놀랍도록 잘 추길래 어디서 배웠느냐고 했더니 가산 오일장이라고 대답했다. 그러나 분명히 기억하는데 첫날부터 그는 아나운서라고 해도 믿을 만큼 딱 떨어지는 표준말을 구사했다.

"아닌 척해도 속으론 무서웠는데, 누나를 보면서 괜찮아졌어요. 누나는 완전히 서울 사람이잖아. 그런데 누나랑 있으면

참 편하더라고. 고향 친구들보다도 더 편했어. 누나를 보면서 서울 사람도 참 좋구나 하는 생각이 처음 들더라. 서울에 적응하기가 쉬워졌어."

사람들은 나에게 상대를 편안하게 대하는 재주가 있다고 했다. 나는 낯선 사람에게 벽을 느끼지 않았고 사람의 모난 면을 대수롭지 않게 넘겼다. 사람을 편안하게 대했던 어머니에게 보이지 않게 배웠을 것이다. 스무 살이던 그때도 나는 열아홉 살 재웅에게 그런 모습으로 다가갔던 모양이다.

자율 주행 기능이 훌륭한 자동차는 운전에 신경을 쓰지 않아도 똑똑하게 잘 내달렸다. 우리는 대화를 나누며 좌석에 편안하게 몸을 파묻고 있었지만 나는 내심으로 혼란스러웠다. 내가 누나 좋아했던 거 알아요? 알 거 다 알면서! 알 거 다 알면서! 두 남자가 양쪽 귀에 고래고래 소리를 질러댔다.

마흔아홉이 되도록 이게 뭔가.

나는 속으로 생각했다. 그래, 나는 겁쟁이야. 이렇게 헷갈리고, 서로 좋아하는지 안 하는지, 이게 데이트인지 아닌지 눈치 보고 짐작하고 말뜻과 동작과 표정 하나하나 해석하고, 그런 거 싫어. 하고 싶지 않아. 그렇다고 재웅이가 사업상 봉이려니 여기기도 싫어. 그의 머리 꼭대기에 붙은 보이지 않는 가격표를 응시하고 싶지 않아. 나는 그런 마음도 싫어. 다 싫어.

하지만 재웅이 싫은 것도 아닌데. 내가 아는 사람 중에 재웅처럼 간절히 좋아하게 되는 인간이 어디 또 있기나 하던가? 다 싫기도 하고 다 좋기도 한 이 마음은 대체 무엇인가. 알 거 다 안다니. 경훈은 내가 대체 무엇을 안다는 것인가. 나이만 먹었지 그사이 새롭게 알게 된 것은 아무것도 없다.

그런 생각들을 하면서 흐르는 구름을 보는 동안 자동차는 스마트하게 내달려 북한강가의 완만한 언덕에 자리잡은 와이너리에 도착했다. 재웅의 친구라는 사람이 나와 우리를 반겨주었다.

"우만석입니다."

포도밭을 일구던 그는 낡은 작업복에 장화를 신고 있었다. 장갑을 벗고 야구모자로 종아리에 붙은 거미줄을 툭툭 털며 앞서 걸어가는 그는 칠십대에 이른 흔한 귀농 농부 같았다. 하지만 재웅에 의하면 이곳은 우리나라에서 가장 독특한 풍미를 자랑하는 대형 와이너리라고 했다. 그리고 우만석을 이렇게 요약했다.

"돈과 나를 제일 잘 아는 사람. 사업이 뭔지 모를 때부터, 우회장 도움을 많이 받았어요."

돈과 제이 강을 제일 잘 아는 우만석은 구릉에 펼쳐진 포도밭을 개천 너머에 두고 초로의 농부 같은 모습으로 내 앞을 걷고 있었다.

미국의 와이너리와는 사뭇 다른 풍경이라서 조금 얼떨떨한 기분이었다. 멀리 한강이 보이는 구릉지에 포도밭이 있고 습기를 머금은 계곡의 물소리가 들리는 것은 낯설었다. 이곳에서는 유럽과 같은 비니페라 포도가 자랄 수 없을 것이다.

한국의 대기는 이 세상 어디와도 다른 것 같다. 토양도 다를까? 그건 잘 모르겠다. 나는 뿌리를 땅속에 묻고 사는 식물이 아니니까 말이다. 숨쉬는 공기를 감각하는 평범한 동물로서 느끼건대, 한국의 대기는 어떤 흔치 않은 조성을 가지고 있다. 오로지 여름을 뒤덮는 습기의 문제만은 아니었다. 한반도는 여러 가지 다양한 지형을 가진 넓은 땅이지만, 그럼에도 불구하고 이 땅 전체를 감싸는 어떤 균질한 기운이 대기에 녹아 있다고 생각할 때가 있다. 그것은 칡넝쿨과 비슷한 성분이다. 악착같고, 끈질기고, 오지랖이 넓고, 그러면서도 눅진눅진하고 씁쓸달큰한 체액 같은 것을 포함한 어떤 것이다. 북한강가의 와이너리에서 생산된 와인이 가지고 있다는 독특한 풍미는 바로 그와 같은 대기의 성분에서 녹아든 것일지도 모른다.

우만석과 제이 강을 눈앞에 놓고 와인을 마시려니 그런 기분이 든 것 같기도 하다. 우만석은 어떤 사람인지 모르지만 재웅은 좀 안다고 할 수 있다. 그는 우리 주변에서 흔히 볼 수 있었던 평균치보다 훨씬 더 가난한 가정에서 태어났다. 기숙사에 살던 친구들은 식사가 형편없다는 불평을 자주 했는데 그는 기숙사비에 식사비가 포함되어 있다는 이유로 군소리 없이 세 끼니를 다 챙겨 먹었다. 기숙사를 나온 뒤 구한 그의 자취방은 이제껏 본 방 중에 가장 옹색했다. 두어 달쯤 거처 없이 어느 선배의 집에 얹혀 지낸 적도 있었다. 그때 우리는 과외를 하면 돈을 꽤 잘 벌 수 있었기 때문에 그가 왜 집세도 내지 못할 형편이어야 하는지 의아하게 여겼다. 나중에 들으니 고향 집에 문제가 생겨서 그나마 번 돈을 모두 보냈다고 했다.

안정된 중산층 가정에서 자란 나는 친구들에게 종종 닥치는 경제적 어려움들을 죄책감 섞인 감정으로 바라보았다. 그들은 나에 비해 빠른 속도로 어른이 되어야만 했다. 뉴욕에서 혼자 버텨내야 했던 시간들을 겪고 나서는 그런 죄책감을 대부분 덜어냈고, 이제는 내 삶에 고생이 부족했다고 느끼지 않는다. 하지만 폭풍이 가라앉고 어느 정도 삶이 여유로워진 요즈음, 여전히 살아남은 죄책감의 뿌리는 내 안에 깊숙이 박혀 있다가 불쑥 고개를 들었다. 이런 날, 칡처럼 질기고 독한 성분들로 술을 담가 마시는 남자들과 함께 앉아 있자면 여전히 내가 온실 속 화초처럼 느껴지곤 했다.

우리는 산책삼아 와이너리를 둘러보고 우만석의 개인 영역에 아늑하게 들어앉은 별채의 테라스에 앉았다. 언덕 아래 주차장에 빨간 대형 버스가 들어와 한 무리의 관광객들을 내려놓는 모습이 보였다. 그들은 오늘 포도밭을 거닐며 피크닉을 즐기고 와인 만들기 체험을 하고 와이너리에서 판매하는 와인과 향초를 구매할 것이다.

"크게 별다를 게 없었다고 해도 좋을 거야, 첫인상은. 그냥 똘똘한 정도였지. 공부 좀 잘한다는 녀석들이야 세상에 널렸지 않은가. 실은 아무 쓸모가 없거든. 나는 그냥 대수롭지 않게 여겼어."

입가에 깊게 주름이 패고 흙먼지가 두껍게 앉은 낡은 운동화를 신은 우만석은 재웅을 처음 만난 시기를 회상했다.

"뭔가 다르게 보이기 시작한 건 내 아들의 장례식 날이었어. 상가에 사람들이 많았지. 좋은 일이 아니었지만 어쨌든 찾아와야 했을 게 아니오. 그 자리에서 이 친구가, 투자 이야기를 다시 꺼내는 거야. 자기가 발견한 유전자인가 뭔가를 설명하면서, 그걸로 내 아들을 고칠 수도 있었을 거라는 거야. 내가 그놈의 유전자가 뭔지 알 게 뭐요. 하지만 하나는 분명히 알았지. 집념이 있는 놈이다. 그걸 알고 나니까, 좀 흥미가 생기더군."

재웅은 얼굴을 살짝 찡그린 채 우만석의 이야기를 들었다. 그때 그랬었지 하는, 젊은 날의 자기 자신을 가볍게 경멸하는 얼굴이었다.

"한국에서도 괜찮게 됐을 텐데, 이 친구는 욕심이 더 컸지. 미국에서 결국 그 여자 줄을 제대로 잡았잖아. 좋은 시절이었어. 이젠 다 지나갔지만."

그 모든 일들이 일장춘몽이라는 것처럼 그는 눈을 가늘게 떴다. 그 여자를 궁금해하는 기색을 나도 모르게 얼굴에 띠고 말았고 우만석이 얼른 설명을 덧붙였다.

"투자자, 투자자가 있어. 이 친구가 줄을 잘 탔지. 이름은 복잡해서 잘 기억나지 않네."

우만석은 느물느물 웃었다. 멀리 계곡을 따라 포도밭으로 올라가는 관광객들의 알록달록한 옷자락이 보이고 즐거운 말소리가 들렸다.

"그냥 조용히 노후나 보내려고 했는데, 또 그러질 못했어. 여기 오만칠천 평을 사놓고 병이 도져서 또 뭘 하고 싶어진 거야. 결국 이렇게 번잡해져버리고 말았네. 와이너리니 뭐니, 이런 게 다 무슨 소용인가. 이젠 다 팔아버리고 정말로 조용하게 살아보려고."

"조용히는요. 고속도로 뚫리고 많이 올랐죠?"

재웅의 말에 우만석은 어색하게 웃으며 올랐지, 올랐어, 하고 맞장구쳤다. 팔기 좋은 때가 되어서 파는 것이지 당신이 말하듯 조용한 삶과는 관계가 없다는 식으로 얄밉게 찌르는 소리에, 부끄럽다는 듯 얼굴에 홍조까지 돌았다. 두 남자는 서로 찌르고 찔리면서 노는 사이 같았다. 그래도 굳이 따지자면 재웅이 더 세게 찔렀다. '그 여자'라는 세 글자가 뇌리에서 지워지지 않았으니까. 우만석이 와이너리를 처분하고 찾아갈 조용한 곳은 어디일까. 이 남자들의 머릿속에서 굴러가는 돈의 물레방아가 멈출 날이 올까? 강물이 흐르는 한 물레방아는 멈추지 않을 것임을, 우만석은 강재웅의 낯선 유전자에 투자하기로 결심하고 영정 사진 속에 있는 아들과 눈을 마주치며 문득 깨달았을지도 모른다.

"돌아보니 어떠시오, 괜찮아 보이나? 많이 올랐지만, 오신 분이 관심이 있으시면 좋게 해서 드리지. 그거는 믿어도 좋아. 제이 강을 통해서도 나에 대해 들으셨겠지만."

나는 잠시 무슨 말인지 알아듣지 못하고 어리둥절했다. 재웅이 나 대신 대답해주었다.

"아니에요. 이분 아니에요."

"아, 그래?"

"이분은 대학 선배. 그 이야기는 나중에 해요, 우리."

"어이쿠, 그러면 실례를 했군."

나의 외모와 분위기에서 와이너리를 구매할 재력이 보였다면 놀라운 일일 것이다. 나는 어디로 보아도 그런 사람이 아니지만 오로지 재웅의 곁에 서 있는 것만으로 착시 효과가 생긴 것인데, 충분히 이해할 만한 일이기는 했다. 킹스포인트에 재웅과 함께 와인을 마시러 오는 일행들을 보면 나도 모르게 그만한 부자들이려니 생각하곤 했으니까.

"그러면 그? 그때 말했던 사람인가?"

우만석과 제이 강 사이에 다시 한번 말없이 찌르고 찔리는 심경을 담은 눈길들이 오갔다.

"알았어, 알았어. 멋진 분 앞에서 헛소리를 했네. 나이가 들어보라고. 총기가 흐려져. 헷갈리고 뭐가 뭔지 모르게 돼. 아무튼 특별한 분이 아니고서야, 이렇게 먼 데까지 모시고 올 일이 없지 않은가."

우만석은 집으로 식사를 하러 가자고 했다. 다시 우만석이 앞장서서 잘 다듬어진 오솔길을 걸었고 우리는 그의 뒤를 따랐다. 재웅은 입을 다물었고 우만석은 말이 많아졌다.

"절인 포도잎으로 밥을 감싸 찌는 거요. 와이너리에서도 관광객 상대로 포도잎 쌈밥을 팔지만, 그거랑은 다르지. 민트랑 양젖 요거트를 써서 아주 제대로 맛이 난다니까. 특별한 손님한테만 드리는 음식인데."

개방감이 뛰어난 부엌의 큰 솥을 열어, 무럭무럭 김이 오르는 돌마를 보여주며 우만석은 자랑스러워했다. 그리스에서 맛본 음식을 재현하려 여러 번 시도한 끝에 훌륭한 맛을 내게 되었다고 했다. 뒷마당의 바비큐 로스터에서는 어린양의 갈비가 익고 있었다. 귀한 음식을 대접할 생각에 신이 나서 부엌 시설과 조리법을 자랑스러워하는 우만석은 인심 좋은 촌로 같았다. 하지만 재웅은 우만석이 멀어졌을 때 귓속말로 이렇게 말했다.

"못된 영감. 누나가 마음에 드나봐. 하지만 정신 차려요. 누나에게 와이너리를 팔 생각이라면, 시세의 두 배쯤 부를걸."

"어차피 사지도 못하니까 난 상관없어."

"××저축은행 파산 사건 알아요? 저 양반 작품인데."

물론 나는 몰랐다. 한국을 떠들썩하게 했던 사건일지 모르지만, 내가 뉴욕에 있을 때 벌어진 일일 것이다. 하지만 나는 여지없이 깜짝 놀랐다. 모든 기업이 번창할 수는 없을 테니까, 기업들은 부도를 내기도 하고 파산하기도 한다. 하지만 파산이 누군가의 '작품'일 수 있다고 생각해본 적은 없었다. 하다 하다 안 되어서 망했을 거라고 생각했다. 그런 식으로, 누군가가 파국을 기획하고 그 과정에서 거대한 이익을 취했다는 음모론을 믿어본 적은 한 번도 없었다. 지금도 재웅의 말이 아니었다면 믿지 않았을 것이다. 충격을 가라앉히느라 상당한 시간을 흘려보내고, 나는 간신히 다시 입을 열었다.

"그러면 저 사람, 감옥에도 갔어?"

재웅은 피식 웃었다. 갔다는 소리인지 아닌지, 완전히 바보가 된 기분이었다.

우만석이 자랑한 대로 지중해식 음식들은 모두 훌륭했다. 오래전 떠났던 그리스 여행이 생각났다. 돌마를 먹기도 했지만 대부분 병아리콩 스튜와 팔라펠을 주문했고 레몬과 발효유를 듬뿍 뿌려 시큼하게 찐 생선 요리가 특히 기억에 남았다.

좋은 쪽이건 나쁜 쪽이건, 과거의 기억들에 잠기는 것은 내 스타일이 아니었다. 그러지 않으려고 애쓰는 편이었다. 하지만 이렇게 뜻하지 않은 순간에 잊고 있었던 감각을 두드리며 기억들은 밀물처럼 한꺼번에 생각의 지평을 휩쓸기도 했다. 그럴 때는 어쩔 도리가 없었다.

나는 우만석과 강재웅의 소소한 농담들에 적절하게 반응하고, 내가 먹어본 돌마와 이국 음식들에 대해 경험과 견해를 피력하고, 요즘 손님들 사이에서 인기 있는 와인들을 이야기하면서도 사실 마음은 그 파도에서 헤어나오지 못하고 허우적거렸다. 살면서 나의 요트를 거칠게 몰아붙여 뜻하지 않은 모래톱에 나의 생을 내동댕이쳐놓았던 그 낯선 파도들을 마음속으로 하나씩 꼽아보았다. 언제나 격랑에 휘말릴 때는 피할 수 없이 진짜 큰 파도를 만났다고, 어쩌면 정말로 목숨을 잃을지 모른다고 번번이 생각하곤 했는데, 이번에 만난 파도야말로 진짜 큰 놈인 것 같았다. 그동안은 애송이 잔챙이 피라미 같은 잔파도에 불과했을지도 모른다. 하지만 무언가 큰 것이 나를 덮쳤다는 어렴풋한 느낌이 들었을 뿐, 정확하게 무엇인지 파악되지는 않았다. 꿈속의 일들처럼 어떤 단어, 어떤 얼굴, 어떤 장면 들이 두서없이 머릿속에 떠오르다 사라지다 했는데 그것은 나를 몹시 불안하고 어쩔 줄 모르게 했다.

"저기 이제 오셨구만."

우만석이 언덕 아래 주차장으로 시선을 던졌다. 빨간 관광버스는 어느새 사라지고 고급 세단이 텅 빈 주차장에 자리를 잡고 있었다. 누가 온 거냐고 물었더니 "얘기를 좀 할 사람"이라고만 했다. 그 차를 보자 갑자기 나를 덮친 파도를 둘러싼 뿌연 해무가 천천히 걷히기 시작했다. 머릿속에 어지럽게 흩어져 있던 퍼즐의 조각들이 놀라운 속도로 제자리를 찾아, 수많은 얼룩덜룩한 점에 불과했던 것들이 어떤 명확한 하나의 상으로 모양을 갖추어가기 시작했다.

십여 년 전 그리스에 여행을 갔을 때 그리스 중부 평원에 자리잡은 작은 도시 미카엘리스에 머물렀다. 이제는 인구가 줄어서 도시라고 부르기도 민망한 소읍이 된 그곳에서는 유명한 연극 축제가 열렸다. 올림픽이 열리는 해, 사 년에 딱 한 번만 공연하는 것으로 유명한 연극 〈미카엘리스 평원〉이었다. 기원전 400년경 벌어진 미카엘리스 전쟁을 기념하는 것으로, 관람 티켓은 금세 소진되므로 서둘러야 했다. 연극제의 티켓을 구입할 때 '관람' 혹은 '참여'를 선택할 수 있었다.

그 연극은 무대와 배우, 관객의 경계가 없이 넓게 트인 자연환경 속에서 이루어지는 것으로 유명했다. 관람 티켓을 가진 사람은 언덕 위에 있는 진지 모양의 관람석에서 연극을 관람할 수 있었다. 참여 티켓을 가진 사람은 연습이라고 부르는 약간의 리허설을 거쳐서, 전문 배우들과 함께 병사로 참전했다.

진지한 연극제였으므로 안전사고가 일어나지 않도록 각별히 유의해야 했다. 동선과 동작에 대한 철저한 연기 지도를 받고 사고에 대비한 보험 서류에 서명했다.

오래된 폐허가 남아 있는 관람석에는 나를 비롯해 백여 명의 관객들이 앉아 있었다. 전쟁은 아테네 장군 람프로티타스가 반대편 진지의 스파르타 장군 에피테미아스와 주고받는 대화에서 시작됐다. 각 나라의 오래된 명예와 권리를 주장하고 상대 나라의 무례함과 거짓됨을 주장한 끝에 결국 회담이 결렬되었다. 청동 나팔이 길게 울린 후 양군의 병사들이 언덕을 내달리기 시작했다. 그늘 한 점 없는 뙤약볕에서, 아무것도 없는 대평원이 얼마나 고요한지, 그곳에서 인간의 고함이 얼마나 멀리까지 또렷하게 들리는지, 달리는 인간의 발걸음이 '지축을 울린다'는 것이 어떤 것인지, 북소리는 또 얼마나 도발적인지, 어떻게 인간의 피를 끓게 하여 관광객의 챙 모자와 선글라스를 쓴 나조차 벌떡 일어나 언덕을 달려가고 싶어지게 하는지, 전쟁을 지켜보며 혈관에 잠잠히 흐르던 야수성이 어떻게 고개를 쳐드는지 그 모든 과정을 나는 천천히 감각했다.

'관람'과 '참여' 중에서 망설이다가 관람 쪽에 체크했던 것, 수성펜의 잉크가 티켓 종이에 천천히 스며들어가던 것, 관람하지 말고 참여할 것을 그랬나 하고 잠시 후회했던 것까지 생생하게 기억했다. 이번에는 어떤지 한번 보고 다음에 참여하자, 무거운 갑주를 메고 언덕길을 내달리는 건 힘들 테니까, 하고 생각했었다. 꿈에서 깨어난 뒤 다음 기회가 없으리란 걸 깨달았다.

우만석을 찾아온 새 손님들은 차에서 내려 별채로 향하는 언덕길을 오르기 시작했다. 남자 둘과 여자 하나였다. 우리는 식사를 마치고 돌아갈 채비를 했다. 아름다운 한국형 와이너리에, ××저축은행을 파산시킨 초로의 농부와, 그가 자랑스러워하는 농가에 찾아온 고급 세단의 손님들은 모두 더이상 자연스럽게 보이지 않았다. 이곳은 미카엘리스 평원이었다. 어느 결에 나는 '관람'이 아니라 '참여'에 서명했다. 잘 모르는 새에 연출자의 지시가 적힌 시나리오를 받았을 것이다. 나는 대본을 충분히 숙지하고 연습한 연기자였다. 놀라면 안 된다. 놀라면 촌놈이다.

"뭐야? 여기 웬일이야?"

황실장과 함께 언덕을 올라오던 이광채는 나를 보고 깜짝 놀랐다. 이광채보다 약간 언덕 위쪽에 선 나는 지그시 웃으며 이광채를 맞이했다. 동행한 황실장과 와키자니도 놀람을 감추고 어색하게 웃었다. 내 귓가에는 청동 나팔의 울음소리가 들린다.

"두 분이 아는 사이요?"

우만석이 놀라하며 물었다. 천연덕스럽게 놀라는 척을 한 것일지도 모른다. 이 모든 연극의 총연출자가 강재웅일 것이라고 생각하지만 어쩌면 그 머리 꼭대기에는 우만석이 올라앉아 있는지도 모른다. 이 연극이 희극인지 비극인지도 모르겠다. 아무튼 나는 내가 속한 거대한 세트장과, 보이지 않는 대본과, 귓가에 울리는 도발적인 북소리를 분명히 인식했다. 이것은 오랜 세월 느리게 그러나 집요하게 연출되면서, 참여하는 배우들이 처음에는 놀랐으나 하나씩 하나씩 놀란 얼굴을 감추고 연출자의 편에 가담하며 오늘까지 이어져온 오래된 연극이었다.

"그러게, 여기서 보다니 뜻밖이네. 너야말로 무슨 일이야?"

"나? 난 새 호텔 부지 좀 보려고. 너는?"

"나는 친구랑 놀러왔어. 둘이 서로 본 적 있던가? 여기는 제이 강. 대학교 때 동아리 후배야."

광채와 재웅은 얼굴을 조금씩 찌푸리고 경계심 속에 악수를 나누었다. 황실장이 물었다.

"제이 강? 그러면 에클버그 그분이세요?"

"네, 맞습니다."

"어머어머! 진짜로 그 제이 강! 여기서 뵙다니 너무 반가워요! 너무 멋있으시다!"

황실장은 다짜고짜 달려들어 재웅의 손을 덥석 잡고 흔들었다. 황실장의 눈빛이 튜닉을 입은 듯 너울너울 춤을 추었다. 재웅은 잠자코 황실장에게 잡힌 손을 거두었다. 에클버그의 제이 강. 이 세상에서 가장 부유하고 매력적인 남자. 그의 동행으로 곁에 서 있는 나 또한 인생에서 가장 빛나는 순간을 맞이하고 있다. 황실장의 호들갑을 보는 이광채는 쓴 것을 잔뜩 씹은 얼굴이었다. 정부情婦 앞에서 수컷의 매력으로 뒤떨어지고 마는 비통한 순간일 것이다.

재웅에게 계속 매달리고 싶어하는 황실장을 떼어내고 언덕길을 내려오면서 뜻밖에 나는 이광채에게 연대 의식을 느꼈다. 대체 저놈에게 동질감을 느낄 이유가 뭔가 생각하다 곧 깨달았다. 우리는 이성에게 인기 없는 족속들이다. 아무리 돈을 벌고 헤어와 피부 관리를 받아도 영원히 우리는 재웅 같은 사람들을 따라갈 수 없을 것이다. 매력 있는 것들은 세상에 따로 있고, 그들끼리 알아본다. 우리가 아무리 그들에게 매달리고 안달해도, 심지어 결혼을 하고 아이를 낳아도, 우리는 그들에게 가닿을 수 없을 것이다. 그들은 그들끼리 논다. 나는 이름이 복잡하다는 어느 여성 투자자의 얼굴을 머릿속에서 여러 번 그리고 지우면서, 그녀를 우리 클럽에 초청해야 할지 생각했다.

서울로 돌아오는 차 안에서 우리는 내내 말이 없었다. 저녁 햇살이 눈을 찔러 선바이저를 내렸는데 거기서 일론 머스크의 서명을 발견했다.

"창문 좀 열자."

재웅은 창문이 아니라 자동차의 천장을 통째 내렸다. 쿠페인 줄 알았는데 하드톱 컨버터블이었다. 차 안을 가득 채운 질문과 상념들이 공기 중으로 날아갔다. 나는 더이상 참을 수 없었다.

"솔직히 말해. 너 나한테 할말 있지?"

재웅은 자율 주행에 운전을 맡기고 운전석을 완전히 뒤로 젖혀 편안히 몸을 눕혔다. 흘러가는 구름만이 흥미롭다는 듯 하늘에서 눈을 떼지 않았다.

"뭘요?"

"말해. 너 지금 생각하는 거 있잖아. 말하라고."

"그게 뭘까요. 누나야말로 생각하고 있는 게 있어요?"

"이 나쁜 놈아."

"나쁜 놈 맞아요, 나."

재웅은 평온하게 말했다.

"별로 착하게 살지 않았어요. 누나도 알잖아요. 나는 해야 할 일이 있었어요. 나를 욕해도 돼요. 맞아요, 나 누나한테 부탁할 일 있어요."

어디부터였니. 나는 목구멍으로 튀어오르는 질문을 간신히 삼켰다. 이 연극은 어디부터 시작된 거였니. 성수동 T타워 옆에서 놀라운 조건으로 나를 기다리고 있었던 낡은 이층집. 그 계약서를 쓰면서 나는 '참여'에 체크했던 거였을까. 하지만 그 이전부터라도? 셰퍼즈 와이너리, 냉랭하게 지분 문제를 언급하던 레너드의 얼굴은? 최근 지나치게 낙관적인 방향으로 흐르던 내 인생이 갑작스러운 의혹 속으로 빠져들었다. 그가 아무 기색 없이 많은 것의 운명을 바꾸어왔다고 생각하니 오싹하게 치가 떨렸다.

"나 연지 누나 만나게 해줘요."

그를 다시 만났던 첫날의 느낌, 반가움과 놀라움에 뒤덮여 크게 주목하지 않았으나 분명히 마음속을 스쳐갔던 의구심의 정체가 드디어 조명 켜진 무대의 가운데로 뚜벅뚜벅 걸어올라왔다. 그와 함께 있으면 늘 즐겁고 짜릿했으나 무언가 오래된 위험이 고개를 쳐들 것 같다는 불길한 예감이 마음 한구석에 늘 웅크리고 있었는데, 바로 그 어두운 기운의 정체였다.

어떻게 그것을 잊을 수 있었을까?

그뒤로도 나는 여러 번 그 질문으로 돌아갔다. 연지는 느슨하게나마 전 인생에 걸쳐 연결 고리를 유지한 사촌이자 친구 이상의 의미가 있었다. 그 의미에는 아직도 마음이 욱신거리는 통증이 함께 묻어 있었는데, 나는 그 통증을 다시 떠올리고 싶지 않은 나머지 이 순간까지 완전한 망각의 강물에 내던지고 모르는 체했던 것이 분명했다. 모래 속에 고개를 처박고 아무 일도 없는데 왠지 불안하다고 생각하는 타조처럼, 나는 다시 만난 연지와 다시 만난 재웅을 따로따로 인지하며 그들 사이를 연결하는 잊을 수 없는 고리를 검은 망각의 강물에 힘차게 내던지고 잊은 체했다.

"연지 누나한테 킹스포인트에서 와인 한잔하자고 해주세요. 내 이야기는 하지 말아주시고요, 괜히 놀라게 할 필요 없잖아요. 아무것도 모르는 채 편안하게 놀러오게 해주세요. 그다음은 내가 알아서 할게요."

강재웅은 유연지를 잊지 않았다. 그저 잊지 않았을 뿐 아니라 유연지와 다시 만나는 순간에 대한 조화롭고 완벽한 과정의 상이 그의 머릿속에서 수천만 번이나 재현되고 발전한 나머지 그 상상의 장면은 허공 속에서 쓰다듬은 수천만 번의 손길에 의해 매끄럽게 다듬어진 하나의 단단한 대리석 조각상이 되어 서 있었다. 그는 이제 실물이나 다름없이 확실해진 그 석상을 오른쪽과 왼쪽, 위쪽과 아래쪽에서 모든 각도로 지켜보고 만질 수 있었다. 집착조차 오래전에 잊었다는 듯 무덤덤한 그의 목소리는 그 재회의 장면을 실현하기 위해 그가 이 순간까지 신화적인 인생의 한 발짝 한 발짝을 내디뎌왔음을 분명히 암시했다.

자동차는 킹스포인트 앞에 멈추었고, 나는 재웅과 눈을 마주치지 않고 차에서 내렸다.

녹두거리

 제이 강에 대한 기사를 검색해보면 대략 이렇다. 십 년 전까지 그는 '검색되지 않는' 인물이었다. 강재웅과 에클버그 유전자를 검색하면 2000년대 초반 몇몇 바이오 벤처 동향을 전하는 국내 매체 기사가 뜨는데 여러 스타트업들의 투자 유치, 인수 합병 소식을 몇 줄씩 함께 묶어 전하는 단신 수준에 불과하다. 사진도 없으므로 동명이인의 내용이라 해도 확인하기 어려울 지경이고 그나마 닷컴 버블이 붕괴한 이후 완전히 사라진다. 그러다 2010년 초부터 외국 매체의 실리콘밸리 투자 기사 속에 제이 강의 이름이 다시 언급되기 시작한다. 이후 몇 년 새 그를 언급한 기사가 폭발적으로 많아지는데, 이때부터는 종종 그의 사진이 함께 실려 있으므로 그의 변천사를 조금이나마 눈으로 지켜볼 수 있다.

에클바이오의 CEO 제이 강을 보도하는 매체들의 논조에는 이미 조심스러운 매혹이 엿보인다. 사업적 감각을 갖춘 수줍고 핸섬한 천재 과학자. 그들은 한결같이 제이 강이 연구자적인 기질이 강한 사람으로, 매체에 노출되는 것을 꺼린다고 말한다. 하지만 우리가 알고 있는 대로, 제이 강은 매력적인 사람이다. 준비되지 않은 모든 순간, 어느 각도에서도 완벽하게 아름다운 모습으로 찍힌다는 사실을 사진기자들은 모두 알고 있다. 약간 당황스러운 듯한 그의 표정이 그를 더욱 찍고 싶어 안달나게 만든다.

그는 인터뷰를 즐겨하지 않지만, 내키지 않는 듯한 짧은 말들로도 선명한 메시지를 군더더기 없이 전달한다. '빠르고 폭넓은fast&broad'은 그가 논문에서 에클버그 유전자의 작용을 설명할 때 사용한 말이었는데, 그대로 암 진단 키트의 홍보 문구가 되었다. 소비자와 투자자는 암 유전자에 대응하는 항암 유전자의 복잡한 생화학계 작용 기전을 구구절절 들을 필요 없이 직관적으로 이해할 수 있었다. 에클버그의 암 진단 키트는 피 한두 방울로 나의 몸에 초기 암이 발생했는지 빠르고 폭넓게 진단해낼 수 있었다.

에클버그 유전자의 가능성을 알고 있던 제이 강은 믿을 수 없이 깐깐하고 고지식한데다가 오랜 시간과 천문학적인 비용이 드는 신약 개발보다는 조기 암 진단 키트로 미국 의료보험 제도의 빈틈을 파고드는 전략을 택했다. 고비용으로 악명 높은 미국 의료보험은 개인에게나 기업에게나 큰 부담이었다. 세포 사이에 자리잡은 암세포가 뿌리를 깊이 내리고 치료에 큰돈이 들도록 악화되기 전에 에클버그 단백질로 초기에 발견한다면 기업은 근로자의 건강 비용을 크게 절감할 수 있게 된다. 27종 암을 극초기에 진단할 수 있는 에클버그 키트는 굴지의 대기업과 미 국방부를 고객으로 영입하는 데 성공하며 파란을 일으키기 시작했다.

제이 강이 실리콘밸리에서 작은 돌풍을 일으키고 있을 때에도 국내 매체들은 대체로 반응이 없었다. 스스로 코리안 디스카운트를 적용해, 우리 사이에서 나고 자란 그가 그리 대단한 인물일 리 없다고 끝까지 의심을 거두지 않는 분위기였다. 국내 매체들이 제이 강에 주목하기 시작한 것은 그의 사업이 2기에 접어들었을 때, 그가 나스닥 상장 계획을 발표하고 주가와 에클코인을 동시에 하늘로 쏘아올린 이후다. 더이상 그는 과학자로 불리지 않았다. 생명과학은 그저 시작에 불과했을 뿐이다. 그의 진정한 재능은 IT산업에 있었다.

내가 기억하는 바로도 재웅은 컴퓨터에 밝았다. 과연 생물학을 계속할까 싶을 만큼 전공에는 무심했지만 우리는 알지도 못할 초기 네트워크 게임과 컴퓨터 언어들에 푹 빠져 지냈다.

그러므로 에클버그가 자리잡자마자 곧바로 주력 사업의 방향을 바이오에서 암호화폐 사업으로 전환한 것은 실리콘밸리를 놀라게 한 과감한 결정이었지만 나에게는 크게 놀랍지 않았다. 이때부터는 제이 강의 발언과 비전 하나하나가 주목받기 시작했다. 바이오에서 암호화폐로 연결되는 빠른 행보는 이전까지 아무도 상상하지 못한 영역이었고 시장은 폭등으로 찬사를 보냈다.

제이 강이 한국 비즈니스에 주력할 뜻을 밝히고 국내 활동을 늘리자 한국 매체들은 드디어 새로운 영웅을 열렬히 보도했다. 늘 그렇듯 제이 강은 파파라치 숏만으로 이미지 라인을 도배했다. 반기지도 않지만 피하지도 않는, 특유의 그 무표정한 얼굴이다. 드물게 미소 짓는 얼굴을 발견하면, 내가 아는 그 재웅의 모습이다.

내가 대학 신입생이었던 1994년, 그때 우리는 '우리는'이라는 주어가 암시하는 바대로, 몰려 살았다. '나는'이라는 주어로는 문장이 성립하지 않을 정도였다고 이해해도 좋을 것이다. 나는 이광채 무리가 주도하는 학과 동기들의 분위기에 일찌감치 실망하고 마당패 탈 동아리에 눈을 돌려 뿌리를 내렸다. 서울에 집이 있었지만 자유롭게 살고 싶었으므로 학교와 친구들의 자취방을 전전하다시피 했고 결국 내 방을 얻었다. 부모는 내가 왜 멀지도 않은 집을 두고 굳이 독립을 고집하는지 이해하지 못했으나 그때는 누구도 나를 막을 수 없었다. 따박따박 정해진 길을 걷던 모범생의 삶에 신물을 느끼는 순간이 찾아왔고, 기성세대의 목소리를 단 한 번도 더 참아낼 수 없는 기분이었다.

"공부만 하다가, 사춘기가 이제야 찾아온 거야."

엄마는 이모와 삼촌들에게 이렇게 설명했다. 예상치 못한 방황에 낙심천만이었지만 다리몽둥이를 부러뜨리라는 식의 조언에는 고개를 저었다.

"유학 보낸 셈 치면 되잖아. 우리가 대전이나 광주에 살았더라면 어차피 방을 얻어주었을 테니까."

그런 식으로 독립했으니 경제적 지원을 바랄 수 없는 처지였는데도 엄마는 말없이 얼마간의 돈을 매달 부쳐주었다. 완전한 독립을 주장하던 나도 엄마가 부쳐주는 돈만은 크게 반항하지 않고 넙죽넙죽 받았다. 믿을 수 없이 너그러웠던 나의 부모에게, 나는 얼굴도 제대로 비치지 않고 냉장고를 뒤져서 반찬통을 통째 들고 튀는 뻔뻔한 방식으로 생존을 알렸다. 지금 생각하면 갈 때마다 냉장고에 가득가득 차 있었던 반찬통들도 우연한 일만은 아니었던 것 같은데, 그런 생각을 하면 미칠 것 같은 기분이 되기 때문에 나는 이십대 초반의 나를 즐겨 회상하지 않는다.

그때 그 동아리의 어떤 점이 나를 그토록 미칠 듯이 사로잡았는지, 지금은 이해되지 않을 정도의 열정이었다. 보호받는 어린아이로서의 삶은 끝났고 이십대 성인의 삶을, 나의 결정과 운명으로 이루어지는 진짜 내 삶을 시작하겠다는 조급한 결심으로 터질 것 같았다. 내 안 어딘가에 숨은 공허감을 또래 무리에 소속되는 것으로 메워보려 했던 것 같기도 하다. 어쨌든 그때 나를 가장 매료시켰던 것은 미칠 듯한 열정 그 자체였다.

우리는 세상을 바꾸겠다는, 바꾸어야 한다는 소리를 입에 달고 살았는데 실은 우리 스스로가 거대한 변화의 물결 속에서 정신을 차리지 못하는 상태였다. 팔십년대 독재 타도와 민주화의 거대한 물결이 86세대라는 가장 역사적인 일군의 젊은이들을 규정했다면 이후 구십년대 학번의 첫머리에서 개인의 자유와 개성에 주목한 선배들은 X세대라 불렸다. 94년에 입학한 우리는 스스로 X세대라는 정체성에 수긍하지 않았다. 지나치게 무겁고 비장하던 86세대에서 야타족이나 오렌지족으로 대표되는 X세대의 이미지로 갑자기 분위기가 전환되는 것에 현기증을 느꼈다고 할 수 있겠다. 우리는 어떤 세대라는 명칭으로 규정되지 못한 첫 세대인 채로 꺼져가던 사회운동과 변혁의 불길을 이전보다 작아진 규모로나마 계승하려 했다. 지금 생각하면 선배나 우리나 겨우 한두 살 차이 나는 이십대 초중반에 불과했는데 마치 기성세대와 청년세대의 간극처럼 서로 간의 차이를 크게 느낄 때도 있었다. 그렇게 날마다 싸워가며 토론과 기획을 하고, 무대에 올라 공연을 하고, 밤새 통음하며 젊음을 불살랐다.

그후로 그렇게 진한 도취감을 맛본 시절이 있었을까? 당시 혈중 도파민 농도를 측정했다면 무슨 면허든 취소되었을 것이다. 그때의 나와 지금의 나는 거의 연결 고리를 잃은 듯 다르다. 그러므로 지금 재웅이 나를 회상하는 말들이 좀 낯설게 들리기도 한다. 세월 속에서 인간이 많이 변하기로 하자면 강재웅만할 리 없지만 나에게는 그의 변화보다 나의 변화가 더 크게 느껴진다.

1995년 우리는 진주 출신 신입생 강재웅과 서울내기 한 해 선배 이규아로 만났다. 그때 나는 일생 최대치로 날뛰고 있었는데, 재웅의 기억으로는 그냥 명랑한 서울 여자 정도였다니 다행스러운 일이었다. 재웅의 첫인상은 누구에게나 진중하고 조용한 후배였다. 그러면서도 가장 눈에 띄었다. 말이 없는 그가 어쩌다 입을 열면 모두 떠들기를 멈추고 그의 말에 귀를 기울였다.

그 시절의 재웅을 돌이켜 회상하자면 모순, 또는 이중성이라는 키워드가 떠오르는데, 둘 다 결코 부정적 의미가 아니었다. 말하자면 이런 식이다. 그는 후리후리 키가 컸는데, 키가 커 보이지 않았다. 우리는 그의 키가 크다는 것을 학기 중반이 되어서야 깨닫고 놀랐다.

"재웅이가 지헌이보다 커?"

"이리 와봐봐. 혁기 형보다도 크네?"

동아리에서 키가 큰 축에 속하던 사람들과 이리저리 키를 대보는 소동을 벌이고서야 우리는 재웅이 꽤 크다는 사실을 알았다. 그는 백팔십일이라고 했고 동아리 사람들 중에 세번째로 키가 컸다. 그런데 이상하게 백칠십팔쯤 되는 다른 사람들이 재웅보다 더 커 보였다. 반듯하게 자세가 곧았는데도 그는 커 보이지 않았고 반드시 누군가와 바짝 붙어 서야 실제로 재웅이 더 크다는 사실을 확인할 수 있었다. 함께 춤을 추고 몸을 움직여야 하는 우리는 각자 몸의 특성에 민감했으므로 그런 착시 현상을 이해할 수 없었다.

우리가 방학마다 전수관을 찾아 배우던 삼대 전통무는 고성오광대놀이, 봉산탈춤, 양주별산대놀이였다. 그는 춤도 소리도 잘했다. 정말이지 신입생이 아니라 전수 사범이라고 해도 좋을 만큼 뛰어났다. 동아리실의 낡고 더러운 징에서 성덕대왕신종처럼 여운이 길고 영롱한 소리가 날 수 있는 줄을, 우리는 재웅이 오고 나서 처음 알았다. 징이라는 악기는 그저 들고 때리는 쇠붙이일 뿐인데 어떻게 그렇게 다른 소리가 날 수 있는지 놀랄 뿐이었다. 그렇다고 징만 잡힐 수는 없었다. 북이든 장구든 꽹과리든 피리와 날라리까지 뭐든 잘했다. 춤도 뛰어나, 심지어 탈바가지를 씌워 얼굴을 가려도 그에게로 시선이 모였다. 전통춤 중에서도 가장 격렬하고 힘든 봉산탈춤에서, 날아갈 듯 너울너울 뛰어오르는 취바리의 깨끼춤은 재웅을 따라갈 사람이 없었다. 귀룽 가지를 든 취바리가 소무를 유혹하기 위해 엽전 꾸러미를 툭 던질 때, 그곳에 있었던 모든 여자들은 내심 설레었다.

"가산 사람 아입니꺼."

재웅은 그렇게 말할 때만 사투리를 썼다.

가산 사람은 가무에 능하다는 평판이 있다고 했다. 재웅은 혹독하게 추운 정월 대보름 가산 장터에서 탈놀음 판에 끼어 경중경중 뛰다가 눈을 떠보면 엄마에게 업혀 집으로 돌아가는 버스의 습기 찬 유리창에 볼이 눌려 있었던 꼬마였다. 그는 놀이판을 지배하는 흥이 무엇인지 몸으로 알았다. 여름방학마다 전수관을 찾아 배운 우리와는 다른 뿌리였고 우리가 그를 더 사랑할 이유가 되었다. 나의 회상은 항상 이 부근에서 맴돌았다.

에클버그와 맺은 계약을 무시하고 나는 킹스포인트에 슬그머니 일반 고객들을 더 받아들였다. 그가 알아차렸든 못 알아차렸든 나름의 심술을 부린 셈이었다. 그렇다고 에클버그에서 항의가 오는 것도 아니었다. 무언가 까칠한 느낌이 남은 채로 우리는 서로 말없이 지냈다. 손님이 많아진 킹스포인트는 나날이 바빴고, 열두시가 넘어 영업을 마무리할 때면 지친 것과는 조금 다르게 머릿속이 물에 젖은 스펀지가 된 것처럼 반쯤 무감각한 상태가 되었다. 마지막 손님까지 보내고 가벼운 정리를 마친 후 내가 제일 좋아하는 이층 소파에 몸을 반쯤 묻고 누울 때면 이 무렵 재웅이 몰고 온 많은 상념과 오래된 기억들이 유령처럼 테라스를 떠돌았다. 구십년대, 더웠고 추웠던 날들. 징과 북을 들고 뛰었던 마당들. 기억의 맨 아래층에 고요히 가라앉아 떠오를 일 없던 그 흐리고 무거운 기억들은 재웅과 북한강변의 와이너리에 다녀온 이후 힘차게 들고일어나 나의 모든 꿈과 혼몽을 장악했다.

성가신 모기 몇 마리 때문에 반의식 상태에서 깨어났을 때 나는 킹스포인트의 정원을 두른 낮은 생울타리 밖에 서 있는 재웅을 발견했다. 건너편 T타워의 펜트하우스에는 폭죽이라도 터진 것처럼 화려한 조명이 빛나고 있었다. 파티를 하다가 내 생각이 났을까? 오라고 부르는 문자에 내가 응답하지 않았던가? 그가 나에게 손짓을 했을까?

잘 모르겠다. 나는 문밖에 서 있는 그를 보고 소파에서 일어나려던 마음을 돌이켜 그대로 좀더 웅크리고 있었다. 재웅은 문 앞에 서 있었다. 문자도 통화도 오가지 않았지만 뜻은 분명히 전달되었다.

나 연지 누나 만나게 해줘요.

1996년 늦여름, 나는 애초부터 전혀 맞지 않았던 전공 공부에 대한 깊은 회의에 빠져 있었다. 자연히 성적은 바닥이었고, 깨끗이 집어치워도 아무 미련이 없을 것 같았다. 그런 내심을 몇 번 내비쳤더니 집에서 난리가 났다. 한없이 관대하던 부모님의 눈물과 역정을 그때 다 보았다. 십 년 안에 두 분이 다 돌아가실 줄 미리 알았더라면 나는 군소리 없이 학교로 돌아갔을 것이다.

그 시기라고 해서 모든 것이 영원하리라고 생각했던 것은 아니었다. 아예 공연 판에 몸을 던져볼까 생각해보기도 했지만 춤과 공연으로 영원히 살 수 없다는 것은 스스로 잘 알고 있었다. 나는 이미 삼학년이었고 곧 졸업이었다. 동아리 활동이나 학창시절, 친구들과의 삶도 시한부로 끝이 정해져 있었다. 하지만 부모님은 영원할 줄 알았다. 내가 그분들의 노년의 모습을 알지 못하게 될 줄을 까맣게 몰랐다. 그분들도 역시 몰랐을 것이다. 잦은 다툼과 갈등 속에 나는 가족들 누구도 나를 이해하지 못한다고 느꼈고 버림받은 기분이 되었다.

외투 속에 시한폭탄을 칭칭 두른 것 같은 시기였는데, 그때 춤추던 생각을 하면 지금도 잠시 다른 세상으로 떠나는 기분이 된다. 나는 내 공연의 가장 열광적인 관람자였다. 내 모든 관절의 꺾임과 미묘한 박자로 만들어지는 생생한 곡선들에 내가 가장 감동했다. 생애 가장 깊어진 우물에서 길어올려진 나의 소리는 내 몸에서 나온 것이라고 믿을 수 없도록 무언가에

겨웠다. 무엇이 그렇게 고통스럽고 한스러웠을까? 이후로 겪게 될 많은 인생의 폭풍은 아직 몰려오기 이전이었다. 그런데도 나는 그 시기가 내 인생의 가장 처절한 순간이라고 확신했다. 나는 가장 아름다운 악기였고 마당패의 첫머리였으며 내가 서는 순간 공연은 달라졌다. 작은 스타처럼, 학생식당에서 사람들이 나를 알아보았다. 아니, 우리를 알아보았다. 재웅과 나, 마당패 탈에서 가장 빛났던 우리 두 사람.

동아리에 무수한 게 커플이었다. 사랑의 작대기가 무시로 그어지고 꺾어졌다. 주변에서 우리 둘이 사귄다는 소문이 나거나, 왜 사귀지 않느냐는 질문을 받는 일이 수없이 많았다. 우리 사이에 남자와 여자로서의 감정이나 순간이 없었던 것은 아니었다. 가장 친밀하고 소중하게 여기는 선후배의 제일 앞자리에 서로를 두었지만 둘만의 다른 세계로 들어가는 그 한 발짝을 넘지 않았다.

"아, 타이밍이 안 맞아! 젠장."

연애로 발전되지 않는 우리 사이를 나는 그렇게 설명했다. 우리는 항상 연애의 공백기가 엇갈렸다. 내가 누군가와 열렬한 연애를 시작했을 때 재웅은 깨졌고, 내가 실연의 상처에 막걸리를 부으며 주변을 돌아봤을 때 재웅의 곁에는 누군가 다른 사람이—주로 내가 귀엽게 여기는 동아리 후배가—있었다. 둘 다 비슷한 시기에 깨져야 이때다 하고 불꽃이 튈 텐데 한쪽이 깨졌을 때 다른 한쪽은 반대로 방금 고백하고 불타오르는 순간이었다. 우리의 어긋나는 주기는 사람들이 보기에도 어처구니없어서 사인과 코사인 그래프라고 놀림을 받았다.

"누나, 지금 뭐예요? 황현 선배, 저러면 안 되는 거 아니에요?"

그 무렵 내 연인이었던 연극 동아리의 부짱은 나에게 냉랭해진 기미가 역력했는데 왠지 재웅 앞에서만은 그 사실을 죽도록 부인하고 싶었다. 나는 나의 연인이 얼마나 열정적이고 진실한 사람인지 보여주는 여러 일화를 들고 단지 그가 겪은 많은 아픔이 그를 다소 차갑게 보이게 할 뿐이라고 설명했다.

"저 새끼 죽일 거야. 가만두지 않을 거라고."

재웅은 성난 눈빛이었다. 내 설명을 듣고 더 욱해서 선배에서 저 새끼로 단숨에 내려갔다. 재웅은 내가 학교를 그만두려는 것이 나를 함부로 대하는 연인 때문이라고 생각하는 것 같았다. 대체 무엇 때문에 이렇게 되었는지 나도 모를 일이었다. 전공과 동아리와 연애와 그 모든 것이 더이상 내가 풀 수 없을 지경으로 다 꼬여버렸고 모두 내 탓이었다. 애인 때문이 아니라고, 더이상 고민하기도 지긋지긋해서 이 학교를 떠나는 것밖에 다른 방법은 아무것도 없다고, 학교를 떠난들 세상이 무너질 만큼 큰일은 아닌 거라고 설득되지 않는 재웅을 향해 나는 중얼거렸다. 버들골 잔디밭에 나란히 앉은 재웅은 한 팔로 내 어깨를 단단히 끌어당겼다. 내 팔을 잡은 그의 악력과, 그의 깊은 한숨을 기억한다. 연인이 아닌 남자와 여자가 나눌 수 있는 가장 간절한 몸짓의 한계치였다.

자퇴 소동은 우리 사이에 심심찮게 떨어지는 폭탄과도 같았다. 미쳐 날뛰며 맞이한 성년기의 첫 몇 년에 대한 결산이 감당할 수 있는 범위를 뛰어넘었을 때 우리가 비명처럼 눌렀던 잠시 멈춤 버튼이었다. 나도 그 버튼을 누르려 했고, 친구와 후배들은 동의하면서도 만류했다. 비통하면서도 익숙한, 기묘하게 이중적인 과정들을 차근차근 밟아가는 중이었다. 친구나 선배에게 같은 위기가 오면 이구동성으로 자퇴는 하지 말고 휴학을 하면서 잠시 생각할 시간을 가지라고 만류했다. 서로 설명할 필요 없이 비슷한 기분이었다.

남자들은 그럴 때 보통 군대에 갔다. 그 무렵 재웅도 곧 입대할 계획이었다. 여자들은 그럴 때 한두 학기쯤 휴학하고 생각할 시간을 가졌다. 그리고 시간이 흐른 뒤 좀더 차분해진 얼굴로 멋쩍게 웃으며 다시 나타났다. 군대 또는 휴학으로 과열된 심장을 식힌 뒤에는 보다 침착한 발걸음으로 삶의 길을 걸었다. 예전과는 비교할 수 없을 만큼 저강도이기는 했으나 여전히 동아리의 고참 선배로 얼굴을 비췄고, 졸업은 할 만큼 학점을 채우기 위해 다시 고등학생이 된 것처럼 늦공부에 열을 올렸다. 우리는 선배들의 그런 변화를 여러 번 보았고 그 일이 누구에게든 다가올 수 있으며 그렇게 살아가는 거라는 걸 알고 있었다.

하지만 나의 부모는 내가 벌이는 자퇴 소동을 파국적으로 받아들였고 모두 그 미친 동아리 때문이라 여겼으며 자신들의 설득에는 한계가 있다고 느꼈다.

"어릴 때부터 단짝으로 지내왔으니, 너는 규아 마음을 알잖니. 도무지 부모 말을 듣지 않으니 하는 수가 없구나. 네가 제발 규아를 설득해다오."

연지는 외삼촌 부부가 선호하는 여대에 진학해서 조용하게 지내는 중이었고 내가 보내고 있다는 광란의 대학생활을 명절 안부로 전해들으며 어떤 삶일지 상상만 해보았을 뿐이었다. 대학교 일학년 때 한두 번 만난 것을 제외하고는 거의 연락이 없었으므로 단짝이라고 할 수 있는지 스스로 의구심이 들었지만 정말로 걱정되는 마음에, 도대체 내가 어떻게 살고 있기에 학교를 그만둔다는 건지 궁금하기도 해서 연지는 어느 날 우리 학교로 찾아왔다.

그때 나는 동아리 공연을 홍보하는 대형 현수막의 한 귀퉁이가 찢어져 철거하고 수선해서 다시 거는 문제로 신경이 날카로웠다. 저명한 사회운동가의 연설 다음으로 우리 공연을 올리기로 되어 있었으므로 어느 때보다 책임감을 느꼈다. 다음날이면 공연이었는데 리허설은커녕 여전히 대본이 계속해서 수정되었다. 이틀째 밤을 새웠는데 결국 마지막까지 그럴 것이 분명했다. 당황하고 불평하는 후배들을 어르며 모든 공연이 이랬다고, 힘을 내자고, 무대는 결국 훌륭하게 끝날 것이라고 나도 믿지 못할 소리들을 하고 있었다. 오래된 벽보가 너풀너풀 흔들리는 낡은 문을 조심스럽게 밀어 열고 나타난 연지를 보았을 때 나는 내 눈을 의심했고 도저히 웃음을 지어 보일 수 없었다. 덜 말려 입은 옷에서는 쉰내를 풀풀 풍기고 이틀째 못 감은 머리를 대충 묶어 틀어올린 꼬질한 그날의 나는 연지가 아니라 누구에게도 결코 보여주고 싶은 모습이 아니었다.

연지는 눈치 없이 굴지 않았다. 다음날이 공연이라 너무 정신이 없다는 무뚝뚝한 설명에 그러면 공연 보러 내일 다시 오겠다고 싹싹하게 말하고 돌아섰다. 내가 너무 못돼 보였는지 돌아서는 연지를 친구들이 붙잡았고 그때 막 배달되어 온 김밥이었던가 뭔가를 좀 먹여서 보냈다. 우리는 바닥에 낡은 돗자리를 깔고 둘러앉아 함께 밥을 먹었다. 대체 언제부터 동아리실에 있었는지 그 기원을 짐작하기 어려운, 테두리가 나달나달하게 닳아 사라진, 강화 화문석을 흉내낸 싸구려 플라스틱 돗자리였다. 나는 연지와 눈을 마주치지 않고 바닥에 던져둔 대본과 연출지를 보는 척했는데 실은 그 돗자리의 반복되는 문양에 시선이 꽂혀 있었다. 선후배들은 연지에게 호의 어린 질문을 몇 개 던졌고 연지는 밥을 꼭꼭 씹으며 웃음 섞인 대답을 했다. 공연복과 소품, 여기저기 널브러진 옷과 대본과 쓰레기 들. 우리가 만든 완벽한 카오스 속에서 연지 혼자만 정돈되고 제정신이었다. 나는 제대로 자리에 앉아서 밥을 먹어본 지가 오래되었다는 생각을 했다.

다음날 공연은 무사히 끝났다. 동아리장으로서 책임진 마지막 공연이었고 남몰래 겪었던 중압과 갈등이 떠오르며 이제 이런 순간이 다시는 없을 것이라는 생각에 혼자 울컥했다. 관객 속에 섞여 있던 연지가 달려나와 꽃다발을 안겨주었는데, 삼 년이나 공연을 했지만 누구에게 꽃을 받은 건 처음이었다. 공연이 끝난 날 늘 그랬듯이 발악에 가까운 뒤풀이로 이어졌는데, 그 자리에도 연지가 있었다. 정직하게 말해서 연지는 마지못해 끌려왔다. 연지는 그런 야생의 분위기에 익숙하지 않았고 어울리지도 않는 존재였다. 꽃다발만 전해주고 돌아갔다가 나중에 나를 다시 만나 무언가 중요한 이야기를 해볼 생각이었을 것이다. 우리끼리의 뒤풀이에 외부인이 끼는 것은 드문 일이었는데 연지처럼 예쁜 애를 그냥 보내고 싶지 않았던 선후배들이 거의 잡아끌다시피 했고, 연지가 술집 앞에서 마지막으로 사양하려는 걸 끝내 붙잡았다.

"어디 한번 놀고 가려던가?"

술집 문 앞의 오 미터 남짓한 거리에 동아리원들이 두 줄로 나란히 늘어서서 일사불란하게 불림을 했다. 연지에게 가장 적극적이었던 한 선배가 꽹과리로 자진모리장단을 감아쳤다. 연지는 난처하게 웃으면서도 꽤나 맵시 있게 선배가 보여주는 발걸음을 따라 했다. 그렇게 한 발짝 한 발짝, 덜머리댁의 아장걸음으로 연지는 술집으로 들어갔다. 나는 연지와 아무 상관 없는 사람인 것처럼 무감하게 쟤가 왜 저러지 하면서 멀거니 보았다. 베토벤 4번 교향곡 첫 소절이 운명이 문을 두드리는 소리라는 별명을 얻었던 것처럼, 나는 그날부터 덜머리댁의 아장걸음이 인간이 운명을 향해 걸어가는 발걸음이라고 생각하게 되었다.

그다음에 일어난 일들은 거의 기억나지 않는다. 그 술집에서 우리가 어떻게 함께 놀았는지, 어떻게 재웅이 연지 쪽에 가깝게 앉았는지, 그들 사이에 어떤 눈빛과 대화가 오갔는지. 그날은 내가 동아리장을 내려놓는 날이라 인간의 한계 너머까지 만취했던 것은 정해진 일이었다. 아무것도 기억나지 않는다. 이미 오랜 시간이 흘렀으므로 그 무렵의 기억들은 모두 희미하다고 변명할 수도 있다. 하지만 그 망각은 알코올이나 시간의 일과는 다른, 기억의 보호 작용일 것이다.

잠시 생각할 시간이 필요하다는 쪽지 한 장을 남기고 연지는 갑자기 사라졌다. 외가는 발칵 뒤집혔다. 같은 시기에 재웅도 사라졌다. 곧 겨울방학을 앞둔 기말고사 기간이었으므로 동아리도 잠시 휴식기였지만 재웅이 사라진 일은 빠르게 소문을 탔다. 외가에서는 어찌된 일인지 영문을 몰랐지만 동아리 사람들은 재웅과 연지가 어디론가 함께 달아났음을 누구나 알고 있었다.

처음에는 나도 어쩔 줄 몰라 침묵하다가, 연지가 사라진 지 닷새가 넘어 외숙모가 입원한 다음에야 엄마에게 짐작하는 바를 알렸다. 넋이 빠진 엄마에게 재웅이 나쁜 애는 아니라고 설명하려 애썼지만, 내 목소리는 내가 듣기에도 공허했다. 배신감 속에서 홀로 견뎌내야 했던 재웅의 여자친구 현정 때문에 동아리는 동아리대로 쑥대밭이었다. 현정 앞에서 나는 이 모든 일이 나 때문이라는 느낌을 지울 수 없었다. 나는 조용히 자퇴 서류를 제출하고, 유학원에 들러 대체 무엇을 하는 곳인지도 모를 대학의 등록 절차를 의뢰하고, 연말을 앞두고 턱이 쑥 빠질 가격이었던 뉴욕행 비행기표를 끊었다.

사라졌던 연지는 열흘을 약간 넘기고 돌아왔다. 우리는 신촌의 카페에서 마주앉았다. 하염없이 우는 연지 때문에 우리는 들뜬 연말 분위기에 찬물을 끼얹는 존재들이 되었다.

"내가 잘못한 거 알아. 너한테 정말 미안해. 나 재웅이 사랑해. 근데 내가 잘못한 거야? 규아야, 나는 재웅이를 정말 사랑한 것뿐인데, 그러니까 후회하지 않아. 아무것도 두렵지도 않아. 그런데 너는 왜 떠나는 거야? 나 때문이야? 모두 나 때문에 떠나는 거야? 너도, 재웅이도? 내가 재웅이를 사랑했기 때문에 모두 떠나야 하는 거야? 내가 그렇게 잘못한 거야?"

연지는 횡설수설했다. 화장기 없이 메마른 볼에 눈물만 흘렀다. 외삼촌에게 함부로 잘린 머리칼을 쇼트커트로 정리해서 슬픔에 잠긴 미소년 같아진 그녀를 보는 순간 이전에 보았던 그 어떤 모습보다도 아름답다고 불쑥 생각해버렸다. 머리가 길어도 짧아도, 잘 꾸며도 꺼칠해도, 행복해도 불행해도 연지는 언제나 아름답구나. 그래서 재웅이가 한눈에 반한 거겠지. 그렇게 한눈에 반해서 줄행랑치는 사랑이라는 게 이 세상에 존재했구나.

그때까지 내가 생각하던 사랑의 개념을 모두 반역하는 사건이었다. 나는 연지와 재웅 사이에 일어난 그것을 사랑이라고 인정하지 않았으므로 최소한의 연민만을 가지고 바라보았다.

그 시대의 도덕관으로, 사랑이란 남자 여자 사이의 호감이나 열정만을 의미하는 것은 아니었다. 우리에게 사랑은 성숙한 성인 남녀의 철학과 세계관이 결합하는 것이었고 높은 사회의식과 윤리의식을 반드시 동반해야만 성립 가능한, 그래야만 하는, 차원 높은 도덕적 결단이었다. 한곳이라도 미달한다면 그것은 사랑이 아니라 저속한 쾌락의 추구에 불과할 것이다. 차선도 신호등도 무시하고 앞도 뒤도 없이 달려들어 모두의 뼈를 박살내버리고 마는 것을 사랑이라 부르기로 한다면,

그런 이기적인 것도 사랑이라는 이름으로 불릴 수 있다면, 나는 그동안……

거기서 나는 생각을 멈추었다. 깨문 입술에서 피맛이 났다.

뜨겁게 엉켜 서로를 기쁘게 하는 일만으로 가득 채웠을 그들의 시간을 나는 어지러운 혼몽 속에서 여러 번 보았다. 빛이 날 듯 새하얀 연지의 몸뚱이, 좀더 거무스름하게 어둠 속에 감춰진 재웅의 몸뚱이. 검은 머리채 사이로 흰 애벌레처럼 스며드는 그들의 손가락들. 낡은 방문을 누군가 발로 차고 들어올까 저녁내 두려워하던 것도 모두 잊고, 오로지 서로만이 열쇠를 가진 빛의 문을 지나 영원히 둘만이 함께할 수 있는 그 방을 온통 새빨간 양귀비로 가득 채우며 이대로 하나가 되어서 차라리 죽어버리자고 소리지르는 밤들. 작열하는 빨간 꽃들 가운데 손잡고 허우적거리며 그들이 신음 속에 영원히 맹세할 때, 나는 타는 듯한 숨결에 목이 막혀 헐떡이며 잠에서 깼다. 진땀 속에 껌뻑이는 내 눈꺼풀에는 아직 사라지지 않은 붉은 양귀비 몇 송이가 남아 떠돌았다.

그들의 맹세는 깨졌다. 어느 낯선 시골 마을에서 재웅은 연지를 놔두고 갑자기 사라졌다. 야위고 슬픔에 잠긴 연지는 혼자 돌아왔다. 외삼촌에게 머리를 깎이고 수많은 비난을 홀로 감내하고, 이렇게 내 앞에서 울고 있다. 연지는 재웅이 곧 입대하는 걸 모르지 않았다. 영원의 맹세에 이르기까지 그들이 많은 고비를 넘어야 한다는 걸 알았다. 단 하나, 재웅이 왜 말 없이 사라졌는지, 아무리 애타게 찾아도 자취를 찾을 수 없는지, 그 이유만은 알 수 없다고 했다. 어떡하면 그가 입대하기 전에 한 번이라도 얼굴을 볼 수 있을지, 혹시 내가 그 방법을 알고 있을까 해서 연지는 나를 찾았다. 나는 아무것도 알지 못한다고 대답했다. 연지가 이야기하는 내내, 언젠가 '주말의 명화'에서 본 〈엘비라 마디간〉이라는 영화를 생각하고 있었다. 나는 연지의 눈물을 좀더 견딘 후 자리에서 일어났다.

재웅은 입대하기 직전에 동아리에 다시 나타났다. 머리를 짧게 깎은 모습이었다. 머리가 전과 같았더라도 낯설게 보였을 것이다. 웃음기 없는 얼굴도, 우리가 알던 재웅 아닌 낯선 남자였다. 그사이 동아리원들은 재웅과 연지가 벌인 일이 진짜 사랑이었다는 쪽과 있을 수 없는 배신이었다는 쪽으로 나뉘었는데, 역시 후자가 다수였으므로 그를 보는 우리는 대체로 잠잠했다. 그래도 함께 술은 마셔야 했다. 녹두거리로 가면서 다 함께 이렇게 침울한 적이 있었던가 생각했는데, 그래도 술이 들어가니 다시 말이 많아졌다.

"이 새끼야, 뭐라고 말 좀 해. 술만 처먹지 말고."

"너 아무리 그래도 현정이한테 미안하다는 소리는 해야 한다. 그래야 사람이다."

"미친 새끼 죽으려고 환장했나."

그날 재웅은 폭음했다. 아주 우리 눈앞에서 죽어버리려는 작정이었다. 그에게 술을 더 퍼붓기도 하고 만류하기도 하면서 밤새 아수라장이었다. 나는 눈앞의 일들이 이미 내 세계에서 일어나는 일이 아닌 것처럼 느꼈다. 그렇게 달라진 마음에 스스로 놀라며 조용히 소주를 마셨다. 나 아닌 다른 몸이 마시고 있는 것처럼 술에 취하지도 않았다. 재웅을 욕하는 사람을 말리기도 하고, 내 자퇴를 안타까워하는 사람을 달래기도 하면서 물위의 기름처럼 둥둥 떠 있었다.

그 추운 날 녹두거리 한 골목에서 우리가 사랑가를 불렀던 것은 당연한 일이었다. 그날 우리는 사랑가를 불렀다. 당신이 알고 있는 춘향전의 그 사랑가하고는 아주 다른 어떤 것이었다. 그것은 그 이름대로 우리가 서로 사랑하는 날것의 방식을 상징적으로 보여주는 노래이자 구호이자 퍼포먼스였다. 가장 흔하게는 누군가의 생일에, 누구에게 축하할 만한 일이 있었을 때, 동아리장이 바뀌었다든지 동아리에 기념할 만한 일이 생겼을 때, 또는 동아리에 불화나 다툼이 일어났을 때에도 우리는 술을 진탕 마시고 거리에서 사랑가를 불렀다.

누구라고 미리 정할 것도 없이 우리는 각자 알아서 검사와 판사의 역할을 맡았다. 그것은 그동안 곪고 썩은 모든 역사를 아울러 짚고 따지고 결말에 이르게 하는 짧은 재판의 형식을 취하고 있었다. 갑작스러운 이른 한파가 몰려와 사람들의 발걸음이 빨라졌던 그 겨울밤, 재웅을 피고로 하는 사랑가를 불렀다. 재웅이 안겨준 충격은 컸고 그날의 사랑가는 웃음기 없이 건조했다. 누구나 알 수 없이 마음속으로 조금씩 울고 있었던 것 같았다. 재웅은 짧게 민 머리에, 추위에 새파랗게 언 얼굴로 말없이 서 있었다. 그 춥게 얼어붙은 얼굴이 오래전 재웅에 대한 내 마지막 기억이다. 우리가 동아리에서 함께 나누었던 실없고도 따스한 우스개들, 가장 역동적인 취바리였던 그의 깨끼춤, 그가 다음 동아리장이 되는 것을 당연하게 믿었던 우리들의 기대, 모든 일에서 동아리를 떠받쳤던 그의 존재감, 결국 우리가 함께 지낸 모든 시간이 이날 검사가 읊는 죄목이 되어 추운 거리에 울려퍼졌다.

"95학번 강재웅이, 연락 없이 자취를 감추어 걱정을 끼친 죄!"

"사랑가 한 장단이요!"

"동지들의 믿음을 배신하고 군대로 사라지는 죄!"

"사랑가 두 장단이요!"

"학우들의 약속을 저버리고 피눈물을 흘리게 한 죄!"

"사랑가 세 장단이요!"

재판장이 죄목을 더 선언할지 말지 망설이는 잠깐의 침묵이 지났다. 우리는 그 망설임을 모두 이해했다. 죄인이 누구든 죄명이 무엇이든 사랑가의 집행은 늘 똑같았다. 사랑가의 죄인은 거리에 웅크려 엎드렸고 우리는 달려들어 사랑가를 부르며 그를 발로 밟았다.

"누가 우리의 깃발을 내리라 하는가. 우리는 결코 우리의 깃발을 내릴 수 없다."

누군가 아지를 뜨면 우리는 익숙한 제창으로 답했다. 사랑가의 시작이었다.

"내릴 수 없는 깃발이여. 탈방의 사랑가의 깃발이여."

사랑가는 우리가 다소 야만스럽게 서로를 사랑하는 하나의 방식이었고 놀이였지만 수십 개의 발로 짓밟히는 일은 사실 만만하지 않았다. 아픔을 참고 웃으며 일어날 수 있는 것은 한 장단까지였고 두 장단만 되어도 감정이 상했다. 세 장단이 되면 육체적으로 견디기 힘든 지경이 되었고 영영 보지 않는 사이가 되기도 했다. 재판장은 그날 재웅이 저지른 죄상이 어쩌면 사랑가 세 장단을 넘어갈 수도 있는 정도라고 생각했으나, 혹시 그가 다칠까 하는 우려와 이전까지 그에게 가졌던 애정 속에 망설이다가 세 장단에서 멈추었다. 정작 죄목에 현정이나 연지는 거론되지 않았다. 약속을 저버리고 피눈물을 흘리게 했다고 언급했던 것이 그 부분에 대한 에두른 표현이었을 것이다.

재웅은 스스로를 위한 변론을 하지 않고 순순히 거리에 웅크려 엎드렸다. 우리는 그 어느 때보다 격렬하게 그에게 달려들었다.

사랑- 사랑- 강재웅 십새끼 내 사랑-
강재웅 십새끼 내 몸과 같이- 사랑-하리-

욕설이 절반 넘게 섞였으나 우리에겐 더없이 친밀하게만 느껴졌던 그 노래, 노래라기보다는 곡조가 조금 달린 짧은 구호에 가까운 그것, 우리는 그것을 모두 합쳐 사랑가라고 불렀다. 내 몸과 같이 사랑하는 방식이 그랬던 것은 지금 생각하니 괴기하지만 그때는 그것이 당연했다. 극성스러운 애정과 장난기로 하던 일이었지만, 그날의 사랑가는 울분과 비탄으로 가득했다. 나는 웅크린 그의 등에 발을 얹지 않고 돌아섰으므로 그가 밟히고 일어서던 마지막 모습을 기억하지 못한다.

이 년 뒤 연지가 이광채와 결혼한다는 소식을 들었다. 재웅이 전역할 무렵이었을 것이다. 뉴욕에 있던 나는 굳이 귀국해서까지 그 결혼식에 참석하지 않았다. 아는 사람끼리 결혼하네, 이상의 별다른 감정이 들지 않았다.

"사돈댁이 삼촌네랑 같은 단지래. 시댁에서도 아주 좋아한다더라. 연지는 꼭 그럴 것 같았지. 신혼집도 거기 얻을 거라니 양쪽 집과 내왕하면서 지내기 좋겠지."

이 년의 시간이 흐르는 사이에 연지가 재웅과 도망쳤던 사건은 배려 깊은 침묵 속에 잊혀가는 중이었다. 이광채가 연지와 재웅의 짧은 연애 사건에 대해 알고 있었는지는 알 수 없다. 연지와 광채는 같은 학교에 다닌 적이 없었지만 어릴 때부터 멀지 않은 곳에서 살았으니 이광채가 유연지를 일찌감치 알고 있었을 것은 확실하다. 이십대 중반에 이르러 그 신화적 미모가 최고로 꽃피어오른 연지가 이광채의 프러포즈를 받아들였을 때, 천하의 이광채도 조금은 겸허한 마음이 되었던 것 같다. 그들의 거실에 놓여 있던 오래된 액자 속 신랑은 내가 알았던 이광채의 어떤 순간보다 인간적으로 싱글벙글하는 얼굴이다. 엄마는 내가 전공과 맞지 않아 방황했던 일을 극복하고 뉴욕에서 새로운 진로를 찾아 잘 지내고 있는 것처럼, 연지의 일도 그렇게 한때의 고비를 무사히 넘긴 것으로 여기고 다행스러워했다. 나는 그때 이미 새로 들어간 아트스쿨도 다 마치지 못할 것 같다는 예감이 짙었지만 엄마를 다시 실망시키기 싫어서 아무 말도 하지 않았다. 연지는 이광채와 결혼했고 이듬해 아들 태환을 낳았다. 소소한 소식들이 전해질 때마다 모두들 '연지는 그럴 것 같았다'고 말했다.

성수동

 전날 밤부터 실비가 흩뿌리더니 아침에는 빗줄기가 굵어져 출근길 교통 혼잡이 심했다고 했다. 테라스 소파에 얇은 담요를 두르고 누워서 지붕에 떨어지는 빗소리를 들으니, 뭐랄까, 삶이 나를 본격적으로 압박하기 이전의 어떤 느슨했던 시간으로 돌아간 기분이 들면서, 단 몇 시간에 불과할지라도 세상을 살아갈 만한 힘이 채워지는 기분좋은 촉감이 느껴졌다. 오후 들어서는 다시 실비가 되었다. 평생 아파트에서만 살아온 연지는 지붕으로 드문드문 빗방울이 떨어지는 소리를 좋아하리라 생각했다. 마지막으로 연지와 단둘이 수다를 떨어본 게 언제였는지 기억이 나지 않았다. 다소 인위적인 느낌이 있기는 했지만 연지는 언제나 함께 있는 시간을 파티처럼 만드는 재주가 있었다. 꽤 변덕스럽기도 했으므로 비가 온다고 해서 약속을 미루지나 않을지 내심 걱정이 되기도 했다.

연지에 앞서서 박스 트럭 한 대가 도착했다. 재웅이 보낸 케이터링 서비스라고 했다. 미리 약속한 바 없었으므로 짜증이 났다. 함께 나눌 티푸드 정도는 알아서 준비했기 때문에 음식이 필요하지도 않았고 킹스포인트의 분위기가 달라지는 것도 싫었다. 냉랭하게 거절하자 사람들은 떠나지 않고 킹스포인트 뒤편으로 약간 자리를 옮겨 웅성거렸다. 잠시 후 재웅에게서 전화가 왔다.

"너 왜 이래? 의논도 없이."

"누나, 미안해요. 누나를 귀찮게 하지 않으려고 그런 건데."

"내 일은 내가 알아서 해. 여기는 내가 일하는 곳이야. 네 맘대로 하고 싶으면 너네 회사에서 해."

"누나, 미안해요. 그냥 받아주세요. 누나는 내가 지금 어떤 기분인지 몰라."

재웅의 이런 목소리는 들어본 적이 없었다. 연지를 킹스포인트로 부르기만 하면 나머지는 다 알아서 하겠다던, 무시무시하도록 침착하고 결연한 남자는 없었다. 그는 겁에 질려 있었다.

"이거 다 가져가라고."

"누나, 제발."

잠시 팽팽하게 유지된 침묵 속에서 내가 느끼는 감정이 갑질하는 기분이라는 걸 깨달았다.

나는 전화를 끊고 사람들을 불러들였다. 그들이 물건들을 풀어놓고 재빨리 사라지기까지는 삼십 분 남짓한 시간이 걸렸을 뿐이었다. 불끈 치밀어오르는 기분으로 킹스포인트의 창가에 새로 걸린 화사한 브라이덜로즈 프린트의 드레이프 커튼과 앤티크 테이블 세트를 노려보았다. 킹스포인트는 그랑트리아농의 티룸을 옮겨놓은 듯한 모습으로 변신했다. 잔꽃무늬에 금박이 화려한 프랑스 왕실 티웨어는 누구의 취향도 아니었지만 요새 유행하는 대로 삼단 애프터눈티 세트를 세팅해놓으니 구색이 맞았다. 차를 한잔 따르고 레몬케이크를 맛보면서 나는 왠지 '가면도 인간의 얼굴이다'라는 문장을 떠올렸다.

연지는 오후 네시 조금 전에 도착했다. 작은 얼굴을 갸우뚱하고, 습기에 가깝도록 가늘어진 은빛 빗방울을 귀여운 우산에 얹은 모습이었다. 그 모습이 왠지 애처로워서, 나는 젖은 잔디밭을 철벅철벅 달려나가 연지의 우산 속에 머리를 함께 들이밀었다.

"규아야, 지난번에 우리집 재미없었지? 괜히 집으로 오라고 했어. 처음부터 조용히 너만 따로 만날걸."

연지는 나를 끌어안으면서 사과처럼 들리는 말을 중얼거렸다. 이광채에게는 이야기하지 말고 혼자 놀러오라는 초대를 자기 나름대로 해석한 모양이었다.

킹스포인트에 들어서서는 예의에 합당한 탄성을 올렸지만 속으로 무슨 와인바가 이렇게 꽃동산인가 의아해하는 기색이 비쳤다. 연지의 눈에 나는 감각이 떨어지는 와인바 주인으로 비쳤을 것이다. 평소에는 이렇지 않은데 어떤 친구가 꽃과 케이크를 보내주었다고 설명하면서 연지에게 레몬케이크를 권했다. 연지는 예의상 딱 한 부스러기만 입에 넣었다.

앤티크 가구나 티 세트에는 관심이 없었지만 연지는 킹스포인트를 마음에 들어했다.

"여기, 예전에 고모네 살던 곳이랑 가깝다, 그치? 우리 같이 강변으로 내려가서 놀았던 데 맞지? 아닌가? 아, 난 한강이라면 다 똑같아 보이긴 해! 길치라서 그런가? 아무튼 멋진 곳이야! 똑같은 한강인데, 이쪽에서 보는 게 더 아름다워. 왜 그렇지?"

우리는 이층 테라스의 난간에 기대어 서서 숲 너머 한강을 바라보았다. 연지의 창틀에서 네모나게 바라보던 것과는 비교할 수 없이 너르고 탁 트인 한강이었다. 안개비의 고운 물방울이 콧등의 솜털에 자꾸 내려앉았다.

연지는 눈을 가늘게 뜨고 강 건너를 바라보았다. 침침한 날씨에도 다른 집들과 조금 다르게 초록색을 띠는 그녀의 창문을 알아본 것 같았다.

거리에 노란 쿠페가 멈추고 재웅이 모습을 드러냈다. 가는 빗줄기를 어깨로 받으며 그는 우산을 쓰지 않고 그대로 안마당으로 들어서서 걸음을 조금 빨리했다. 우리가 서 있는 이층 테라스로 시선을 주지 않고 앞만 보는 시선과 굳어진 어깨가 멀리서 보기에도 뻣뻣해서, 평소처럼 캐주얼한 면바지에 셔츠 차림이었지만 전혀 다른 사람 같았다. 폭탄을 품은 근본주의 테러리스트라고 해도 저렇게 분통 터진 얼굴로 이를 악물고 다가오지는 않았을 것이다.

연지는 눈에 띄는 노란 자동차와 그곳에서 내려 안마당을 가로지르는 호리호리한 남자를 흥미롭게, 아직은 별다른 경계심을 가지지 않고 내려다보았다. 손님이 오기엔 이른 시간이었고 점원이라기엔 자동차가 유난스러운데 누구냐는 질문을 담은 맑은 눈이 나를 향했다. 그가 계단을 올라오는 가벼운 발소리가 들렸다. 나는 연민이 섞인 복잡한 감정으로 말없이 연지를 보았다.

재웅이 이층에 들어서자 연지는 그를 금방 알아본 것이 분명했다. 한쪽 손을 목덜미께에 댄 채로 굳어진 모습이 그랬다.

"우리 오랜만이에요, 그렇죠?"

재웅은 최대한 자연스럽게 보이려고 애를 쓰며 다가왔는데, 그런 상황에 자연스러움이란 있을 수 없었지만, 한평생 터무니없는 것을 얻으려 발버둥쳤던 것이 그의 삶이었음을 생각하면 그 모습이 자연스러운 편이었다고 생각할 수도 있을 것이다. 그는 주머니 속 꽉 쥔 주먹에 이어져 기묘한 각도로 경직되어 있던 팔꿈치로 테이블에 놓인 귀부인 모양의 도자기 인형을 건드려 떨어뜨리고 말았다. 앤티크 테이블도 도자기 인형도 방금 전에 인테리어 업체에서 세팅해두고 간 것들이었으므로 우리는 그 낯선 물건이 떨어지기까지 존재를 전혀 인식하지 못하고 있었다. 재웅이 놀라운 반사신경으로 인형이 바닥에 떨어지기 전에 붙잡았지만 귀부인이 손에 들고 있던 앙증맞은 양산이 테이블 다리에 부딪히며 두 동강이 났다.

"아 괜찮아, 아무것도 아니야. 이건…… 괜찮으니까……"

굉장히 비싼 인형이었을 테지만 그것은 결국 아무것도 아니었다. 재웅은 사십 센티미터가량 되는 귀부인을 다시 똑바로 세우고, 깨진 양산을 조심스럽게 곁에 놓아두었다. 귀부인의 손에는 양산의 빨간 손잡이 부분만 뾰족하게 깨진 상태로 남았는데, 마치 단검을 들고 있거나 피 묻은 한쪽 손을 높이 들고 있는 것처럼 보였다.

바보 같은 실수였지만 인형이 내지른 파열음과 함께 얼어붙어 있던 우리는 현실로 돌아왔다. 좀전까지 뻣뻣했던 분위기와는 정반대로 우리는 우스꽝스럽도록 과장되게 반가워하며 차와 케이크가 차려진 테이블에 둘러앉았는데, 오래전 겨울 공연장에 연지가 찾아왔을 때, 나는 그들을 제대로 소개하지도 않았다는 생각이 뜬금없이 스쳤다.

연지는 어쩌면 이 모든 일이 스쳐지나가는 우연일 수 있다는 가능성에 무게를 두고 조심스럽게 인사를 건넸다.

"재웅씨…… 맞죠? 반가워요. 이게 얼마 만인지……"

"저에게는 아주 잠깐밖에 흐르지 않은 것 같은데요."

그의 말투는 전혀 부드럽지 않았다. 다정하기는커녕, 어떻게 지난 시간이 길었다고 말할 수 있느냐고 비난하는 것처럼 들리기까지 했다. 재웅은 방금 스스로 움직일 수 있다는 사실을 처음 깨달은 목각 인형 같았다. 평소와는 달리 남을 가르치려 드는 꼰대 같은 말투와 바보같이 구는 자신을 의식하다가 이젠 화가 난 얼굴이 되었다.

"성수동에 와본 지 오래되었어요. 어릴 땐 성수동에 오는 게 제일 좋았어요. 고모가 잘해주셨거든요. 규아야, 너 알아? 너희 집은 내가 라면과 커피우유를 먹을 수 있는 유일한 곳이었어."

연지는, 다행이랄까, 자기 앞에서 놀라고 긴장한 나머지 인생 최대로 머저리 같은 꼴이 되고 마는 남자들을 늘 보아왔기 때문에 놀랍도록 자연스럽게 응대했다. 혼자서 명랑하게 수다를 떨면서 이상해진 분위기를 밝게 유도하는 일이 자기 역할이라고 늘 믿어온 사람의 꿋꿋한 자세로, 나에게 주로 말을 걸면서 재웅이 긴장을 풀고 대화에 동참할 시간적 여유를 주었다. 그러나 재웅은 저세상의 케르베로스처럼 어두운 얼굴로 그 모습을 노려보기만 했다. 나는 연지의 말에 몇 번 맞장구를 치며 대화를 이어갔지만, 우리 둘만 애쓰고 그는 골이 나 있는 지금 이 풍경이 너무나 마음에 들지 않았다. 나는 성의 없는 포크질만 몇 번 스친 케이크 접시를 챙겨들고 일어서서 아래층으로 향했다. 재웅이 불에 덴 것처럼 화들짝 기겁하며 계단으로 따라 내려왔다.

"누나 어디 가요?"

"이제 슬슬 영업 준비 하려고."

재웅의 눈이 튀어나올 것 같았다.

"누나! 우리만 여기 있으라고?"

나는 계단이 꺾어지는 코너에 절반쯤 몸을 가리고 '그러려고 한 거 아니야?'라고 입 모양으로 물었다. 우스꽝스러운 팬터마임이 오갔고, 재웅은 어린애처럼 매달리다시피 계단 중간까지 따라 내려왔다.

"누나, 제발. 내가 아직…… 조금만 더 같이 있어줘요."

"애처럼 왜 그래?"

"내가 잘못한 게 너무 많아서, 연지 누나가 나를 용서하지 않을 것 같아. 누나, 제발."

곧 질식할 것같이 파래진 얼굴이었다.

"강재웅, 연지한테 할 이야기가 있거든 똑바로 해. 자신 없어서 또 도망칠 셈이야?"

　재웅은 번개라도 맞은 사람처럼 얼굴이 달라졌다. 마른침을 꿀꺽 삼키고 돌아서 계단을 오르는 뒷모습은 연지가 컵에 담긴 레몬수를 끼얹었더라도 순순히 뒤집어쓸 마음의 준비가 된 것으로 보였다. 나는 그들을 이층에 두고 주방의 식재료를 정리했다. 직원들이 하나둘 출근하면서 달라진 킹스포인트를 보고 깜짝 놀랐다.

　"친구가 보내줬어."

　"왜요?"

　"오늘 내 생일인 줄 알았대."

　직원들에게 이층에 올라가지 말라고 주의를 주었다. 달라진 소품들이 다소 과하기는 해도 보기 흉한 정도는 아니라서 그대로 두기로 했다. 미슐랭 스타를 받았거나 연말 이벤트를 준비했다고 하면 썩 어울릴 터였다.

　삼십 분쯤 지난 뒤 다시 이층으로 올라갔다. 그들은 테라스에 놓인 소파에서 한강을 바라보며 나란히 앉아 있었다. 연지의 고개가 재웅을 향해 기울어져 있었고 재웅의 어깨는 지구상에 남은 마지막 한 마리의 카나리아를 보호하듯 연지를 감싸고 있었다.

　"규아야, 정말 고마워. 나 너무…… 이젠 나는…… 우리는 더이상……"

온통 눈물범벅이 되어버린 얼굴에 손수건을 대고 훌쩍거리다가, 다음 순간 연지는 지난 세월 모두가 이 세상에서 가장 말도 안 되는 우스개였다는 듯이 깔깔 웃었다.
 "재웅이는 쭉 그 생각을…… 했다는 거야. 한순간도 잊은 적이 없다고. 거짓말하지 말라고 했어. 대체 언제 적 일인데. 그걸 계속 생각했다는 게 말이 돼? 규아야 웃기지? 정말 뭐라고 하는 거니 재웅이는."
 재웅의 얼굴은 부드럽게 긴장이 풀려 있었다. 안 믿어도 어쩔 수 없다는 듯이 웃으며 두 팔을 벌려 보였다. 그 두 팔 안에 세상을 모두 담은 것 같았다. 나는 이들이 하는 말 한마디 한마디, 아니 이들의 존재 자체가 이 세상에 존재하는 모든 클리셰의 총집합 같아 슬그머니 정이 떨어졌는데, 겉으로는 행복해진 사랑새들을 보며 환하게 웃었다. 이들의 사랑을 응원하지 못할 이유가 어디에 있겠는가? 태환과 광채는 즐겁게 잘 살고 있다. 연지도 즐겁게 살면 된다.
 어느새 우리는 그런 나이에 이르렀다. 얽매여 허덕였던 삶의 의무들을 어느 정도 완수했고, 놀라운 의료 기술의 도움을 받아 마지막 남은 젊음의 끝자락을 아직 쥐고 있다. 이제는 연지도 골프 백의 숲과 초록색 샹들리에가 드리워진 북향 창문을 벗어나 즐겁게 살기 바란다. 나는 그들의 재회를 축하하기로 한다.

그때 재웅의 휴대폰이 진동했고 화면을 잠시 노려보던 그는 하는 수 없다는 듯이 자리에서 일어나 테라스 한쪽 구석으로 향했다.

"Ok, so is everything taken care of? Way to go. I'll get back to it in a moment and take it from there."

재웅이 전화를 받으며 멀어진 사이 연지는 눈물을 닦으며 나를 껴안았다.

"너 알고 있었어? 재웅이가 미국에서 사업을 크게 한다고 하는데? 아, 나는 세상 물정을 아무것도 몰라서, 그런 줄도 까맣게 몰랐지 뭐야. 우린 오해를 다 풀었어. 사실 오해한 적도 없어. 그래, 난 재웅이가 그럴 수밖에 없었다는 걸 예전부터 알고 있었거든. 재웅이는 미안하다고 하지만. 그래, 우린 그럴 수밖에 없었던 거야."

오래전 연지는 사람들의 눈길을 끌 만큼 짧은 머리로 내 앞에서 울었다. 이제 와 생각하니 그것조차도 클리셰였다. 인간이 살아가는 일에 새로운 것이 무엇이 있으랴. 에라, 과거도 미래도 나는 모르겠다. 잘된 일이겠지. 나도 연지와 함께 웃었다. 오해가 있었다면 푸는 것이 좋아. 사람마다 제 나름의 이유가 있었을 테니까. 어쩐지 연지의 말은 엄마를 연상시키는 데가 있다. 엄마도 우리를 다 이해해주실 것이다. 재웅이 전화를 끊고 돌아왔다.

"여긴 곧 손님들 올 테니까…… 우리집에 가볼래요?"

"재웅이 집에? 지금?"

"바로 저기예요. 길 건너편에."

그는 연지에게서 눈길을 떼지 않은 채 T타워를 살짝 가리켰다. 손가락을 다 펴지도 않을 만큼 대수롭지 않은 손짓이었다.

"저기 살아? 저기가 재웅이네 집이란 말이야?"

"저기 꼭대기 층이에요."

에클바이오와 에클코인을 거쳐 T타워에 이르는 그 믿을 수 없이 비인간적인 역정을 손가락을 다 펼 필요도 없이 가벼운 손짓으로 요약하기 위해, 그처럼 대수롭지 않게 연지를 집으로 불러들이기 위해 재웅은 이날까지 살아왔다. 하나도 대수롭지 않은 일인 양 위장하기 위해, 그리고 그 순간 필연적으로 연지의 얼굴에 스칠 망설임을 무마하기 위해, 재웅은 유러피안 앤티크 가구와 케이크와 티 세트와, 그리고 킹스포인트와 나까지, 아마도 공들여 준비했을 것이다.

"누나도 같이 가요. 잠깐 시간 되죠?"

영업 시작해야 하니까 둘이 가라고 할 만큼 내가 바보였다면, 혹은 사악했다면, 재웅은 그 자리에서 내 목을 졸랐을 것이다. 나는 어느 순간부터 재웅이 사람을 죽였다고 해도 놀라지 않을 것 같았다. 나는 당연하다는 듯 고개를 끄덕였다.

"규아 누나는 몇 번 놀러왔어요. 같이 와인도 마시고."

"세상에! 나도 재웅이네 가보고 싶어!"

거리의 실비 속으로 들어서면서 재웅은 셔츠 자락을 들어올려 연지의 머리칼이 젖지 않도록 했다. 연지는 그의 셔츠 안섶에 고개를 묻었고, 우리는 종종걸음으로 건널목을 건넜다. 하늘을 찌를 듯 높이 솟은 T타워의 펜트하우스, 우리는 하늘에 오르듯 솟구쳤다.

"새들이나 이렇게 높은 곳에 사는 줄 알았어."

연지가 작은 목소리로 중얼거렸다.

"내 친구들은 아무때나 편하게 놀러와요. 나 혼자니까, 눈치볼 사람 없잖아요. 그저 즐겁게 놀기도 하고 그러는 거죠."

"계속 혼자 지낸 거야 그러면?"

엘리베이터가 펜트하우스에 도착했다.

연지는 조용한 탄성과 함께 펜트하우스에 들어섰다. 파일이 긴 카펫이 페디큐어를 한 연지의 맨발을 감쌌다. 어디도 가리는 데 없이 창밖으로 펼쳐진 한강이 태고부터 이 순간을 위해 흘렀다고, 누구라도 말할 것이다. 언제나 이 집을 가득 채우고 있었던 정서 불안한 래퍼, 화가, 사업가, 그리고 그 모든 부나방 같은 꿈을 안은 젊은이들이 오늘은 미리 명령을 전달받은 것처럼 아무 자취도 보이지 않았다. 이러다가 필요할 때가 되면, 복도에서 대기하고 있었던 것처럼 스스럼없이 문을 열고 들어와 순식간에 인파로 가득차겠지. 나는 재웅이 살아가는 세계의 규칙을 이제야 조금 이해할 수 있을 것 같았다.

그의 집이 연지의 등장과 함께 완성되었음을 재웅은 분명 느꼈다. 생기가 살아난 그의 시선은 열대어처럼 느리게 움직이는 연지와 집안의 사물들을 주의깊게 오가며 연지의 움직임을 투명한 거미줄로 바느질해 공간에 새겨넣었다. 늘 재웅의 집이 음악당이나 식물원 같다고 생각했는데, 이날 연지를 세움으로써 이 공간은 드디어 충족되었다. 자신이 드디어 해낸 일이 믿기지 않는다는 듯 재웅은 뺨에 여러 번 미세한 경련을 일으키며 나를 보고 웃었다.

수많은 방이 명품들로 꾸며져 있었지만 대부분 별다른 용도가 없이 대체로 손님들이 묵고 가는 공간이었다. 연지가 환호성을 지르며 달려들어가면 재웅은 그제야 그 방을 처음 본 것처럼 새삼스러운 눈으로 둘러보았다. 그동안 내가 별생각 없이 술을 마시고 게임을 하며 드나든 그 공간의 소품들이 지금까지 연지를 기다리고 있었다는 것을 이날 처음 깨달았다. 재웅은 그것들이 그저 호텔의 어메니티처럼 먹고 마시고 사용하고, 누군가 들고 가거나 망가뜨리면 무심히 채워두도록 할 뿐이었다. 연지가 그 물건들을 어깨에 두르고 머리에 얹고 우리에게 포즈를 잡아 보이며 웃음을 터뜨릴 때 비로소 재웅은 그 물건들에게 깊은 감동을 표했다.

여러 번 와보았지만 재웅의 침실에 들어와본 것은 처음이었다. 침실만은 그 모든 화려함을 벗고 수수했다. 지독하게 넓은 공간에 밤나무 헤드의 침대와 책걸상, 작은 책장이 하나씩 있을 뿐이었는데 침대를 향해 굽은 목을 드리운 조명등을 보면서 그 불빛이 재웅의 밤을 밝힌 적이 있을까 생각했다. 문득 오래전 동아리 친구들과 자주 드나들었던 재웅의 자취방을 떠올렸다. 깔끔한 성격인 재웅의 방은 항상 잘 정돈되어 있었다. 사람이 살아가는 데에 필요한 옷가지, 냄비, 책, 담요 등의 사물들이 있을 만큼 있었는데도 손바닥만한 방이 어수선하다는 느낌을 주지 않았다. 친구들은 정돈된 비좁은 방을 부러워하기도 하고 놀리기도 했다. 여러 살림이 한데 모여 있었던 그 방은 지금 재웅의 침실에 딸린 화장실보다도 작았을 것이다.

창문 너머로 퍼런 강과 도시가 펼쳐진 그 방은 무언가 항변하는 퍼포먼스처럼 보였다. 이것은 거짓이야. 가짜 방이야. 마음속에서 외치는 목소리가 있었다. 나는 재웅에게 묻고 싶어졌다. 이 침대에서 조명의 불을 끄고 잠든 적이, 혹은 잠들려 애쓴 적이 있냐고. 재웅은 이 방에서 잠들지 않았다. 왜냐하면, 왜 그렇게 생각했느냐면 침실의 창문이 서쪽을 바라보았기 때문이다. 한강을 동서 방향으로 종단해 김포 너머 인천, 날씨가 좋은 날이라면 서해까지 바라볼 수 있을 침실의 조망은 정남향으로 한강을 향하는 거실의 전망에 비해 오히려 더 훌륭했다. 하지만 이곳에는 빠진 게 있었다. 나는 이제 그것이 무엇인지 정확하게 알 수 있었다. 마녀머리성운처럼 영원한 초록으로 빛나는 연지의 북향 창문. 그것이 이 침실에서는 보이지 않았다.

나는 재웅의 얼굴을 살폈다. 내 의혹에 대답하는 거짓됨이란 보이지 않았다. 조금 전까지 긴장해서 자잘한 경련을 일으키던 그의 얼굴은 완전히 평온을 되찾아, 그에게 말을 시킨다면 이전과는 정반대의 감상을 토로할 것 같았다. 그러니까 지금까지 괴물처럼 그의 뒤를 쫓았던 공허한 아가리가 드디어 잠잠히 입을 다물었다고, 더이상 무엇을 집어삼키지 않아도 비로소 온전함에 이를 수 있게 되었다고, 이제부터 영원에 이르기까지 스스로 충족되었다고 말하는 얼굴이었다. 그리고 그의 시선 끝에는 아무 관심을 둘 만한 사물이 없는 텅 빈 방의 공간에서 우아한 지느러미가 달린 열대어같이 느리게 움직이는 연지의 상이 맺혀 있었다.

연지는 침실의 잿빛 벽면을 향해 다가가고 있었다. 일종의 러스티 콘셉트라고 할지, 안방의 안쪽 벽면에서 화장실로 이어지는 코너에 오래된 창고를 연상시키는 짙은 밤색 나무 테두리를 둘렀고 이층 높이의 천장과 맞닿은 부분은 고목재로 보일 듯 말 듯 낡은 처마를 냈다. 화장실로 이어지는 복도 벽면에는 흐린 파란색 나무 미닫이문이 달려 있었는데 거의 천장에 닿을 만큼 높았다. 연지가 미닫이문의 손잡이를 천천히 밀자 벽 전체가 열리면서 이층 높이의 벽장이 모습을 드러냈다. 제이 강의 트레이드마크로 알려진 수많은 셔츠들, 팰로앨토에서 서울까지 이어진 이공계 남자의 패션 밈이 된, 라운드 티셔츠에 체크무늬 혹은 무늬 없는 셔츠들을 무심하게 걸쳐 꾸민 듯 안 꾸민 듯 멋을 내는 제이 강의 드레스룸이었다.

가장 단순한 셔츠들뿐이었지만 색깔과 재질에 따라 촘촘하게 배열되어 있어서 리드미컬한 감각이 있었다. 셔츠가 걸려 있는 옷걸이를 살짝 밀자 수천 장의 셔츠들이 사락사락 속삭이는 소리를 내며 동시에 천천히 움직였다. 나는 이 벽장이 사람의 말을 한다는 환각에 사로잡혔다. 나와 똑같이 이상한 예감을 받은 듯 손가락으로 셔츠들을 훑던 연지는 문득 그 셔츠들 사이로 스르르 모습을 감추었다. 드레스룸 깊은 안쪽에서 한숨 같은 소리가 들렸다.

"맙소사!"

나는 사라진 연지를 뒤따라 셔츠들 사이로 고개를 밀어넣었다. 셔츠 뒤편에는 용도를 알 수 없는 잡동사니 박스와 낡은 곡식 자루 같은 것들이 차곡차곡 쌓여 있었다. 그 뒤로 모서리를 돌아 좁고 어두운 나무 계단이 있었고 그 계단을 따라 올라가자 작고 어두운 다락방이 나타났다. 자그마한 침대는 아침저녁으로 사람이 자고 일어난 자취가 느껴졌고, 옹색한 서랍장과 침대 사이에 연지는 주저앉아 웃는 것인지 우는 것인지

기러기같이 끼룩거리는 소리를 내고 있었다. 나는 연지가 미쳤는가 싶어서 조심스럽게 그녀의 얼굴을 들여다보았다. 번들거리는 눈물이 얼굴을 가로세로 뒤덮은 채 연지는 실성한 것처럼 웃고 있었다.

"여기는, 맞아. 우리는 오래된 창고, 그 다락방에서, 우리는, 그때, 아, 재웅아."

뒤따라 계단을 올라와 절반쯤 모습을 드러낸 재웅이 대답했다.

"여기가 내 방이야, 누나."

바닥에 주저앉은 연지는 침대 이불자락에 얼굴을 파묻고 어깨를 들썩였다. 재웅이 연지에게 다가가 그녀의 어깨를 감싸 안자 그제야 나는 그들을 그곳에 두고 돌아서야 한다는 자각이 들었다. 그들이 몸을 기대어 울고 있는 낡은 침대 위, 흐린 빛이 들어오는 작은 창문으로 무엇이 보일지 나는 이미 알고 있었다. 좁고 가파른 계단을 내려오며 오싹한 기분이 들었는데, 한 사람의 집요한 기억이 박제되어 물질로 몸을 얻고 하나의 성전을 이룬 것은 수천 년 전의 미라가 살아나는 것과 비슷하게 섬뜩하지 않은가 생각했기 때문이다.

기억 속의 기억, 집 속의 집에 파묻힌 그들을 두고 어떻게 해야 하는지, 킹스포인트로 돌아가 심란한 기분을 감추며 조신한 주인 노릇을 해야 하는지 아니면 이곳에서 그들의 연락사 역할을 계속해야 하는지 고민하는 사이에 흔한 제이 강의 방문객 하나가 문을 열고 들어왔다. 혼자 있기가 버거웠던 참에 인기척이 무턱대고 반가웠고, 프로게이머였던 것으로 기억하는 그에게 나는 손에 잡히는 대로 하이볼을 만들어 내밀었다.

"뭐라도 좀 불러봐요. 너무 적막하잖아요."

이 무거운 침묵보다는 사람의 목소리를 듣고 싶었다. 그는 아마추어로서는 괜찮은 노래 실력을 가지고 있었다. 하지만 유명한 뮤지션이 우글우글한 이곳에서 돋보일 정도는 아니었는데, 아무도 보이지 않는 지금이 그에게도 좋은 찬스일 것이다. 그는 한 모금 마시고 조금 얼굴을 찡그리더니 잔을 내려놓고 피아노 앞에 앉았다.

"날씨도 꾸물꾸물하니까, 이런 노래 어때요."

나는 그가 부르는 노래를 들으며 기억 속에서 오래된 가사를 조금씩 끌어올렸다.

> 쉴 곳을 찾아서 결국 또 난 여기까지 왔지
> 내 몸 하나 가눌 수도 없는
> 벌거벗은 마음과 가난한 모습으로
> 네 삶의 의미는 나이기에 보내는 거라며
> 그 언젠가 내 꿈을 찾을 때
> 그때 다시 돌아올 날 믿겠다 했지

창밖으로 보이는 해가 강을 향해 내려오고 있었다. 아직 여름이라 남은 저녁은 길었다. 분위기가 너무 처졌다고 생각했는지 프로게이머는 다음 노래로 아주 상큼한 곡을 선택했다. 아무 생각 하기 싫으니 아무 노래나 일단 틀고 아무렇게나 춤추라는 가사였다. 이거로군, 가끔 뜻하지 않은 곳에서 답이 나오기도 하는 것이다. 프로게이머는 나에게도 노래하라는 몸짓을 했지만 나는 보컬이 아니라 댄서다. 요새 유행과는 아무 상관이 없지만 나는 춤을 추었다. 몇 명이 더 문을 열고 들어왔다. 아직 이곳에서 노는 방법을 몰라 조심스럽게 눈알을 굴리는 낯선 사람들을 보면서 몇 달 전의 나를 떠올렸다. 어쨌든 제각기 취향대로 있으면 되는 곳이었다. 누군가는 소파에 몸을 묻고 게임을 했고 누군가는 당구대가 있는 방으로 갔다. 춤은 별로지만 목소리가 꽤나 훌륭한 남자를 보면서 저 사람이 VJ라고 했던가? 하고 생각했다. 반대로 그는 나를 보며, 춤은 괜찮은데 목소리가 웃긴 저 여자는 와인바를 한다던가 생각했을 것이다.

신들이 그저 산등성이 정도의 가까운 곳에서 살던 시절이었다면, 재웅과 연지가 다시 나타났을 때 나는 무리에게 소리쳐 신들이 나타났다고 일깨웠을 것이다. 아무 생각 하기 싫어서 아무렇게나 춤추었던 그 밤 어느 겨를에 나는 신의 모습을 알아보고 그 목소리를 들을 수 있는 무녀가 된 것이다. 털끝 하나하나까지 행복으로 가득차 누구에게도 침범당하지 않을 것이라고 확신하는 그들을 보고, 나는 고귀함의 빛을 두른 그들이 사람과는 다른 존재인 것을 알아보지 않을 수 없었다. 인간이 스스로 빛나는 것을 본 적이 있느냐고, 어둑한 조명 아래 춤추는 우리 중에서 지금 그들이 내뿜고 있는 광채가 눈에 보이느냐고, 저들이 바로 신의 모습이 아니냐고 소리치려다가, 그만 소스라친 기분이 되어서 우뚝 섰다.

"아, 규아야, 규아야······"

늦도록 춤을 추며 웃고, 재웅의 품에 안겼다가 다시 춤추기를 반복하던 연지는 다가와 나를 꽉 껴안고 볼을 비볐다.

"이제 집에 가야 해. 나 도와줄 거지? 규아야, 사랑해."

그날 연지가 전화와 문자를 수십 통 씹고 자정이 넘어 귀가한 것에 대해 이광채는 격분하기도 하고 당황하기도 해서 잠에 들지 않은 채 초록색 조명 아래 찬물을 여러 번 들이켜며 아주 단단히 벼르고 있었으나, 우리가 홉스텝을 밟으며 들어와 언더암 턴으로 귀가 신고를 마무리하자 아무 말도 하지 못했다. 어쨌거나 그가 나에게 당부했던 일이었다. 연지가 세상 재미없이 살면서 불평만 하니까 나라도 데리고 나가서 놀며 기분 전환 좀 시켜주라고 부탁했고 나는 어느 여름밤에 실행에 옮겼을 뿐이었다. 나는 왜 칭찬하지 않느냐는 얼굴로 그를 보았다.

"모처럼 즐거웠나보네. 그래도 좀 일찍 들어오지."

이광채의 쓴웃음으로 그날은 마무리되었다.

"연지 누나는 괜찮았어요?"

재웅의 얼굴은 엄마가 문제집 사라고 준 돈을 오락실에서 날리고는 집에 들어가지 못하고 골목을 서성거리는 중학생이 지을 법한 것이었다.

"누나, 미안해요. 난 지금 연지 누나와 직접 연락할 수 없어. 곧 그러게 되겠지만 아직은, 당분간은. 난 연지 누나를 조금이라도 힘들게 하고 싶지 않아. 누나, 부탁해요. 나 좀 도와주세요. 난 지금 누나 말고는 아무도……"

고개를 가로저을 수도 끄덕일 수도 없어서 타조처럼 고개를 팬트리에 처박은 채 응답하지 않았다. 절대로 끼어들어서는 안 되는 종류의 일이었다. 그는 오랫동안 기다려온 폭풍에 드디어 몸을 실은 남자였다. 그의 투쟁은 오래전 신림동 녹두거리에서 춤추는 나비 한 마리를 만난 것에서 시작되었다. 그 나비의 날갯짓에서 일어난 여린 바람에 영혼을 실어 떠나보낸 그는 성층권의 제트기류에 올라타 그 가공할 바람을 지상으로 끌어내려 온 세상을 쓸어버린 뒤 고요해진 이곳 한강 둔치에서 그 나비를 다시 손등에 얹을 생각이었다. 머릿속으로 미친 계획을 세운 그는 오늘까지 차근차근 실행에 옮겼다. 재웅은 집요하다는 표현을 넘어선 남자였다. 외투 안에 폭탄 벨트를 두른 남자들보다도 분명히 더 위험할 것이다. 하지만 내 눈앞에 있는 그는 그저 연인의 안부에 애가 닳은 한 남자일 뿐이었다. 검지와 중지로 카운터를 톡톡 치며 갈라진 입술 사이로 마른 한숨을 내쉬는 이 남자는 이 세상에서 가장 연약해 누군가 지켜주어야 할 사람처럼 보였다. 안 되는데, 안 되는데 생각하면서도 나는 자꾸 망설임에 빠졌다.

"나도 입장이 곤란해. 연지는 내 사촌이라고. 괜히 잘 살던 애 부추겨서 바람나게 했다는 소리나 들을 게 뻔하잖아?"

바람이라는 표현이 그를 격분시켰음이 분명하다. 살아온 인생 전체가 언어가 되어서 그의 내면에서 폭발했는데, 그가 삼키고 말하지 않은 모든 것이 핏발로 그의 눈에서 불거졌다. 누나는 알잖아요? 누나는 다 알잖아요? 그의 눈에서 일렁이는 원망을 보며 나도 많은 것을 속으로 꿀꺽 삼켰다.

재웅은 말하지 않고도 그가 원하는 대로 일을 몰아가는 힘이 있었다. 신입생으로 동아리의 막내였을 때에도 우리는 이유를 알 수 없이 그에게 신경을 썼다. 그가 무엇을 생각하고 있을지 궁금해했고 무엇을 원할지 짐작하려 애썼다. 그가 요구하거나 주장하지 않아도 일은 그의 생각대로, 아니 우리가 그의 생각일 것이라고 짐작하는 대로 흘러가곤 했다. 그가 입을 열어 자기 생각을 명확히 밝힌다면, 반론이 따를 때도 있긴 했지만 거의 반드시 그대로 되었다. 그가 가진 신기한 힘이었다. 떠밀려 강요당하는 느낌을 받지 않으며 그의 생각대로 움직였던 그때처럼 지금도 그 자장을 강력하게 느꼈다. 사람의 신경 물질 전달 과정에 '반드시'라는 이름을 가진 수용체가 있다면, 재웅은 정확하게 그 수용체를 자극하는 어떤 페로몬을 폭발적으로 분비했다. 재웅은 내가 연지와 그 사이를 도와주길 바라고 있다. 그리고 그가 무언가를 바란다고 생각하는 순간 그것은 왠지 내가 반드시 해야 할 일인 것처럼 느껴졌다.

하지만 이제는 이런 패턴을 인식하고 조금이라도 저항해야 한다고도 느꼈다.

"맞잖아? 연지는 남편과 아들이 있잖아. 엄마이고 아내야. 네가 수십 년 전 첫사랑을 들먹이면서 나타나는 바람에 행복한 가정이 깨진다면, 연지한테 과연 잘된 일일까? 넌 그렇게 자신 있게 말할 수 있겠냐고."

남편, 아들, 엄마, 아내, 가정 그리고 행복. 마지막 단어에 다소간 죄책감을 느끼기는 했지만 통속적인 그것들이야말로 연지를 가장 잘 표현하는 단어들이었다. 그리고 이 문제를 재웅이 중요하게 고려하지 않는 것도 분명했다. 그에게는 중요하지 않을지 몰라도 연지에게는 중요했다. 연지의 가정을 부수려면 연지의 동의가 필요했다. 믿을 수 없는 첫 만남의 감격 이후 곧바로 이어지는 다음 장면이 부서진 잔해들에서 먼지가 피어오르는 폐허라면, 그곳에서 연지가 두 팔을 늘어뜨리고 공포와 죄책감 속에 참혹한 얼굴로 서 있게 된다면—재웅이 일을 몰아치는 기세로 보아서 그리될 것이 분명한데—나는 그 일에 협조해서는 아니 되었다.

내 말을 참을성 있게 듣긴 했지만 재웅의 안색은 서서히 변해갔다. 재웅의 관자놀이가 연한 붉은색으로 물들고 굵은 정맥이 천천히 튀어올랐다.

"누나, 알잖아요……"

그는 호흡을 가다듬으려 노력했다.

"연지 누나는 행복하지 않아."

그 단언에 대해서는 모호한 부분이 있었다. 물론 연지의 집에서 보았던 것이 행복한 여자의 모습이었다고 말할 수는 없었다. 하지만 그날 나눈 대화가 연지가 그 가정을 깨고, 광채와 태환이라는 울타리를 부수고 뛰쳐나오게 해달라는 호소였다고 말할 수도 없었다.

오래전 그들이 처음 사랑에 빠졌을 때, 아무것도 가진 것이 없었던 재웅과 달리 연지는 그때에도 많은 것들을 사랑의 제단 위에 차곡차곡 얹어놓았다. 그럼에도 떠난 것은 재웅이었다. 이번에도 같은 일이 일어나지 않을지 확인하는 것이 온당하지 않겠느냐고 물어야 했다. 하지만 나는 말하지 못했다. 재웅의 눈빛 앞에서 왠지 입이 떨어지지 않았다. 평소의 나였다면 네 사랑과 열정과 네가 꿈꾸는 미래, 그것이 과연 연지를 행복하게 하는 길일지 점검해보라고 덤덤하게 말했을 텐데, 그 말이 나오지 않았다. 재웅의 거대한 재력 때문이었다면 스스로 비겁하다고 여겼을 것이다. 그러나 분명히 말할 수 있는데, 그것은 재웅의 눈빛 때문이었다.

사랑이라는 이름으로 한 시대와 여러 대륙을 몰고 다닌 사람의 눈빛이었다. 그가 이룬 모든 일을 추동한 희망의 근원 앞에 다시 서서 그것을 마침내 얻으려는 황홀한 순간에 나는 잔인한 질문을 던지고 있었다. 말하지 않고 생각하는 것만으로도 그를 죽일 수 있을 만큼 지독한 질문이었다. 그 눈빛은 이 세상에서 가장 큰 원망과 자기혐오를 꾹꾹 눌러 삼키고 있었다.

이십오 년 전, 소년처럼 짧은 머리를 한 연지가 울면서 나를 찾아왔던 날, 그때 가능했던 다른 일은 무엇이 있었을까? 재웅이 입대하는 신병 훈련소의 철문 앞에서 짧은 머리의 연지와 더 짧은 머리의 재웅이 먹먹하게 울고, 일 년에 몇 번쯤 눈이 부신 듯 실눈을 뜬 재웅과 연지가 함께 삼겹살을 구워 먹고 짧은 사랑을 나눈 뒤 그를 다시 병영에 돌려보내고, 긴긴 삼 년을 보낸 끝에 아직 짧은 머리가 채 자라지도 못한 어색한 표정의 전역 군인과 스물여섯 살의 연지로 다시 만나 모든 이야기를 다르게 쓸 수 있었을까?

아무리 상상이라 해도 한 치의 현실감도 허락되지 않는 그때 그들의 사랑을 무엇이라 말할 수 있을까? 총성이 울리지 않았을 뿐 그들의 사랑은 엘비라 마디간과 식스틴의 도망과 같았고 재웅은 연지를 쏘는 대신 사라지는 것을 택했다.

"연지 누나를 사랑하기 위해서는…… 많은 것이 필요했어요. 그러느라 조금 오래 걸렸을 뿐이에요."

사실 그리 많은 것이 필요하지는 않았을 것이다. 돈, 그것 하나뿐이었다. 하지만 연지를 사랑하기 위해 필요했던 많은 것들, 이라는 표현이 마음에 들었다. 나는 좀더 재웅과 나 자신에게 관대해지기로 마음먹었다. 시골에서 올라온 무일푼 청년이 압구정동에서 쭉 살아온 연지 같은 소녀 앞에 당당하게 서기 위해서 반평생에 가까운 시간이 필요했음을 이해할 수 있었다. 재웅이기에 한평생이 끝나기 전에 다시 나타날 수 있었던 것이었다. 여러 대에 걸쳐 쏠 호텔의 암반처럼 단단하게 축적된 이광채의 재력에 필적하는 부를 쌓기엔 보통 사람의 일생은 너무 짧다. 결코 극복해낼 수 없는 격차였지만 재웅은 거의 불가능해 보인 그 일을 해냈고 이제 그가 이를 악물고 폭파해야 했던 사랑의 다리를 다시 이으려 하고 있다. 그 불굴의 집념에 겨우 동아리 한 해 선배나 된다는 명분으로 이러쿵저러쿵 잔소리를 얹을 자격이 나에게는 없을 것이다.

"그래서, 연지네 남편은 뭘 하는지, 어떤 집안인지, 애는 어느 학교에 다니는지, 뭐 그런 거는 다 알아보았겠지? 마음의 준비가 다 된 거야?"

재웅의 얼굴은 다시 고통스럽게 굳어졌다. 그는 고개를 내저었다.

"아뇨. 연지 누나가 누구랑 결혼했는지 정도는 알지만, 그건 중요하지 않아요. 그런 사람들이 어떻게 살아가는지, 사실 알아볼 것도 없을 만큼 뻔하잖아요."

그 뻔한 것들의 정수가 바로 연지라는 점, 그러므로 그들의 뻔한 삶을 제대로 들여다보지 않고 연지를 냅다 빼앗아오려는 그의 계획은 애초부터 커다란 허점을 내포하고 있다는 사실을 그에게 전달하려 애썼다. 그는 몹시 경직되어 내 말을 들었는데, 인내심이 많이 필요한 것 같았다.

"누나, 이해하지 못하는 것 같은데, 연지 누나는 그들을 한 번도 사랑한 적이 없어요."

연지가 나에게도 비슷한 이야기를 한 적이 있긴 하지만, 재웅이 이런 식으로 접근할 진지한 근거가 되지는 않는다고 나는 반박했다. 마침내 인내심이 다한 재웅은 벌떡 일어나 킹스포인트를 나가버렸다.

"누나는 연지 누나를 몰라요. 모두 아무것도 모르면서 하는 말이야."

재웅의 눈에 번쩍이던 집념과 광기를 보면서 질린 기분이 들었지만 나는 선배의 권위를 믿고 모르긴 뭘 몰라 이 미친놈아, 너야말로 정신 차리고 제대로 생각을 해봐, 하며 돌아선 그의 등뒤에 끝내 쏘아붙였다. 그것으로 내가 해야 할 일을 충분히 다 했다고 스스로 위로했다. 내가 더 했어야 했던 일이 과연 있었을지 모르겠다. 우리는 모두 어른이고, 각자의 선택으로 인생을 살아가지 않는가? 그뒤로 한동안 서로 연락하지 않다가 어느 날 모든 가십 기사에 올라 전국적으로 유명해진 사진 한 장을 발견했다.

밤섬 모래톱에 처박힌 새하얀 카타마란 요트, 오스프리호였다.

올림픽대로

 요트는 정박 부실로 마리나에서 흘러나와 밤섬까지 표류한 것으로 보도되었다. 믿을 수 없는 이야기였지만 그렇게 넘어갔다. 요트의 임자가 누구인지 많은 추측이 있었지만 결국 밝혀지지 않았다. 강변의 촘촘한 CCTV와 블랙박스를 동원해 심야에 배에서 뛰어내리는 희미한 두 형상과 몇 시간 뒤 나타난 수상구조대의 모습이 담긴 영상을 찾아낸 유튜버도 있었지만 사람들의 관심이 도심 대낮 납치 살인 사건으로 옮겨지면서 유야무야 잊혔다.
 연지네는 지긋지긋한 부부싸움의 시기에 접어들었다. 광채가 차마 밤섬과 연지를 연결짓지는 못했지만 그들에게는 그것 말고도 싸울 일들이 아주 많이 쌓여 있었다. 광채는 자꾸 나에게 전화해서 연지가 이상해졌다고 하소연을 했다.

"규아 너, 아는 거 없어? 연지가 이상해졌어. 분명 바람이 난 것 같은데, 그건 아니라고 하거든. 정말 미친 거 아닌가? 이 나이에 도대체 뭐하자는 짓이지? 규아 너 정말로 아무것도 아는 게 없냐고."

광채가 그동안 거쳐온 외도 상대가 황실장만은 아니었을 것이다. 나에게까지 거리낌없이 드러내 보이지 않았던가. 이제 와서 전통적인 가정의 수호자 역할을 하려 드는 그를 이해하는 건 쉽지 않은 일이었다. 연지의 외도를 의심하는 광채의 머릿속에는 자기 삶의 지난 궤적이나 수많은 여자의 목록은 전혀 떠오르지 않는 모양이었다.

그들은 결국 나를 싸움에 끌어들였다. 연지는 강재웅을 나를 통해 알게 된 수준 높은 지인 정도로 설명하려 했겠지만 이미 의심으로 가득차 있던 광채에게는 통하지 않았을 것이다. 그러나 다행이랄까, 전화기를 통해 들리는 연지의 목소리가 기세등등한 것이 코너에 몰리지는 않은 것 같았다.

"말이 안 통해! 규아야, 네가 대신 알아듣게 말 좀 해줄래? 정말 촌딱 같아서 살 수가 없다니까."

"이 사람이, 왜 자꾸 규아를 걸고넘어져."

평소보다 소심해진 이광채가 전화를 넘겨받았다. 나는 그들의 부부싸움에 드디어 강재웅이 등장한 것을 깨닫고 정신을 바짝 차리려고 했다.

"내 동아리 후배라니까."

"네 동아리 후배를 왜 연지가 만나냐고. 내가 이상하게 생각하는 게 비정상이야?"

"어쩌다 볼 수도 있지. 너도 그때 와이너리에서 제이 강을 만났잖아? 황실장이랑."

"그건 그냥…… 지나가던 길이었지…… 기억도 안 나고……"

와이너리에서의 만남을 상기시키자 전화기 너머의 이광채는 눈에 띄게 위축되었다. 나를 통해 연지와 재웅이 아는 사이가 되었고, 의심스럽거나 잘못된 일이 아니라는 이야기를 광채는 당연히 수긍하지 않았다. 그런 소리에 속아넘어가는 바보는 세상에 없겠지만 반박할 말이 마땅찮은 것도 사실이었다.

"좋은 모임에 나가면 되잖아? 여고나 대학 동창들을 만나면 누가 뭐라고 해?"

"어떤 게 좋은 모임인지 네가 정해줄 필요는 없잖아."

"뭐야, 너도 어설프게 미국식으로, 그렇게 생각하는 거야? 오십이 내일모레인 가정주부가 아무나 만나고 다니는 게 이상하지 않냐고."

"아무나? 재웅이는 아무나가 아니거든?"

"정신이 멀쩡한 놈이라면 왜 유부녀랑 놀아, 굳이? 세상에 여자가 널려빠졌는데!"

"제이 강은 수준 있는 여자랑 친하고 싶은가보지. 널려빠진 여자 말고."

"수준 있는 여자? 연지는 내 마누라라고!"

"네 마누라면 뭐 어쩌라고? 연지가 매력 터지는 거, 여태 몰랐어?"

이광채는 잠시 말문이 막혔다.

"어머, 광채, 너 질투하는 거야, 지금? 재웅이한테 얘기해줄까? 좋아하겠는걸?"

나는 깔깔대며 웃었다. 전화기 너머로 연지가 '당신도 세상 돌아가는 걸 좀 알아야지! 우물 안 개구리처럼 굴지 말고' 하고 훈계하는 소리가 크게 들렸다. 연탄 한 장이나 기름 한 병 정도로 움츠러든 이광채는 제이 강 같은 허깨비는 만날 필요가 없지만 굳이 못 볼 것도 없다는 소리를 중얼거렸다.

이쯤에서 나는 연지와 재웅 사이에 낀 곤혹스러운 역할을 그만둘 필요를 느꼈다. 에클버그와 맺은 후한 계약을 해지하고 멀리 떠나 혼자 살 수 있는 삶의 방식이 무엇인지, 제주도의 카페인지 방콕 짜뚜짝 시장의 햄버거 가게인지 고민했다. 그들이 이십대의 뜨거운 열정을 되찾아 못다 이룬 사랑을 불태우기로 결정하든, 그저 한때 스쳐갔던 풋사랑으로 결론짓고

각자의 삶으로 돌아가든 나하고는 아무 상관 없는 일이었다. 운명이 내 어깨에 덜컥 부려놓고 간 곤혹스러운 역할을 이만하면 충실히 수행했다. 이제는 내 삶으로 돌아갈 시간이었다. 연지와 재웅의 연락을 받지 않고 며칠 동안 킹스포인트의 카운터에 고개를 처박고 살았다. 그 둘도 이해할 거라고 생각했다. 삶은 그렇게 조용히 제자리를 찾아가는가 싶었지만 재고를 확인하고 메뉴를 점검하고 알바들의 스케줄을 맞추다가 나도 모르게 강 건너를, 또는 T타워 펜트하우스의 현란한 조명을 바라보는 자신을 발견하며 이것이 내 삶이 맞는가 하는 의문이 문득문득 고개를 들었다. 내 삶이 여기 어디 있었는데 어느 결에 놓친 것 같았다. 거대한 안경 에클버그를 통해 세상을 바라보다가 미미한 내 삶은 보이지 않게 된 것 같았다.

삶의 감각이라는 것을 되찾으려 애쓰던 그 며칠 사이에 웬 낯선 사람이 찾아와 말을 걸기도 했다. 보통은 비어 있는 바 자리에 낯선 외국인이 혼자 앉아 화이트와인을 주문하더니 말을 걸었다. 영업시간이 아니라고 했지만, 실은 오랜만에 듣는 뉴욕 악센트가 반가워서 그가 부진부진 바 테이블에 엉덩이를 내려놓아도 더 만류하지 않았다. 솔스트리트에서 삼 년간 일한 작은 가게를, 호밀빵에 선드라이 토마토를 넣은 그릴치즈 샌드위치를 그가 기억하는 것이 기뻐서 루이토마스 샤블리를 넉넉히 따라주기까지 했다. 그러나 제이 강이 이곳에 자주 오지 않느냐고 묻는 순간 곧바로 그가 말한 추억이 과연 진실인가 하는 의구심이 자리잡았다. 나는 그가 기자임을 눈치챘다.

"가젤처럼 조심스러워서, 도무지 자취를 찾을 수가 없다니까요. 이곳에 종종 드나들더라는 소리가 들려서 말이죠. 참 피곤하게 사는 친구예요. 덕분에 내 인생까지 피곤해지고."

일반적인 고객 보호 차원에서 조심스러워하는 와인바 주인의 모습을 훌륭하게 연기했다고 생각한다. 기자도 나에게서 큰 정보를 원한 것은 아니었던 듯, 시간을 오래 끌지 않고 떠났다.

"한국에서는 제이 강이 영웅이라고 하지요? 확실히 훌륭한 외모와 말솜씨를 가져서, 듣다보면 홀린 듯이 믿고 싶어지게 만들기는 하지만, 나는 그런 사기꾼들을 여럿 보았단 말이오. 미심쩍은 부분이 한둘이 아니란 말입니다. 과연 에클버그 상용화 기술이라는 게 실제로 존재하는지조차 의심스러워요. 내가 지금 위험한 소리를 하는 중인가요? 함부로 한국인의 영웅을 헐뜯다가 무슨 일을 당할지 모르니 말조심을 해야지. 하지만 사실 한국은 세계에서 가장 안전한 나라니까, 늙은 기자가 뭐라고 좀 떠들고 다녀도 괜찮지 않을까요? 총기도 없고, 밤에 마음껏 다녀도 아무도 걱정하지 않잖아요."

거침없이 질주하는 혁신적인 스타트업에 대해서는 언제나 따라다니는 의혹과 뒷소문이라고 생각하며 나는 적당히 비위를 맞추었다. 하지만 기자의 마지막 말에는 신경이 곤두서지 않을 수 없었다.

"제이 강을 만나거든 마이어 할망구가 꽤 예민해진 것 같더라고 전해주세요. 나라면 얼른 돌아가서 비위를 맞추겠지만, 그 친구 생각은 따로 있을 테지요."

나는 나무토막처럼 굳어서 그의 능글능글한 뒷모습을 보았다. 기자 영감이 던지고 간 미끼에 제대로 낚여서 불안에 쫓기기 시작했고 재웅에게 연락해 무슨 일이 있는 거냐고 묻고 싶은 마음이 굴뚝같았다. 마이어라는 흔한 이름으로 에클버그의 제이 강과 관계된 중요한 정보를 찾아내기는 쉬운 일이 아니었다. 시간이 흘러 Myrhe라는 북유럽계 이름을 가진 그 여자의 정체를 알아냈을 때는 나뿐 아니라 한국 사람들 대부분이 우르술라 마이어와 제이 강의 비밀스러운 이야기를 다 알고 있었다.

수많았던 부부싸움 끝에, 연지는 나를 통해 재웅을 집으로 초청했다. 마지막이라는 느낌으로, 그들이 부탁하는 역할을 수행했다.

"일찍 와줘, 규아야. 우린 분명히 싸울 테니까. 일찍 와서 우리를 좀 말려달라고, 응?"

오랫동안 일한 가사도우미가 갑작스럽게 암투병을 시작하며 사직했고 급히 소개받은 사람은 도저히 믿을 수 없어서 연지는 온통 엉망이었다. 수십 년간 징그럽도록 변함없이 유지되었던 그녀의 삶의 리듬이 한꺼번에 모두 깨져버리는 시기였다. 하필 이런 시기에 초대하게 되다니, 머리가 깨질 듯이 아프고 아주 미쳐버릴 것 같다고 했다.

연지의 부탁대로 넉넉하게 도착했는데 민경훈이 나보다 먼저 와 있었다. 연지는 나를 껴안아 맞이하면서 보일 듯 말 듯 남자들을 흘겨보았다. 경훈과 내가 사귀었다는 건 모르는 것 같았다. 경훈과 나는 썸도 타기 전에 잠부터 자며 포스트모던하게 시작했다가 흐지부지 멀어지는 중이었으므로 다소 어색하긴 했다.

"그냥 핑거푸드만 몇 가지. 음식은 별로 준비하지 않았어. 덩치가 하마처럼 커지는 거, 요새는 다들 싫어하잖아?"

연지는 그 어느 때보다 명랑했는데 예민하게 곤두서 있다는 느낌을 주었다. 광채는 유리창에 비친 거대한 자신의 모습을 흘끗 보며 무의식적으로 앞머리를 훑었다. 제멋대로 틀어지는 곱슬머리에 꽤나 신경이 쓰여 보였다.

"이 친구 늦으려나봐? 조금 일찍 도착하는 게 예의잖아."

"약속한 시간보다 일찍 오는 건 예의가 아니야. 준비가 다 되지 않았는데 손님이 도착하면 당황스러울 수 있다고. 오 분쯤 늦게 오는 게 더 나아!"

광채는 나에게 어이없다는 표정을 지어 보이고 안방으로 들어가버렸다.

연지는 우리 앞에 커다란 쟁반을 내려놓으며 "이거 좀 해 줘, 엉망이네, 다"라고 중얼거리고는 테라스에 놓인 작은 티테이블에 혼자 앉았다. 들뜨지도 달라붙지도 않는 검은 원피스를 입었지만 저무는 저녁 햇살이 투과하자 그녀를 감싼 모든 괴로움과 아무 관계가 없는 듯 날씬한 몸매가 훤히 드러났다. 고개를 숙인 그녀의 얼굴은 검은 머리칼로 가려져 보이지 않았다. 머리칼 사이에 파묻힌 그녀의 하얀 손가락에 담배를 쥐여주고 싶어졌다. 광채는 뭘 하는지 혼자 분주하게 안방과 거실을 쿵쾅거리며 오갔다.

"이프로요, 아무렇지 않은 척하지만 꽤 신경이 곤두섰어요. 아마 며칠 동안 제이 강만 검색하면서 지냈을걸요."

경훈은 연지가 시킨 대로 작은 꼬챙이에 방울토마토와 올리브, 모차렐라를 차례로 꽂으며 속삭였다. 그에게 토마토의 방향을 반대로 하라고 일러주는데, 우리가 함께 잤던 일이 꿈이었나 싶도록 희미하게 느껴졌다. 경훈과 가까워진 것도 멀어진 것도 다 재웅과 관계가 있었다. 재웅과 요트를 탔던 날 알 수 없는 발작처럼 경훈을 내 침대에 끌어들였고, 연지와 재웅이 만나기 시작하면서 또다른 알 수 없는 경계심으로 경훈과 연락을 끊었다. 경훈 쪽에서도 별로 나를 궁금하게 여기지 않았다. 내가 두려워했던 것도 그가 궁금해했던 것도 모두 재웅과 연지라는 존재였을 뿐 정작 우리는 서로에게 큰 관심이 없었다. 우리는 연애를 한 게 아니라는 자각이 그 어느 때보다 강하고 쓸쓸하게 밀려들었다.

재웅은 제시간에 도착했다. 갈색 크래프트지로 감싼 하얀 데이지 한 묶음을 연지에게 내밀었는데 겨우 손바닥만한 그 꽃다발이 이상하게 사람을 놀라게 했다. 그러고 보면 우리는 제이 강이 이 낡고 거대한 아파트에 어떻게 들어올까, 그는 무엇을 입고 어떤 식으로 숨쉬고 걸을까 궁금했던 것 같기도 했다. 그 모든 상상 속에 가냘픈 데이지 한 묶음은 들어 있지 않았는데, 연지가 태어날 때 들고 나왔다가 어느 결에 잃어버린 중요한 한 조각을 재웅이 찾아서 들고 온 듯한 인상을 주었다.

광채는 찌푸림과 웃음을 적당히 섞어서 그럭저럭 예의에 맞게 제이 강을 맞이했다. 하지만 놀란 기색을 감추지는 못했다. 재웅은 베이지색 치노팬츠에 흰 라운드티셔츠를 받쳐 입었고 그 위에 핑크 셔츠를 걸친 평소 같은 모습이었다. 납작한 역삼각형 모양 로고가 보일 듯 말 듯 가슴 언저리에 숨어 있을 뿐 완전히 민무늬에 가까운 광채의 검은색 피케셔츠도 나쁘지 않은 선택이었지만 우락부락한 근육 때문에 사실 무엇을 입어도 운동복 같았다. 광채는 재웅의 뒤편에서 중년 남자가 핑크 셔츠를 입다니, 기막히다는 눈짓을 하며 재웅의 호리호리한 셔츠 핏까지 함께 깎아내리려 했다.

그날 우리가 모두 우스꽝스러운 꼭두각시 인형들처럼 행동했다고 할 수는 없다. 각자 나름의 영역에서 사회생활로 단련된 나이였으므로 이 자리가, 이 관계가 아무렇지 않다는 듯이 모두 자연스럽게 말하고 행동하는 속에서 수많은 계산과 힘겨루기를 교묘하게 섞어 넣었다.

"아 이거 뭐라고 불러야 할지 모르겠네. 강회장님? 올드하잖아? 제이 강은 연예인 같아서 말이오. 트위스트 킴, 그런 느낌이잖아?"

"뭐, 옛날식으로 강회장이라고 부르는 사람들도 종종 있습니다."

재웅의 대답에 광채는 불시에 코털을 뽑힌 얼굴이 되었다. 재웅이 꽤나 공격적으로 나왔지만 이광채가 또 그렇게 만만한 상대도 아니었다.

"강회장 그럼, 골프 치시나? 사업하려면 아무래도 하게 되잖아요?"

"뭐, 가끔 하지요. 즐기지는 않습니다."

"한때는 푹 빠져서 프로 대회도 꽤나 나갔지. 재미가 그만한 것도 없단 말이야. 싱글은 치시나? 우리 집안은 스포츠 집안이라서, 골프니 승마니 하는 것들을 일찍부터 익혔지. 우리 할아버지가 여의도에서 골프를 치던 사진이 있는데, 수풀이 이렇게 허벅지까지 오는 데서 골프를 치셨다니까."

아무도 관심 없는 골프 이야기를 떠들면서 수많은 골프 트로피들이 놓인 장식장 앞으로 재웅을 유인했는데, 그 바로 옆 벽난로에 어느새 광채가 신경써서 진열해놓은 가족사진들이 놓여 있는 식이었다. 전기로 작동되는 가짜 벽난로 위에는 지난번에도 사진이 몇 개 놓여 있긴 했지만 확실히 양이 더 많아져 있었다. 그들의 결혼사진, 발가벗은 갓난 아들이 엽전 뭉치를 움켜쥐고 있는 돌 사진 같은 것들은 시간 속에 변색되어 오래된 장롱 맨 위칸이 아니라 어느 날 꾸었던 먼 꿈 속에서 꺼내온 것 같았다. 사진들을 본 재웅의 얼굴은 한 대 맞은 듯했다. 광채가 근육질의 굵은 팔뚝을 휘둘러 한 방 날린 것보다도 효과적이었다.

"덥지? 우리 에어컨이 꼴통이야. 여긴 모두 낡아빠져서, 제대로 돌아가는 게 없거든."

연지의 목소리가 심하게 떨려서, 순간 그녀가 우는 줄 알았다. 연지의 말대로 꽤 후덥지근했다. 아까부터 더웠지만 긴장된 분위기 속에 아무도 말을 못하고 있었을 뿐이었다.

"그럼 수리 기사를 부르면 되잖아."

"며칠 전에도 왔다 갔어. 인테리어 공사한 지 이 년밖에 안 됐는데, 제대로 되는 게 없어."

연지는 고개를 파묻은 채로 검지손가락 하나만 곧게 올려서 천장의 속썩이는 물건을 가리켰다.

"천장 어디서 관이 새는 거 같다고 다시 천장 공사를 하라는데."

광채는 당황해서 에어컨 리모컨을 주물럭거리며, 시스템 에어컨을 포함해 전면 리모델링 공사를 하는 동안 발리의 리조트에서 보낸 한 달간의 환상적인 휴가에 대해 긴 이야기를 늘어놓았다. 연지는 다시 머리칼 속에 손가락을 파묻었다. 이상한 광기에 휩싸여 재웅을 초대했지만, 재웅과 광채가 함께 있는 이 자리를 감당하기가 몹시도 버겁다는 사실을 그녀는 방금 전에야 깨달은 것 같았다.

"잘못 골랐어. 잘못 골랐다고."

"뭘? 에어컨 말이야?"

"잘하겠다고 말은 번드르르했지만 결과는 이렇게 되고 만 거야."

광채가 "무슨 소리야?" 하고 신경질적으로 묻자 연지는 고개를 들고 매섭게 "인테리어 말이야"라고 쏘아붙였다.

잠시 말문이 막힌 광채에게서 고개를 돌려 재웅을 바라보는 연지의 눈빛에는 새벽녘 무덤가에서 보일 듯한 푸르스름한 기운이 느껴졌는데, 거실 샹들리에의 불빛이 그녀의 눈동자에 비쳤기 때문이겠지만, 어쩌면 그녀의 내면에서 불타오르는 광기의 잔여 성분이 분광된 것일지도 몰랐다.

"에어컨 같은 가전제품은 뽑기 운이 나빴던 거뿐이라고. 괜한 소리 하지 마."

"괜한 소리라고?"

연지는 미소를 지었다. 볼과 턱의 날렵한 선이 웃음으로 더 상큼하게 긴장되었다.

"우리 안방에서는 수십 년째 물소리가 났어. 리모델링을 하고 나서도 끝내 그 소리가 사라지지 않았지. 나는 한 번도 깊은 잠을 자지 못했어. 당신은 잠드는 데 아무 문제가 없었지만, 나는 늘 두통에 시달렸다고. 물소리를 피해서 거실에 나오면 저게 나를 반겨줘."

연지는 머리 위의 초록색 샹들리에를 가리켰다.

"당신한테는 다 쓸데없는 소리지. 당신은 이 집이 제일 좋으니까."

이광채는 상당히 수세에 몰렸다. 지난번처럼 이 집이 팔십억이라고 호기롭게 외치지는 않았는데, 제이 강 앞에서는 우스꽝스러울 수밖에 없기 때문이었을 것이다. 대신 그의 호흡은 거칠게 쿵쿵거리고, 쿵쿵거리고, 퉁퉁거리는 음색을 띠어 갔다. 짐승처럼 커다란 덩치 때문에 호흡마저도 위협적이었다. 반면 재웅은 한결 느긋하게 이완되었다. 그가 기대했던 것이 바로 이런 장면이었을 것이다. 연지와 광채가 이룬 가정에서 낡은 것, 비틀린 것, 처음부터 잘못되어 아무리 애써도 나아지지 않을 것들을 목격하는 것.

광채는 자신이 제이 강을 만족스럽게 하고 있음을 문득 깨달았다. 고쳐줄게, 고쳐줄게 하고 중얼거리며 두툼한 손바닥으로 아내의 어깨를 투박하게 토닥였는데, 이십오 년 차 부부 사이엔 남들이 알 수 없는 애정과 유대가 있다는 걸 보여주기에 은근히 효과적인 동작이었다.

"바로 건너편에 사신다면서."

광채가 가리킨 네모난 북향 창틀 가운데 서편으로 저녁 햇살을 받는 T타워가 서 있었다.

"저런 반짝반짝한 데 사는 사람들도 있지만 여기 압구정은 전통이 있는 곳이란 말이오."

압구정동이 여러 가지 좋은 점이 있기는 해도 전통이 있다는 소리는 어울리지 않는다고 생각했지만, 광채는 굽히지 않았다.

"바로 산업화의 전통을 일궈낸 영웅들이 사는 곳이지. 지금 대한민국이 한반도 역사상 가장 번영하고 있다는 걸 다들 알고 있지 않아? 선진국이 되었어! 바로 그걸 여기서 이루었다고. 우리 할아버지의 탄광, 박태준 회장의 철강, 정주영 회장의 자동차……"

연지가 깔깔대며 웃었는데, 깔깔대며 울었다고 해도 다를 것이 없었다.

"저 소리를 앞으로 삼십 년이나 더 들어야 해? 내가?"

"요즘 나 같은 사람들이 인기 없다는 걸 알아. 꼰대라는 소리나 듣고. 하지만 대한민국은 우리 같은 사람들이 만들었고, 앞으로도 우리는 묵묵히……"

늦여름으로서는 이상할 정도의 더위에, 테이블을 지배하는 명백한 긴장 때문에, 나는 쉽게 지쳤고 벌써 집에 가고 싶었다. 재웅만은 미소 지었다. 그 눈빛은 말하고 있었다. 연지는 하루도 더 참을 이유가 없다고, 이광채의 장광설과, 안방의 끊이지 않는 물소리와, 촌스러운 초록색 샹들리에와 이 낡고 지긋지긋하고 전통인지 재건축 규제인지 뭔지로 칭칭 얽매여 꼼짝없이 가라앉아 있는, 그러나 집값만은 팔십억인 이 이상한 공간에서 당장이라도, 나비처럼 팔랑팔랑 날아서 그에게, 분홍색 셔츠로 덮인 그의 산뜻한 어깨 위에 사뿐 내려앉으면 된다고 말하는 중이었다.

"저 멍청한 에어컨! 우리집에 재웅씨를 초대하는 건 정말 멍청한 생각이었어!"

연지가 고개를 들고 재웅을 바라보았다. 웃는 얼굴이었지만 언뜻 반짝인 눈물을 본 것 같았다.

"이건 실례잖아. 손님한테 이런 거지 같은 대접은, 실례잖아."

"아니에요. 저는 괜찮아요."

"아니야. 오늘 정말 멍청한 생각을 한 거야. 내가 재웅씨한테 이러면 안 되는데."

 그들은 서로를 바라보았다. 한 치의 빈틈도 허락하지 않고 시야에 서로만을 가득 채워, 이광채나 나나 경훈 같은 사람들은 그곳에 존재하지 않는 것이 되었다. 그 눈길은 조금의 의심도 없이 명백하게 존재하는 그들만의 세계를 분명히 보여주었다. 모래톱에 처박힌 카타마란 요트, 그곳에서 뛰어내려 깔깔대며 질퍽질퍽한 흙탕을 달리고, 사방에 버스럭거리는 억센 갈대 속에서 사랑을 나눈 자들만이 주고받을 수 있는 눈빛이었다. 연지가 재웅에게 천천히 손을 내밀었다. 나는 눈으로 보면서도 믿을 수 없었다. 재웅은 오래전부터 그 순간을 기다리고 있었다. 그들은 손을 맞잡고 우리가 알 수 없는 머나먼 곳으로 떠나갈 것이다. 지금 여기서, 재웅을 향해 다가가는 연지의 가녀린 손을 굳건하게 맞잡고……

 "좋아!"

 이광채가 큰 소리로 외쳤다. 그 모습을 눈으로 보면서도 믿을 수 없기는 나보다 더했을 것이다. 그는 진땀을 뻘뻘 흘리고 있었다.

 "이 더운 데서 꿀값을 떨고 앉아 있지 말고, 어디 시원한 데로 가자고. 쏠 호텔에 가자. 아주 오지게 시원할 테니까, 거기가 좋겠어."

 "미쳤어? 지금 그 먼 데로 가자고? 난 그 지긋지긋한 데는 절대로 안 가."

"쏠 호텔이 아니면 어디를 가? 어디든 말해봐! 당신이 좋아하는 그런 화려하고 빤딱빤딱한 데로 가자고!"

광채는 이곳에서, 그들이 이십오 년간의 결혼생활을 해온 여기 H아파트에서 연지와 재웅이 손을 마주잡는 그 사태만은 참을 수 없는 것 같았다. 그의 목덜미와 겨드랑이는 땀으로 흠뻑 젖고, 눈알마저 땀에 젖은 것처럼 괴상하게 번들거렸다.

"에클타워에 갈까요? 여기서 오 분이면 가니까요."

재웅이 손목시계를 흘끗 보며 제안했다.

"마침 오늘 파티를 해서, 분위기가 괜찮을 겁니다."

"에클버그의 파티라니, 좋군요."

말이 끝나자마자 대답한 것은 민경훈이었다. 광채는 태어나서 처음 보는 사람처럼 그를 쳐다보았다. 눈알이 튀어나올 것처럼 왕방울만해졌다. 경훈은 광채와 눈을 마주치지 않았다. 어디서나 남들의 기색을 잘 살피고 분위기를 맞추던 경훈은 지금 정말로 '2030' 같았다. 그 유명한 에클버그의 파티에 초대되어, 남들은 아랑곳없이 한바탕 놀아볼 생각으로 이글이글 불타오른 2030이었다.

연지가 벌떡 일어나 안방으로 달려들어갔다.

"파티라면 좋아! 규아야! 너도 이리 와! 내가 화장을 매만져줄게! 파티라니, 우리 오늘 예쁘게 하고 가자."

광채가 어이없다는 듯이, 안방까지 분명히 들리도록 크게 말했다.

"그래, 좋아! 가자구! 파티라니 얼마나 즐겁겠어?"

나는 천천히 연지를 따라 안방으로 들어갔다.

연지는 파우더룸에 엎드려 울고 있었다. 내가 그녀의 어깨에 손을 얹자 연지는 허겁지겁 고개를 들고 퍼프를 부지런히 두드렸다. 하지만 눈물 때문에 이도 저도 안 된다는 걸 깨닫고 다시 엎드려 조금 더 울었다.

이 사람은 복 터진 여자인가 박복한 여자인가. 나는 엎드린 연지를 보며 생각했다. 태어나 지금까지 단 한 번도 흔들린 적 없는 미모와 부유함, 외아들을 둔 압구정동의 단란한 가정, 이 세상 누구나 연지를 부러워할 것이다. 행복하기 위해서 돈, 미모, 가족, 건강 등등 여러 가지가 필요하겠지만 그걸 다 가지고도 행복에 이르지 못하는 수많은 경우가 발생했는데, 그 전형적인 한 예로 연지를 들 수 있을 것이다. 인생은 연지에게 결코 행복을 허락하지 않았다. 연지가 필사적으로 그것을 향해 손을 뻗을 때마다 그것은 마치 약 올리듯 한 줌 연기가 되어 손가락 사이로 빠져나갔다. 광채가 말한 '뽑기 운'이라는 단어로 연지의 불운을 설명할 수 있을지도 모른다. 재웅이 백마 탄 기사가 되어 나타나 손을 내밀고 있는 이 순간조차 연지가 드디어 행복해졌다고 말할 수는 없을 것이다. 이 이야기의 끝에서 연지는 마침내 행복이라고 적힌 쪽지를 뽑을 수 있을까?

오늘은 재웅을 그냥 돌려보내는 게 어떻겠느냐고 물었는데, 연지는 내 말을 듣지 못한 것이 분명했다. 연지는 벌떡 상체를 일으켰다. 아이라인이 번진 눈에 갑작스러운 웃음이 번졌다.

"내 옷을 입자. 오늘 본때를 보여주는 거야. 규아야, 오늘 우리가 제일 예뻐야 해! 내 옷 중에 제일 예쁜 걸 골라!"

연지는 우아한 블랙 원피스를 홀러덩 벗어던지고 속옷만 입은 채 파우더룸에 연결된 드레스룸으로 달려들어갔다. 짐작은 했지만, 갖가지 색깔과 형태의 옷들이 수천수백 벌이나 늘어서 있었다. 연지는 여태 울었던 것이 내 옷이 시원찮아서였다는 듯이 눈을 번득이며 가지런히 정리된 원피스들을 함부로 헤집기 시작했다. 곧 알록달록한 드레스들이 프리스비처럼 내 머리 위로 훌훌 날아와 방바닥 위에 차곡차곡 쌓였다.

"이건 디올! 이건 샤넬! 이건 답답해서 못 입지만 SS시즌 최신상 에르메스! 내가 이딴 연탄 같은 걸 왜 샀나 몰라, 하지만 그땐 예뻐 보였으니까, 프라다!"

물론 연지가 날려 보낸 옷들은 대부분 내 허리를 통과하지 못했다. 하지만 우리는 포기하지 않고 들쑤셔서 밴딩으로 허리 라인을 교묘하게 보정해주는 멋진 원피스를 찾아냈다. 폭포수같이 달린 프릴이 좀 과하기는 했지만 파티 룩으로는 나쁘지 않았다. 내 모습이 마음에 들자 연지는 두 팔을 쭉 뻗고 만세를 불렀다.

"나도 이 옷 제일 좋아해! 깔별로 쟁였잖아!"

연지는 드레스룸에서 내가 입은 것과 똑같은 드레스를, 색깔만 다른 것으로 뒤집어썼다. 나는 쨍한 연두색, 연지는 쨍한 노란색 크리스마스트리 같았다.

그다음은 화장이었다. 나를 의자에 앉히고 스타일리스트처럼 팔레트를 집어들고서, 얼룩덜룩한 자기 얼굴은 신경쓰지 않고, 나를 예쁘게 만드는 일에만 몰두했다. 기다리던 남자들이 주차장에 먼저 내려가 있겠다고 외치는 소리가 들렸다. 연지는 그 소리에 아랑곳하지 않고 다이슨 드라이어를 집어들었다. 내 머리에 컬을 넣어주며 연지는 주문처럼 한 가지 소리만을 되뇌었다.

"다 죽었어! 우리 규아한테 오늘 싹 다 죽었어!"

어린 시절부터 연지가 어렵지 않게 연출해내곤 했던 마법이었다. 좋아하던 연예인 포스터를 외삼촌에게 갈기갈기 찢기고 울거나, 우리 둘이 별로 중요하지 않은 일로 다투어 뾰로통해 있다가도, 연지는 마음만 먹으면 어떻게든 다시 웃을 일을 만들어냈다. 스스로 행복해지는 것 같지는 않았지만 어쨌든 모두 깔깔대며 웃게 만들었다. 그런 재능으로는 천재라고 해도 좋았다. 연지의 마법적인 연출력이 정작 그녀의 가족 속에서 구현되지 않은 점은 정말이지 유감이었다.

연지의 옷을 입고 연지의 터치를 받은 내 모습은 정말 다 죽일 것처럼 아름다워져 있었다. 저녁 내내 이것은 어떤 종류의 지옥도가 아닌가 의심했던 것을 잊고, 다 벗어던지고 싶은 더위를 이기고 잘 어울리는 모자와 액세서리와 스카프까지 두르고, 거울 속의 우리는 두 그루 크리스마스트리 같은 우리 모습을 보며 깔깔 웃었다.

"너무 행복해 규아야! 난 어릴 때부터 우리가 친자매였으면 했어. 쌍둥이 자매로 태어나서, 똑같은 옷을 입고, 똑같은 반찬을 먹고, 똑같은 학교에 다니고, 매일 같은 집에서 살기를 바랐어. 고모가 너와 나를 함께 낳았으면 좋았을 텐데."

연지는 내 어깨를 다시 꼭 껴안고 얼굴을 비볐다.

"이러니까 그 꿈이 이루어진 것 같아."

그러다가 내 뒷목, 척추와 경추가 연결되는 톡 튀어나온 부분에서 오래된 흉터를 찾아냈다.

"이게 뭐야?"

"아주 옛날에. 놀러갔다가 다쳤어."

"세상에. 아팠겠다."

내 치장을 끝낸 연지가 다시 아름다워지는 데에는 단 몇 분도 채 걸리지 않았다.

주차장에 먼저 내려간 남자들은 즐겁게 지내지 않은 것 같왔다. 우리가 시간을 많이 끌었는데도 광채의 차 앞에 이중주차한 자동차의 주인은 아직 나타나지 않은 상태였다. 연지는 어두컴컴한 아파트 출입구를 벗어나기도 전부터 벌써 상황을 눈치채고 있었다.

"저걸 보라고. 매일 저래. 모두 팔십억짜리 집에 사는, 산업화의 위대한 영웅들이거든."

디올 선글라스로 절반이나 가려진 연지의 얼굴 어딘가에서 기계음처럼 중얼거리는 소리가 들렸다.

남자들은 똑같은 드레스를 입고 나오는 우리를 보고 깜짝 놀랐다. 우리는 다 죽여버릴 기세였으니까, 누구라도 경악할 모습이기는 했다. 열악한 주차 상황 때문에 다시 체면이 깎인 광채는 재웅의 노란 쿠페를 가리키며 빈정거렸다.

"요정 누나들은 호박 마차를 타고 먼저 가셔. 우린 곧 뒤따라갈 테니."

"넌 어떻게 올 건데?"

"회사에서 벤틀리가 오는 중이야."

재웅이 리모컨을 누르자 노란 자동차의 천장이 열려 트렁크 속으로 착착 접혀 들어갔다. 나는 이런 차의 뒷자리에 타는 방법을 안다. 나는 짧은 도움닫기를 한 다음 고등학교 체육 시간에 배운 배면뛰기 자세로 차문을 넘어 들어갔다. 생각보다 뒷좌석이 딱딱해서 허리가 아팠다. 나는 원피스가 뒤집어진 채로 두 다리를 버둥거렸다.

"나도 간다! 비켜, 규아야! 나 들어간다!"

몸을 피할 틈도 없이 뒷좌석으로 연지가 날아왔다. 우리는 두 포기 배추처럼 컨버터블의 좁은 뒷좌석에 거꾸로 처박혀 버둥거렸다. 제대로 콕 처박히고 뒤엉켜서 아무리 발버둥쳐도 똑바로 일어나 앉을 수가 없었다. 우리는 숨막히게 깔깔거리며 살려달라고 외쳤다. 다음 순간 연지가 무 뽑히듯 가볍게 하늘로 다시 날아올라갔는데 광채가 울그락불그락하면서 연지의 두 손목을 잡고 있었다. 연지는 치한에게 손목을 잡힌 것처럼 단호하게 남편의 손을 뿌리치고 재웅의 차로, 이번엔 앞좌석으로 돌아와 큰 소리 나게 문을 닫았다. 우리는 풍각을 울리는 곡마단처럼 사람들의 시선을 끌며 주차장을 빠져나왔다. 우리와 엇갈려 광채의 벤틀리가 주차장에 진입하는 모습이 보였다.

"아 진짜 이 누나들, 사랑해요."

이제껏 본 적 없을 만큼 함박 웃으며 재웅이 말했다. 연지가 재웅을 덮쳐 껴안았다.

"재웅아, 사랑해. 나도 널 죽도록 사랑한다구!"

재웅의 오른팔이 연지를 단단히 감싸안았다. 그들은 거침없이 얼굴을 비비고 사랑한다고 속삭였다. 이곳은 연지가 오십 년간 살아온 그녀의 동네였고 노란 컨버터블의 뚜껑은 열려 있었다. 에클타워는 겨우 십 분 거리였지만 거리엔 차가 많아 우리는 천천히 움직일 수밖에 없었다. 우리는 산업화 영웅들의 눈앞에서 천천히 흘러가는 유랑극단이 되었다. 프릴이 많이 달린 베르사체 원피스를 입고 거리의 사람들과 하는 수 없이 눈길을 맞추며 차라리 내가 사람만한 스탠더드푸들이면 좋겠다고 생각했다.

우리는 이윽고 에클타워에 도착했다. 광채의 벤틀리도 곧 뒤따랐다. 광채가 뒤에서 우리 모습을 내내 지켜보았을 터라 그의 기색을 살폈더니, 뭐랄까, 그의 분노와 경멸이 온 우주를 뒤덮기는 했으나 그것이 꼭 그의 마누라와 정부가 그의 눈앞에서 공공연히 애정을 과시했기 때문만은 아닌 것 같았다.

"꼴같잖아서 못 봐주겠군."

그의 시선은 재웅과 연지가 아닌 다른 곳을, 아이보리색 에클타워와 곳곳에서 우리를 지켜보고 있는 안경 모양 로고, 그리고 실내 여기저기 설치된 곡면 디스플레이들을 향하고 있었다. AI가 출입자의 얼굴을 인식하여 뮤직비디오나 영화 속의 한 장면, 또는 애니메이션의 주인공으로 변환해 끊임없이 디스플레이에 출력하고 있었다. 그러니까 그 순간 광채는 사자에게 형편없이 물어뜯긴 몸으로 필사적으로 달아나고 있었고 나는 몇십 생을 다시 태어나도 하지 못할 요염한 동작으로 폐허 속에서 춤추고 있었는데 내 얼굴을 교묘하게 조작해 넣은 그 장면들이 섬뜩하도록 그럴싸해서 언젠가 내가 노 개런티로 출연한 적이 있었던 게 아닐까 하는 착각을 불러일으켰다.

광채가 분노하고 경멸하는 것은 이런 세상인 셈이었다. 근본 없는 스타트업이 창궐해 전통 있는 산업화 영웅을 조롱하는 세상. 눈으로 그 가치를 확인할 수 없는 바이오, 코인, 엔터 산업이 탄광이나 부동산이나 제조업처럼 확고했던 굴뚝 영웅의 세계를 압도하는 세상에 대한 분노이자 경멸이었다. 그 커다란 분노에 불씨를 댕긴 것이 물론 철없는 그의 아내이기는 했다. 눈에 보이는 모든 것에 감탄하며 노란 나비처럼 팔랑팔랑 앞서 걸어가는 연지는 조금 전까지 파우더룸에서 엎드려 울던 여자라고는 믿을 수 없이 자연스럽게 이 세계에 어울렸다.

그리고 경훈은 어느새 새로운 장난감을 얻어서 흥분하고 있었다. 광채가 허깨비라고 부르기 딱 좋은 홀로그램을 이용한 거였는데 허공에서 내려오는 동그란 빛 공간 안에 들어가 춤을 추면 동작에 따라 영상이 바뀐다고 했다.

"이봐요! 여기선 다른 게 보인다고요! 밖에서 보이는 거랑 달라! 여긴 전혀 다른 세상이……"

빛 속에서 믿을 수 없이 빠른 스텝을 밟으면서 경훈은 외치고 있었다.

몇몇 사람이 호의 넘치는 미소를 지으며 재웅에게 다가왔다. 재웅은 그들에게 광채를 '프로 골퍼'라고 소개했다.

"아니, 아닙니다. 대회에 몇 번 나가긴 했지만 선수생활을 하지는……"

그곳에서 광채는 내내 프로 골퍼로 불렸다.

광채는 쾌적하게 냉방이 공급되는 에클타워 안에서도 땀을 흘렸다. 연지는 재웅에게, 경훈은 홀로그램 장난감에 빼앗기고 혼자 남게 되자 광채는 나에게 달라붙었다. 쿵쿵거리고 츳츳거리는 못마땅한 콧소리를 멈추지 않는 덩치 큰 라마를 데리고 다니는 것 같았다. 너에게 좋은 점이 많을 거라는 걸 알아. 나는 생각했다. 하지만 유쾌한 상대는 아니야.

그는 죽을 때까지 그걸 이해하지 못할 것이다.

믿을 수 없이 화려하고 사람이 많은 에클 파티에는 내가 알아볼 만한 사람들도 꽤 많았다. 문명에 어두운 내가 알아볼 정도라면 월드 스타라고 봐야 할 것이다. 연지와 재웅은 어디로 숨었는지 보이지 않았다. 사람들은 대부분 춤추고 있었다. 나는 기시감을 느꼈다. 쏠 호텔과 T타워의 펜트하우스와 에클 파티 사이에, 크게 다른 점이 있는 것 같지 않았다. 광채에게 죄책감을 느끼지는 않았다. 하지만 짜증스럽게도 어떤 종류의 연민을 느끼기는 했다. 광채를 떨궈버리고 완전히 우주 미아로 만들고자 한다면 나는 그냥 춤추는 사람들의 무리에 가볍게 섞여들기만 하면 되었다. 그러면 골프나 부동산 이야기를 떠들어댈 파트너도 없고, 함께 춤추거나 놀이에 끼어들 재주도 없는 덩치만 커다란 산업 영웅이 우스꽝스럽게 파티홀 한 구석에 뻣뻣하게 서 있는 모습을 보게 되었을 것이다.

"으이구, 촌놈아. 계속 그렇게 서 있을래?"

그는 얼이 빠져 촌놈이라는 말에 발끈할 여력조차 없었다.

"이리 와봐."

나는 그를 끌고 춤추는 사람들의 한구석에 끼어들어서 양반춤의 간단한 스텝을 보여주었다. 아무것도 하지 않고 서 있는 것보다는 나았으므로 광채는 약간의 열의를 가지고 나를 따라 했다. 양반들은 크게 움직이지 않는다. 까치걸음에 평사위, 그저 단순한 동작들이었지만 광채의 몸짓에서 도무지 멋이라곤 살지 않았다.

장단을 맞춰줄 친구들은 사라졌고 나는 혼자 춤추고 있다. 그때로 돌아가고 싶은가? 젊고 뜨겁다못해 펄펄 끓던 날들. 사랑도 이념도 미래도 그때는 다 용암 같았다. 뜨거운 젊음 속에 몸부림치며 동아리에 목숨을 걸고 전공을 초개처럼 버렸다. 역사와 정의라는 도마 위에 내 인생을 한 마리 물고기로 통 크게 올려놓는 것을 당연하게 여겼다. 그건 여왕의 티아라 같은 젊음을 두르고 있었기 때문이었을 것이다. 그 젊음 속 가장 빛나는 장면에 취바리의 깨끼춤을 하는 재웅이 새겨져 있었다.

무엇이 흘러가고 무엇이 남았는가. 강촌의 자갈밭에서 난폭하게 말뚝박기를 하던 광채는 지금 내 앞에서 뒷짐을 지고 고분고분 까치걸음을 하고 있었다. 월세를 내지 못해 선배들의 숙소에 빌붙던 재웅은 에클 제국을 만들었다. 소년처럼 짧은 머리로 울던 연지는 재웅을 비로소 되찾아, 그들만의 밤섬으로 뛰어들었다.

나는 혼자 춤추고 있다. 여럿이 함께 춤추지 않게 되었다. 동아리에서 함께 먹고 자고 싸우고 춤추던 그 시절은 이미 오래전에 끝났다. 끝난 것을 부여잡아 오늘 다시 살리려고 시도하는 사람들이 있다. 무모한 일이지만 어떤 이들은 성공하기도 한다. 나는 그냥 인생을 흘려보내는 것이 좋다고 믿게 되었다. 춤추던 재웅, 강가의 광채, 재결합을 할까 말까 망설였던 나의 엑스들처럼 흘려보내면 된다.

한숨을 쉬며 고개를 돌리자 가까운 디스플레이에 비친 내 모습이 보였다. 나는 사자 같기도 오소리 같기도 한 괴상한 외계 생명체가 되어 있었다. 그 모습을 보면서 나도 모르게 짐생 났소, 라고 중얼거렸다. 오래된 기억 속에 잊혔던 마부의 사설이 나도 모르게 주르르 쏟아졌다.

"짐생이라니, 이 짐생이 무슨 짐생이냐? 노루 사슴도 아니고 범도 아니로구나. 어디 한번 물어보자. 우리 조상 적부터 못 보던 짐생이로구나. 네가 무슨 짐생이냐. 노루냐?"

나는 스크린 속 내 모습에 흥이 나서 혼자만의 5과장 사자

춤을 추기 시작한다. 마부와 앞사자와 뒷사자, 세 사람이 하는 마당이지만 오늘 저 어눌한 이광채로는 뒷사자 받침대조차 기대할 수 없다. 혼자 하는 수밖에.

마부는 계속해서 그가 범인지, 기린인지, 소인지, 하다못해 할애비인지 묻고 사자는 계속 고개를 젓는다. 나는 낡은 나일론 털뭉치를 뒤집어쓴 앞사자였다. 오래전 그때는 등뒤에 같은 털뭉치 사자가죽 안에서 허리를 더 깊이 굽힌 뒷사자 재웅이 있었다. 나는 몸이 날래고 균형을 잘 잡아서 뒷사자의 어깨에 올라서는 앞사자를 맡곤 했다. 내 몸뚱이만큼 커다란 사자의 가면을 들고 도리도리, 갸웃갸웃, 혀를 날름날름, 앞발을 올렸다 내렸다 하며 사자의 표정과 마음을 잘 표현해야 한다.

"이놈 사자야, 네가 내려온 심지를 좀 알아보자. 우리 목중들이 선경에서 도를 닦는 노승을 꾀어 파계시킨 줄로 알고 석가여래의 영을 받아 우리들을 벌주려고 내려왔느냐? 그러면 우리 목중들을 다 잡아먹을라느냐?"

사자가 드디어 꺼떡꺼떡. 아주 힘차게, 백번 그렇다는 뜻이다. 그리고 마부를 잡아먹으려 번쩍 고개를 든다. 이때 앞사자는 뒷사자의 어깨 위로 무등을 타고 올라선다. 가랑이에서 발바닥으로 느껴지던 재웅의 어깨의 감촉. 야위고 단단한 어깨였다. 그는 내가 중심을 잡을 수 있도록 흔들림 없이 버텨주었다. 사람의 두 길이나 되도록 키가 큰 사자. 그는 석가여래의

명을 받아 파계한 중들을 잡아먹으러 내려왔다.

"아이쿠, 이거 큰일났구나. 사자야, 말 좀 들어봐라. 우리가 무슨 죄가 있느냐. 진심으로 회개하여 깨끗한 마음으로 도를 닦아 부처님의 제자가 될 터이니 그러면 용서하여 주겠느냐?"

이런 이런. 속없이 겨우 이 정도 회유에 귀를 기울이고, 앞 사자는 뒷사자의 어깨에서 풀쩍 내려온다. 회개하면 용서하겠노라고, 고개를 껍적껍적, 앞발 뒷발을 휘적휘적, 도드리에 타령에 굿거리까지, 한바탕 춤을 추어 인간 세계의 회개를 칭찬한다. 우리는 그때, 봉산탈춤의 사자 과장을 연습하면서 이 부분에 늘 불만이 많았다. 우리는 사자가 이렇게 쉽게 용서하면 안 된다고 주장했다.

"우리 동네에서는 이렇게 쉽게 봐주지 않았다고요."

어릴 때 가산 오광대를 추며 자란 재웅이 말했다.

"아무리 발뺌을 해도 잡아먹고 말았지."

봉산은 황해도, 가산은 경남의 진주 인근이다. 가산 오광대의 영노는 봉산탈춤의 사자보다 매섭고 가차없다. 가산의 양반은 영노에게 잡아먹힐 위기에 처하자 자기가 사람이 아니라고 발뺌한다. 담비다, 개 돼지다, 모기, 깔따구까지 내려가며 끝까지 발뺌한다. 하지만 가산의 영노는 가차없이 잡아먹고 만다. 우리는 봉산보다 가산의 결론을 선호했다. 그래, 그쪽이 후련하고 깨끗해. 나는 사자가 아니라 영노가 되기로 마음먹고 아가리를 크게 벌려 마부를 덮친다. 화면 속 괴물도 아가리를 크게 벌려 세상을 다 집어삼킨다. 그동안 유머러스하던 화면이 한순간에 피바다가 되어 나는 소스라친다.

"부결될 줄 알았는데."

"우르술라 마이어가 돌아섰으니까."

"그럴 리가."

"이사진이 주고받은 이메일을 봤어."

시끄러운 음악 속에 빠르게 흘러가는 대화였지만 마이어라는 이름은 화살처럼 내 귀를 꿰뚫었다. 나는 화면에서 눈을 돌려 옆을 보았다. 외계 생명체에게서 지구를 지키는 요원처럼 검은 정장에 똑같은 레이밴을 쓴 두 외국인이 내 시선을 느끼고 입을 다물었다.

"진 리키를 마시기엔, 옛날식 더위가 그립죠?"

"……"

진한 레이밴으로 가려졌지만 똑같이 그들이 손에 쥔 술잔으로 떨어진 시선을 느낄 수 있었다. 이곳은 추웠다. 춤추는 사람들과 곳곳에서 작열하는 곡면 모니터들이 뿜어내는 열기를 느낄 수 없도록, 건물 전체에 강력한 냉방기가 작동하고 있었다. 에클버그가 진 리키를 위한 시큼한 더위를 남겨두었어야 했다고 주장하면서, 나는 그들의 조개처럼 닫힌 입을 다시 열게 하는 데에 성공했다. 이사회에서 에클바이오의 자금이 에클코인으로 유출된 중대한 회계적 결함을 발견하고 제이 강에게 여러 차례 빠른 귀국을 종용했는데 그가 무시하고 계속 한국을 떠나지 않아 결국 CEO 해임을 건의하는 비밀 이사회가 소집되었다는 거였다.

"정말로 제이 강이 해임될까요? 그런 일은 보통……"

"엄포용이겠죠. 제이 강더러 당장 돌아오라는. 하지만 이사회에서 우르술라 마이어가 돌아섰다면, 제이 강에게 더 강력한 지지자가 있을지 모르겠네요."

"우르술라 마이어가 누군가요?"

까만 레이밴 렌즈에 도대체 어디까지 설명해야 좋을지 모르겠다는 난처한 기색이 떠돌다가, 그들은 휴대폰으로 우르술라 마이어를 검색해 보여주었다. 나는 Myrhe라는 독특한 철자를 그때 처음 보았다. 그 화면에는 할망구라는 기자의 표현과 전혀 닿는 곳 없이 모피 코트 또는 홀터넥 니트를 입은 패션모델 같은 인물이 떠올랐는데, 놀랍게도 나이가 일흔넷이라고 했다.

"이럴 시간이 없어요. 그는 당장 출국해야 해요."

"에클코인 있거든 지금 당장 빼세요. 단 일 초라도 먼저."

한 사람이 손으로 푸슉 내리꽂는 모양을 만들어 보였다.

나는 주변을 둘러보았다. 제이 강이 해임된다고? 그런 일이 일어날 수 있는 걸까? 그럼 어떻게 되는 거지? 에클코인은 국민 코인이라고 했는데, 도대체 무슨 소리지?

휴대폰이 진동해 깜짝 놀랐다. 그 무엇도 다 지옥문이 열린다는 소식일 것 같은 지금 이 순간 휴대폰으로 날아온 사진 속에는 난데없는 코스모스 두어 송이가 한들거리고 있었다.

'잘 지내지? 어느새 가을이 오고 있구나. 이번 추석에는 얼굴 좀 보자. 송편도 먹고.'

오빠의 메시지를 보면서, 여긴 지옥이 맞네, 생각했다.

요원 같은 사람들은 어느새 사라지고 없었다. 그들은 어쩌면 정말로 재웅을 데리러 온 요원들이었을지도 모른다. 이곳은 대놓고 요원이오 외치는 복장으로 다녀도 하나도 눈길을 끌지 않는 곳이었다. 사람들의 갑작스러운 소란과, 음악을 찢는 여자의 높고 긴 비명소리가 들렸다. 연지의 목소리였다. 연지가 이사회 소식을 들은 걸까? 나는 춤추다 우뚝 멈춰 선 사람들을 헤치며 소리가 난 쪽을 향해 달렸다. 얼어붙은 숲속 같은 사람들 사이에 작은 공터가 생겼고 그곳에서 연지가 두 손으로 목덜미를 감싸쥐고 서 있었다. 연지의 뒤에는 재웅이 있었다.

"너 지금, 너 여기서 왜, 너 어쩌려고……"

연지의 입에서 조각조각 부서져 조리 있게 이어지지 못하는 단어들이 튀어나왔다.

"어우 씨발, 엄마야말로 여기서 뭐하는데!"

나는 연지의 눈앞에 구겨져 바닥을 구르고 있다가 휘청거리는 몸을 추슬러 차츰 백팔십팔 센티미터의 장신을 드러내며 소리지르는 그녀의 아들, 태환을 보았다. 그의 번들거리는 눈빛과 불규칙한 호흡이 지금 그의 혈액을 달리고 있는 금지된 성분들을 말해주었다. 태환의 건너편에서는 격투용으로 단련된 단단한 근육을 가진, 몸집이 자그마한 남자가 방금 그를 쓰러뜨린 주먹을 풀지 않고 서 있었는데, 누군가 태환이 연지에게 소리지른 내용을 전해주자 다시 한 방 날릴 기세로 근육을 긴장시켰다.

"หากคุณดูถูกแม่ของคุณคุณควรได้รับการยิงอีกครั้ง(자기 엄마를 모욕하는 개새끼라면 한 대 더 맞아야겠군)."

태환은 이제 격투기 선수를 제외하고 누구에게라도, 설령 그의 엄마라 할지라도 함부로 달려들 기세로 험악했는데 재웅이 연지를 가로막아 등뒤로 숨겼다.

"넌 뭐야? 비켜."

자신을 가로막는 호리호리한 남자가 누군지도 못 알아볼 만큼 태환은 제정신이 아니었다가, 차츰 제이 강을 알아보고 눈이 커졌다. 하지만 그가 제이 강이라고 해서 태환이 고분고분해진 것은 아니었다. 그는 무엇을 마주하든 더 모욕감을 느끼고 난폭해져서 어디에라도 달려들어 분을 풀어야만 했다. 파티장에는 이런 종류의 소동에 대비해 보안요원들이 곳곳에 있었으므로 태환은 더이상 난동을 부리지 못하고 어디론가 끌려 갔다. 이거 놓으라고, 저 개새끼를 죽여버리겠다고 소리지르는 고함소리는 다시 시작된 음악소리에 파묻혔다. 사람들은 다시 춤추기 시작했다. 재웅은 연지를 데리고 자리를 떠나려 했지만 광채가 나타나 재웅을 밀쳤다.

"저리 가. 내 마누라는 내가 챙긴다고."
"저쪽에 휴게실이 있어요. 누나를 그리로……"
"누나, 누나, 그 소리 더이상 못 들어주겠네."
"누나를 좀 조용한 데서 쉬게 해야 합니다."
"내 누나가 쉴 곳은 내 집이야. 이런 서커스단 장바닥이 아니라, 온전하고 품위 있는 집, 이 여자의 가정이라고."
"이봐요 당신, 방금 무슨 일이 있었는지 못 봤어요?"
"무슨 일이 있었는데?"

재웅이 차마 태환을 입에 올리지 못하고 말을 삼킨 사이에 나는 쓰러지려는 연지를 가까운 벤치에 가까스로 앉히고 외쳤다.

"그만해, 당장!"

연지는 폭풍같이 눈물을 흘리며 무어라 중얼거리고 있었는데 온갖 시끄러운 소리에 파묻혀 들리지 않았다. 그녀의 입술에 귀를 가까이하자 이런 속삭임이 들렸다. "내 잘못일까? 모두 내 잘못 때문일까?"

광채는 이제껏 본 적 없는 부드러운 몸짓으로 연지 앞에 무릎을 꿇고 속삭였다.

"여보, 집에 돌아갑시다. 가서 좀 쉬는 게 좋겠어. 이렇게 시끄러운 곳은 당신에게 어울리지 않아."

"아니, 누나, 돌아가지 마. 그 끔찍한 곳으로 돌아가지 마. 그곳은 누나의 집이 아니야. 나와 함께 가자. 내가 누나를 지켜줄게."

광채는 자기 곁에 나란히 무릎을 꿇은 재웅을 말문이 막힌 얼굴로 쳐다보았다. 숨결이 거칠어지고 으르렁거리는 소리가 섞였지만 어쨌거나 말투만은 한층 더 부드럽게, 그는 속삭이듯 말했다.

"여보, 당신도 알잖아? 우리 아들, 말썽을 좀 부리긴 해도 착한 애라는 거. 다 젊을 때 한때야. 우리 가족은 아무 문제 없다고. 허깨비의 사탕발림에 넘어가면 안 돼."

"누나, 이제 이 바보들 속에서 빠져나와. 누나는 그저 의무를 다했을 뿐이지, 한 번도 그들을 사랑한 적이 없어. 이제 됐어. 이제는 누나 자신을 위해서 살아."

연지는 고개를 들었다. 그녀는 재웅을, 광채를, 그리고 춤추는 사람들을 보았다. 요지경 속에 들어온 듯한 에클타워의 수많은 영상들과 그 앞에서 각자 우스꽝스러운 모습을 연출하는 사람들을 새삼스러운 눈으로 보았다. 얼굴은 눈물범벅이었지만 더이상 울고 있지는 않았다. 가까운 디스플레이 속에서 연지는 아름다운 공주였는데, 만지는 것마다 가시나무로 변해버리는 저주를 받은 모습이었다. 연지는 그 짧은 애니메이션을 보다가 무심코 풉 하고 웃었다.

재웅과 광채는 디스플레이를 등지고 있었으므로 연지가 왜 웃었는지 이해하지 못하고 잠시 당황했다. 그 웃음이 상대방을 향한 경멸과 거절이리라 해석하고 희망을 가지기도 했을 것이다.

"이게 무슨 일이야. 신경쓰지 말아요. 이제 다 끝났으니까. 이제 충분해."

연지는 그렇게 중얼거리면서 비틀비틀 몸을 일으키려 했다. 그녀를 부축하려 두 남자의 손이 달려들었다. 연지는 두툼하고 실팍한, 날렵하고 우아한 두 개의 손과, 팔뚝과, 거기에 이어진 두 남자를 말없이 바라보았다. 춤추는 사람들 속에서 간간이 소용돌이가 일어났는데, 그 속에서 그녀의 아들이 욕설을 퍼붓는 목소리가 귓가를 스치자 양미간을 가볍게 찌푸렸다.

"씨발 놔! 놓으란 말야!"

태국에서 온 격투기 선수가 다시 태환에게 부족한 예의를 가르치려는 모양이었다.

"여보."

광채는 초조해하며 아내를 가볍게 채근했다. 연지는 그 재촉에 응하지 않고 그를 가만히 바라보았다. 처음 보는 사람처럼 바라보는 그 눈길에 광채는 적잖이 당황해서 다시 한번 연지를 달랬다.

"여보, 사랑해. 집에 가자. 이런 엉터리 같은……"

"사랑? 웃기시네. 당신은 저애가 뱃속에 있을 때부터 바람을 피웠어."

"바람? 젊을 때는 실수를 좀 하기도 했지. 그래도 난 당신을 떠날 생각을 한 적은 한 번도 없었어. 그러니까, 당신은 영원히……"

연지는 성급히 손목을 잡으려 하는 광채의 손을 뿌리쳤다. 분노한 눈으로 그를 노려보다가, 재웅에게로 시선을 돌렸다. 재웅의 손을 잡을 때 연지는 고통스럽게 잠시 눈을 감았지만 다시 눈을 크게 뜨고 고개를 꼿꼿이 세웠다. 나는 심장이 내려앉는 기분으로 그녀를 보았다. 방금 전 요원들에게 들은 이사회 이야기를 연지에게 해주어야 할까? 화장이 번져 얼룩덜룩해도 연지는 아름다웠다. 재웅은 연지의 손을 잡고 에클타워의 파티장을 빠져나갔다. 춤추던 사람들이 갈라지며 그들에게 길을 내주었다. 두 사람은 불꽃놀이 속에 붉은 카펫을 걸어 황금마차로 향하는 왕자와 공주가 되어 대형 디스플레이를 가득 채웠다. 광채는 망연자실하게 두 사람의 뒷모습을 바라보았다. 나만큼이나 방금 벌어진 이 일을 믿을 수 없는 것 같았다.

"연지는 끝도 없이 바라는 게 많아. 저놈이 연지를 만족시킬 것 같아? 곧 환상이 깨질걸."

말은 그렇게 해도 광채는 분수처럼 땀을 흘리고 있었다. 그들이 함께한 이십오 년의 세월이 갑자기 그에게 등을 돌리고 멀어지고 있었다. 눈앞에서 아내가 정부와 떠나버린 남자에게 좀더 품위를 지키라고 말할 수는 없을 것이다. 황실장과 보란듯이 놀아나던 모습을 한 치의 조심성도 없이 나에게 다 보여주었기 때문에 차마 연지를 대놓고 욕하지 못할 것이라고 생각했는데, 그런 것도 아니었다.

"그놈의 바람, 바람. 맨날 그 핑계로 나를 멀리했지. 그래놓고 저는 젊은 놈이랑 놀아나잖아? 태환이가 저러는 것도, 알고 보면 제 어미가 따뜻하지 않아서 그런 거야. 연지가 어미 노릇을 제대로 했으면 더 바르게 자랐을 거야. 연지는 그저 제 옷이나 사서 쟁일 줄 알았지······"

"야 이 개새끼야, 입 좀 다물어. 나가자."

연지가 떠난 날 연지의 옷을 입고 연지의 남편에게 욕을 하는 이 장면은 좀 우스꽝스러운 꼴이기는 했다. 어쨌거나 옷을 빌려 입었으니 조금은, 연지의 역할을 나누어야 하는 것 같기도 했다. 광채도 움찔했으나 더이상 날뛰지는 않았다.

"그래, 나가자. 이 서커스단, 마음에 들지 않아."

우선은 에클타워를 떠나야 했다. 에클타워뿐만 아니라 이

골치 아픈 모든 소동에서 해방되고 싶었다. 그냥 어딘가에 존재했을 나의 조용한 인생으로 돌아갈 수 있기를 바랄 뿐이었다. 이광채와 유연지, 강재웅, 뉴욕과 성수동과 압구정동과 추석의 코스모스까지 모두 떠난 어떤 고요한 장소를 간절히 소망했는데 세상에 과연 그런 곳이 존재하는지는 알 수 없었다. 광채의 벤틀리를 주차대행 직원이 가져오기를 기다리는 동안 나는 마이어 여사의 분노가 진정되기를, 연지가 어렵게 선택한 두번째 사랑이 시작하자마자 거센 풍랑을 만나지 않기를 기도하며 남몰래 두 손가락을 꼬았다.

광채는 영동대교를 넘으려 하다가 눈앞에서 올림픽대로로 빠져나가는 노란 쿠페를 발견했다. 그는 내 동의를 구하지 않고 핸들을 그쪽으로 꺾었다.

"어딜 가나 한번 보자고. 기분도 거지 같은데."

노란 쿠페는 도시의 서쪽을 향해 달리고 있었다. 우리도 별수없이 그 뒤를 따랐다. 그 차는 자신이 가진 놀라운 출력을 조금도 과시하지 않고 내내 얌전하게 달렸다.

"아줌마처럼 몰기는."

광채는 그렇게 중얼거리다가 말을 멈추었다. 우리는 실제로 연지가 그 차를 몰고 있다는 것을 깨달았다. 광채는 그 차에 가까이 달려들어 위협과 모욕을 가할지, 이대로 얌전하게 달리기만 할지 움찔거리는 팔뚝으로 망설이고 있었다. 노란 쿠페를 오른쪽 차선에 두고 오십 미터쯤 떨어져 달리면서 광채와 나는 각기 다른 마음으로 피가 말라갔다. 광채는 그의 아내가 세계 최고의 부호와 함께 달아나고 있어서, 나는 그 거대한 빛의 제국이 천천히 무너지고 있어서, 우리는 이 순간을 말없이 견디기 힘겨웠다.

광채는 도저히 참을 수 없었는지 나에게 또다시 욕을 먹을 것을 감수하고 중얼중얼 연지의 험담을 늘어놓았다. 연지는 한평생 기생충처럼 놀고먹기만 했다. 제 손으로 한푼도 벌어본 적이 없다. 교회도 가지 않고 골프도 치지 않고 꼼짝도 하지 않았다. 시부모에게도 사근사근하지 않았고, 아이를 교육하는 데에도 무관심했다. 광채의 누나가 강남 바닥에서 유명한 돼지 엄마였기에 망정이지, 연지에게만 맡겨두었으면 태환은 서울대에 가지 못했을 것이다. 총체적으로 아무 쓸모 없이, 그저 피부 관리나 받고 예쁜 옷을 사는 것밖에 모르는 여자였다. 결혼하기 전에 연지가 문란했다는 소문도, 내가 몰랐다고 생각했는가? 나는 알고 있었다. 그런데도 연지를 사랑했기에 결혼했다. 태환이 태어났을 때 혹시나 싶어서 비밀리에 유전자 검사를 해보기는 했지만, 대체로는 연지를 믿었다. 나는 결혼생활에서 큰 것을 기대하지 않았다. 연지 같은 여자에게 기대할 게 무엇이 있겠는가? 나에게 사랑이란 그렇게 말없이 묵묵히 책임지는 것이었다. 연지가 갈구하는 것처럼 콧소리를 내고 매달리고 어린애처럼 징징거리는 것이 아니라……

　이런 소리를 계속 들으니 자동차가 확 뒤집어져버렸으면 좋겠다는 내심을 눈치챈 것처럼 우리 뒤편에서 무시무시하게 미친 속도로 접근하는 빨간 페라리가 룸미러에 비쳤다. 광채의 입에서 어 어 하는 비명이 새어나왔고 그 차가 무엇인지 생각할 틈도 없이 페라리는 왼쪽 일차로로 광채의 벤틀리를 우회했다가 다시 사십오 도 각도로 날카롭게 꺾으며 망설임 없이 삼차로의 노란 쿠페를 향해 달려들었다. 얌전하게 달리던 노란 쿠페가 놀랍도록 민첩하게 회피 기동을 하는 바람에 붉은 페라리는 가드레일을 들이받고 반동으로 미끄러지며 거대한 탱크 트레일러와 충돌하여 우리를 향해 날아올 수밖에 없었다. 광채와 내가 지른 비명이 벤틀리를 채웠고, 다음 순간 어마어마한 것이 차의 뒷좌석을 강타하고 튕겨져나갔다. 그 충격으로 모서리에 일격을 당한 딱지처럼 벤틀리도 한번 뒤집어져 튕겼다가 기적적으로 다시 바르게 섰다. 우리가 목숨을 구한 것에 도움이 되었는지 모르겠지만 신의 멱살을 잡은 것처럼 광채는 죽을힘을 다해 브레이크를 밟고 운전대를 움켜쥐어 이차 충돌을 피했다.

　먼 우주의 어느 암흑인 것 같은 곳에서 마침내 자동차가 멈추었을 때 광채는 차문을 열기 위해 몸부림쳤지만 그의 모든 우악스러운 근력을 동원해도 벤틀리의 문은 열리지 않았다.

"씨발, 열려! 열리라고!"

이광채가 눈을 까뒤집고 소리지르는 동안 나는 죽지 않고 살아났음을 서서히 인식하면서 내가 마지막으로 본 것을 생각하는 중이었다. 내가 본 것은 우리의 시야를 가득 채우고 날아오던 붉은색 자동차였다. 그 붉은 덩어리가 우리를 덮치며 세상이 끝날 거라고 생각했는데 한끗 차이로 아슬아슬하게 운전석 뒷좌석을 강타하며 낙하했다. 거꾸로 뒤집혀 하늘을 향해 하부를 드러내며 날아오던 그 차의 젊은 운전자는 눈을 허옇게 부릅뜨고 있었다.

나는 번쩍 고개를 들었다. 벤틀리의 운전석은 심하게 우그러져 문이 열리지 않았다. 광채의 울부짖음이 끊이지 않고 벤틀리를 메우고 있었다. 발로 차고 몸부림을 쳤더니 내 쪽 문짝이 어떻게 열렸다. 누군가 도와준 것일지도 몰랐다. 나는 벤틀리에서 빠져나와 오십 미터쯤 떨어진 뒤쪽을 향해 달렸다. 완벽한 자율 주행 기능을 자랑하는 재웅의 노란 쿠페는 아무데도 상한 곳 없이 길가에 서 있었고 빨간 페라리는 휴지를 아무렇게나 움켜쥔 것 같은 모습으로 뭉개져 있었다. 페라리에서 튕겨져나온 태환은 종이 인형처럼 사지가 이상한 각도로 구겨져 있었는데, 나보다 더 빨리 달려온 연지가 암표범처럼 달려들어 그 아이를 추슬러 무릎에 얹었다. 광채를 닮은 거대한 체구의 태환이었지만 연지의 하얀 팔뚝에 안긴 그 순간에는 정말 종이 인형처럼 가벼워 보였다. 태환을 껴안은 연지는 하늘을 찢는 유성같이 끝없는 비명을 지르며 올림픽대로 한가운데 주저앉아 있었다. 늦여름 해는 길었고 이후 몇 달 동안이나 수천 가지 각도로 미디어에 도배된 그 모습처럼, 울부짖는 연지의 노란 드레스는 아들의 피로 새빨갛게 물들어갔다.

빛으로

 연락도 없이 킹스포인트로 불쑥 찾아온 노인은 알고 보니 나보다 여덟 살 연상에 불과했다. 그러니까 나이로는 노년이 아니라 중년에 더 가까웠지만 겹겹이 주름진 얼굴을 보면 칠순, 혹은 팔순이라 해도 이상하지 않았다.
 "내 아들과 마지막으로 통화한 사람이 당신이었습니다. 그전에도 자주, 자주 통화했더군요. 나를 겁낼 필요는 없습니다. 그냥 나는 모든 것이 너무 갑작스러워서…… 이렇게 된 사정을 믿을 수가 없어요. 그애는 건강하고 활달하고…… 뭐든지 의욕적이었거든요. 내 자식을 그렇게 몰랐다는 걸 믿을 수가 없어요. 그애가 그럴 리가…… 나는 아직도 믿을 수가 없단 말입니다."

나는 민준식씨에게 조금이라도 도움이 되기를 기도하며 자잘한 얼음을 채운 샤르트뢰즈 한 잔을 내밀었다. 그는 잔을 받았지만 입술을 대지는 않았다.

"그애는 착한 애였어요. 내가 끝까지 뒷바라지를 할 수만 있었다면 세계적인 골프선수가 되었을지도 모릅니다. 나는 일찍 병을 앓아, 그애의 재능을 키워줄 수 없었어요. 그래도 나를 원망하지 않았죠. 얼마 전에는 돈을 좀 벌었다면서 우리가 더 큰 집에 살게 해주었어요. 전세 보증금이 꽤 큰 돈이었지요. 정말이지 착한 아들이었어요. 그러던 애가 그렇게 갑자기……"

그의 옷차림은 특별히 남루하지도 화려하지도 않았지만 여유로운 편은 아닌 것 같았다. 슬픔에 잠겼으나 말투만은 한결같이 차분하게 온기를 품어, 나는 민경훈의 아버지인 그에게 호의를 느꼈다.

"에클코인 때문인 것을 알고 있어요. 신용 대출을 엄청나게 받았더군요. 그런 젊은이들이 한둘이 아니었으니, 내 아들만 특별히 어리석었다고 할 수는 없겠죠. 나는 그냥 그애가 마지막 순간에 어떤 모습이었는지 알고 싶어서 찾아왔습니다. 당신을 규아 누나, 라고 저장해놓았더군요. 누나라고 부를 정도라면 가깝게 여겼던 사람이 아니었겠습니까. 그애가 무슨 이야기를 하던가요."

민준식씨가 나에게서 무슨 동화 같은 이야기를 기대하지는 않았을 것이다. 경찰에는 솔직하게 다 털어놓았지만, 그리고 나의 주장을 확인해줄 통화 녹음 클립 몇 개가 휴대폰에 저장되어 있었지만 고통스러워하는 그의 아버지에게 들려줄 만한 내용은 아니었다. 그 마지막 통화들은 아름답지 않았다. 그는 위태로운 상태였지만, 그때 나를 포함해 위태롭지 않은 존재는 단 한 명도 없었다.

  나는 그저 휴대폰을 통해 갈라진 목소리로 끝없이 쏟아지는 험악한 욕설과 저주를 그만 듣고 싶은 마음뿐이었다. 같이 맞고함을 질러보기도 했지만 저쪽이 품고 있는 거대한 악의에 대적하기에는 어림도 없었다. 이 세상 모든 여자들, 발정나 달려드는 암캐들, 그 대표라고 할 수 있는 유연지와 이규아가 휴대폰 안에서 위아래로 갈기갈기 찢기고 불태워졌다. 나는 이 모든 재앙 속에서 아주 작은 모퉁이에 해당하는 배역을 담당했을 뿐이었지만 경훈에게 그런 경위는 중요하지 않았다. 그는 욕설을 퍼부음으로써 내가 죽음에 이르기를 기원하며 전력을 다했겠지만, 그가 그렇게 온 힘을 다했음에도 그의 욕설 전화는 그 무렵 내가 겪은 끔찍한 일들의 긴 리스트에서 하위권을 벗어나지 못했다. 수많은 별이 부딪쳐 폭발한 그 비극의 틈바구니에서 목숨을 내놓은 민경훈이 겨우 여러 피해자 중 하나에 불과했던 것처럼. 나는 그의 저주를 길게 듣지 않고 통화를 차단했다. 민경훈은 반나절 후 시체로 발견되었다.

민준식씨는 나에게서 무슨 이야기라도 듣기를 간절하게 기다렸지만, 그런 이야기들은 굳이 전하지 않는 편이 나았다. 내가 그의 아들과 잠자리를 함께한 사이였다는 걸 알았다면 그는 더욱 상처를 받았을 것이다. 나는 그가 겪은 상실을 무엇으로도 위로할 수 없을 것이라는 소리를 입안으로 우물거리기만 했다.

"그래요. 아무것도 위로가 될 수는 없어요. 그애는 스물아홉 살이었으니까요. 그렇게 건강하고 착하던 아이가 갑자기 세상을 떠나기에는 너무 이른 나이가 아닙니까. 경훈이는 자기에게 운이 들어온 것 같다고 했어요. '아버지, 정말이에요. 그런 부자들과 가까이할 수 있는 기회가 아무에게나 찾아오는 건 아니라니까요.' 나는 기뻤지만, 한편으로는 걱정이 되기도 했어요. 돈이라는 건 눈부시게 빛나기도 하지만 그 빛에 눈이 멀기도 하니까요. '애야, 네가 걱정된다. 너무 내달리기만 하지 말고.' 나는 그렇게 말했지요. 그때는 그저 늙은이의 걱정이라고만 생각했는데 결국 이렇게 되고 말았어요. 순진하게 운을 걸었던 그애와 같은 젊은이들이 이 세상에는 아주 많았겠지요. 그 돈을 다 가로챈 자들은 어디로 떠났을까요? 그 어린 애들의 삶과 미래를 다 끌어서 제 주머니를 채운 사람들 말입니다."

나는 아무 할말이 없었다. 젊고 야심찼던 민경훈과 가까운 거리에 제이 강이라는 거물을 데려온 것, 제이 강이 쌓아올린 위험한 신화에 동아리 선후배라는 인간적 피부를 입혀 그것을 더욱 진실된 것으로 착각하도록 일조한 것, 제이 강의 제국이 빠르게 무너지기 시작했을 때 아무런 조처도 하지 않은 것. 모두 내 잘못이었다. 나는 특히 마지막 부분에 씻을 수 없는 죄책감을 느꼈다. 비밀스러운 요원들이 일 초라도 빨리 에클코인을 매각하라고 귀띔했을 때 나는 번개처럼 민경훈에게 달려가 전량 매도하라고 외쳤어야 했다. 그랬더라면 병든 민준식씨는 이렇게 내 앞에서 눈물 흘리며 서 있지 않았을 것이다. 하지만 그때 내 머릿속에 경훈이라는 이름은 떠오르지도 않았다. 이 모든 비극이 비로소 그 절정에 이르러 아무도 멈출 수 없는 큰 칼을 휘두르기 시작한 때였고, 그 칼춤에 대응하는 올바른 순서와 방법이라는 것은 이 세상에 존재하지 않았다.

한참 동안이나 말없이 창밖의 한강만 바라보다가 손대지 않은 샤르트뢰즈를 내 쪽으로 다시 밀고, 민준식씨는 킹스포인트를 떠났다. 나는 그를 정원까지 배웅했다. 허리까지 오는 야트막한 대문을 밀고 킹스포인트를 나서던 민준식씨가 그때까지 유지하던 평정심을 잃고 돌아서 흐트러진 말들을 내뱉었다.

"그 여자만 아니었어도, 그 생각을 멈출 수가 없어요. 노란 옷을 입은 그 미친 여자 말입니다. 그 여자도 아들을 잃었으니 나보다 나은 형편이 아니겠지만, 그 여자가 끼친 해악이 도대체 얼마큼입니까. 그 아들은 서울대를 다녔다고 하더군요. 그 여자의 불륜 하나에 세상이 다 휘청거리고, 수많은 청년이 희생되고…… 그러고도 그 여자는 한평생 떵떵거리며 살겠지요. 남편이 그렇게 큰 부자라니까 말입니다. 세상에 그런 여자가 있을까요. 올바른 어미라면 그 아들을 잃은 순간 자살을 했어야 옳을 것입니다. 그 여자가 죗값을 치르고 자살을 했더라면, 나는 이렇게 분하지는 않았을 거예요."

가을이 오고 있었다. 잎들은 아직 푸른빛이었지만 여름과는 다르게 윤기를 잃었다. 내 눈앞에 한강이, 그 너머에는 H아파트의 밋밋한 윤곽선이 변함없이 펼쳐져 있었다. 한강공원의 에클버그 로고는 시민들의 빗발치는 항의에도 여전히 높이 서 있었다. 만개한 코스모스에 곧 추석이겠다는 생각이 스쳤는데 얼굴 보고 살자던 오빠의 문자는 끊어져 다시 오지 않았다. 희번득하게 흰자를 드러낸 민준식씨의 마지막 눈길을 뒤로하고 나는 어깨에 느슨하게 걸친 카디건을 끌어당겨 여미며 실내로 돌아왔다.

연지는 아들의 피에 젖은 노란 드레스를 입고 올림픽대로에 주저앉아 울었다. 그 사진은 너무 끔찍해서 방송에 나오지 않았지만 사실상 어디서나 볼 수 있었다. 배경에서 똑같은 연두색 원피스를 입고 이리저리 날뛰던 내 모습은 이 비극에서 도저히 용납할 수 없는 기괴한 엘프 같았으므로 대개 보정되어 사라졌다. 나는 잊힘의 은혜를 입었다. 연지는 그러지 못했다. 연지는 불륜의 노란 제단에 아들의 피를 올려 제사지낸 마녀로 영원히 각인되었다.

연지가 아니었다면 에클버그 사태는 일어나지 않았을까? 국민 코인이라 불리던 에클코인은 순식간에 구십 퍼센트 넘게 하락했다. 전 세계 에클코인 거래의 육십 퍼센트가 한국에서 이루어졌다고 한다. 한국 청년들의 피해가 가장 컸지만 미국 시장도 스타트업에 대한 신뢰가 무너지며 휘청거렸다. 연준 의장이 '에클 사태를 주의깊게 보고 있다'고 언급할 만큼 파국적인 재난이었다.

스타트업으로서 에클버그는 실제로 많은 부분에서 명확하지 않은 점들이 있었지만 카리스마 있는 CEO 제이 강의 존재감으로 순항해올 수 있었다. 그가 첫사랑 유연지를 다시 만나 사랑에 빠지고 경영을 등한시한 것이 모든 문제의 시작이라고들 했다.

우르술라 마이어는 세계에서 가장 영향력 있는 스타트업 투자자였고 에클버그의 배아기 때부터 함께했다. 제이 강의 에클버그는 실리콘밸리의 마녀라는 소리를 듣던 그녀의 포트폴리오 중에서도 가장 성공적인 스타트업이었다. 우르술라 마이어와 제이 강 사이에 비밀스러운 남녀 관계가 있었다면 기업을 운영하는 CEO와 이사회 임원의 위치에서 문제가 될 수 있는 부정직하고 비윤리적인 일이었을 것이다. 소문이 무성했지만 한 번도 명확하게 밝혀진 바는 없다. 단지 우르술라 마이어가 언제나 제이 강의 가장 확고한 지지자였고 제이 강이 한국에 오래 머물기 시작하면서 예민한 반응을 보이기 시작했다는 것에 많은 사람의 증언이 일치했다. 그러므로 제이 강이 유부녀 유연지에 미쳐 첫사랑의 환상에 빠져들지 않았더라면 에클버그는 여러 문제가 있었더라도 밖으로 드러나지 않고 이런 엄청난 파국에 이르지도 않았을 것이라고, 사람들은 이야기했다.

피로 물든 노란 피에타의 잔상이 너무 강했기 때문인지 거대 기업 에클버그의 침몰에 대한 논의는 거의 대부분 선로를 이탈해 유연지라는 구렁텅이로 곤두박질쳤다. 물론 진지한 전문가들은 에클버그의 회계 구조와 제이 강의 운영 방식에 애초부터 큰 허점이 있었음을 날카롭게 지적했다. 불법적인 중복 상호출자로 실상 깡통계좌가 되어갔던 에클바이오와 에클코인, 그런데도 무리하게 엔터테인먼트까지 사업 확장을 모색했던 제이 강의 무모한 경영 방식, 어느 정도의 가능성에 불과했을 뿐 실용화까지는 실로 거리가 멀었던 초기 기술에 대한 검증 없는 눈먼 투자, 경영을 책임지는 CEO와 감독을 맡은 이사회 사이에 벌어진 비윤리적인 내통, 그런 것들이 진짜 문제였다. 유연지는 에클버그와 관련된 주식도 코인도 의결권도 없었다. 그런데도 이 모든 재난은 피에 젖은 유연지의 가면을 썼다. 유연지가 없었더라면, 유연지 때문에, 유연지는 도대체, 사치녀 유연지, 불륜녀 유연지, 아들을 잡아먹은 유연지, 유연지가 그 모든 서사를 압도하는 가운데 진짜 문제들은 가면 뒤에 숨겨졌다.

뭐, 이제 와서 무엇이 중요하겠는가. 나는 킹스포인트의 어둑한 팬트리에 다시 고개를 파묻고 이 시기를 넘겼다. 연두 치마의 저주 때문에 낯뜨거운 일들이 생기기도 했지만 킹스포인트는 그 모든 에클 소동의 전말을 되새기려는 호사가들이 성지순례를 하는 곳이 되었다. 호기심 많은 손님들이 늘어나 킹스포인트의 분위기가 다소 저급해지기는 했으나, 폭우 속에서 팔다리가 그만큼 젖는 것은 어쩔 수 없었다. 나는 어떻게 해서라도 내게 남은 시간들을 살아내야 했다.

나는 그 사건을 잊으려 애쓰지 않았다. 악몽에 그 얼굴이 보이면 보이는구나 했고 귓가에 그 소리가 들리면 들리는구나 했다. 누군가의 권유로 심리상담사를 만나기도 했는데 그는 내가 힘든 일들을 많이 겪었지만 훌륭한 회복력을 가졌다고 했다. 나는 살아온 시간들의 어느 지점인가에서 저항하지 않고 받아들이는 법을 배운 것 같다. 닥쳐온 일은 어쩔 수 없다. 내가 다르게 행동했더라도 피해갈 수는 없었을 것이다. 왜 나에게 이런 일들이 일어났느냐고 원망해봤자 달라질 것도 없다. 민경훈은 엉성한 사제 총을 구해 누군가를 쏘려는 의지를 불태우다가 결국 총구를 스스로에게 향했다. 그전에 나를 먼저 쏘았을 수도 있다. 그 편이 더 나았을지도 모른다. 세상은 내 의지나 바람대로 돌아가지 않는다. 닥쳐오는 일들을 몸으로 겪어내는 수밖에 없다.

모든 것을 휩쓸어 폐허로 만들어버린 쓰나미 같은 시간들이 지나고 어느 정도 일상으로 돌아왔다 싶었던 어느 날 나는 마트에서 그녀를 만났다. 풍만한 몸과 터질 것 같은 활기를 검은 옷으로 감추고 있어서 처음엔 알아보지 못했다. 먼 곳에서 나를 먼저 알아보고 특유의 힘찬 발걸음으로 다가오기 시작한 뒤에야 나는 그녀를 알아보았고 급히 피하려 했으나 이미 한발 늦은 뒤였다.

"이게 웬일이야. 여기서 보네. 안 그래도 내가 한번 연락하려고 했는데."

우리가 연락할 일이 뭐가 있느냐고 앙칼지게 쏘아붙일 타이밍을 놓치고 나는 황진희 실장에게 두 손을 덥석 붙잡혔다.

"우리 그이는 잘 이겨내고 있어요. 알죠? 그 사람 정신력 강한 거. 내가 항상 곁에 있어주려고 해. 사람은 힘들 때 곁에 있어주는 게 꼭 필요하잖아? 나도 그러느라 요새 통 바람을 쐬지도 못했다우. 마트에도 오랜만에 나왔어. 그이 앞에서는 답답하다는 소리도 할 수가 없다니까? 어떻게 그럴 수가 있겠어요, 내가?"

황실장은 자랑스럽게 나에게 검은 원피스를 보여주었다. 그녀는 곡선이 거침없이 드러나는 상복을 입고 이광채의 아들을 추모하는 중이었다. 그녀에게 가볍게 목례하고 돌아서 다른 방향으로 카트를 밀었으나 그녀는 나를 놓치지 않고 따라붙었다.

"그렇지 않아요? 그이는 위로를 받아본 적이 없잖아. 당신도 알죠? 그 이기적이고, 차갑고, 못돼 처먹은 여자. 그이는 한평생 외롭게 살았다니까? 그 여자가 뒷구멍으로 호박씨를 까다가, 결국 자기 아들까지 잡아먹은 거야."

나는 발걸음을 멈추고 황실장 쪽으로 돌아섰다. 황실장은 기다렸다는 듯 턱을 내밀었다. 그녀는 나보다 키가 오 센티미터쯤 더 컸다.

"내 앞에서 유연지 이야기 하지 마."

그녀는 기다렸다는 듯이 여유로운 미소를 지었다. 턱을 한껏 치켜올려서, 키 차이가 일이 센티미터쯤 더 벌어졌다.

"왜? 왜 내가 그 여자 이야기를 하면 안 되는데? 나는 그 여자 이야기를 할 거야. 유연지, 유연지, 유연지."

오십이 되어서도 이런 초등학생도 안 하는 짓이나 하면서 사는 인간이라는 존재에게 신물이 났다.

"꿈 깨. 이런다고 당신이 이광채 부인이 될 것 같아?"

그녀의 얼굴에서 웃음이 사라졌다.

"황실장, 공사장은 잘 지내지? 나 2호점 인테리어 공사 할지도 모르니까 전화나 잘 받아."

나는 물건들이 두어 개 담긴 카트를 반납대 쪽으로 밀어버리고 돌아서서 마트를 나왔다.

그와 비슷한 일들이 종종 일어나면서 시간이 흘러갔다. 추석 무렵 찾아간 재래시장에서 올케인 듯한 여자와 스치기도 했다. 그녀가 떡을 사 가길래 나도 같은 걸 사 와 집에서 먹었다. 송편을 먹은 지 이십 년도 넘은 것 같았다. 떡을 먹으며 어머니를 생각했다. 어머니는 늘 사람이 하는 일에는 다 제 나름 이유가 있다고 했다. 어머니의 마지막 날들을 함께하지 못했으므로 태풍 같은 재난을 겪은 후에도 어머니가 그런 생각을 유지하셨는지 모르겠다. 그래도 제 나름 이유가 있겠다는 그 생각을 놓지 않으려 애썼다. 끝도 없이 왜? 왜? 하는 질문들이 밀려올 때 그만큼이나 방패가 되어주는 것도 없었다. 제 나름, 제 나름일 뿐이었다.

아무렇지 않게 일을 하다가도 눈을 허옇게 부릅뜬 채 공중에서 회전하던 태환의 마지막 모습 같은 것들이 시야를 가득 채우며 몸이 떨려올 때가 있었지만 나는 이를 악물고 겉으로 표나지 않게 잘 삼켰다. 백만 번 천만 번 삼키다보면 다 지나간 일이 될 때가 올 것을 알았다. 하지만 소스라쳐 무릎을 주체하지 못하고 쟁반을 껴안은 채 주저앉는 순간들도 있었다. 나직하고 진중한, 살짝 떨리는 남자의 목소리가 들려올 때였다. 그것은 나를 자극하는 특정한 주파수가 되어 나의 내면에 영원히 각인되었다.

"누나, 곧 돌아갈 거예요. 금방, 아주 금방이에요. 반드시 정리해야 하는 문제들이 있어요. 그것만 해결하고 곧 돌아갈게요. 조금만 기다려주세요. 연지 누나에게도……"

올림픽대로에 격렬한 스키드마크를 남겼을 뿐 차체에는 가벼운 긁힘조차 남지 않은 노란 쿠페에서 연지와 함께 빠져나온 재웅이 어떻게 연기처럼 사라졌는지 나는 알지 못한다. 까만 어둠 속에 전용기를 대기해놓고 보이지 않게 제이 강을 출국시키는 데에 성공한 요원들이 있었을지 모른다. 나뿐 아니라 수많은 사람이 궁금하게 여기는 부분이었다. 물론 그에게는 이사회에 출석해 해명해야 하는 시급한 문제가 있었다. 거대 기업의 CEO로서 그는 마땅히 해야 할 일을 했다. 논란이 들끓었지만 결국 그럼으로써 어느 정도 인정받았다.

그가 올림픽대로를 빠져나와 미국행 전용기에 몸을 실었던 것도 끝내 이해의 범주 안에 포용되었다. 뉴스에서 세간의 의혹들을 부드럽게 해명하는 진중한 목소리, 이 모든 어려움 속에서도 투자자와 직원들을 끝까지 보호하겠다고 약속하는 그 목소리를 듣자 심장이 폭발할 것처럼 무섭게 뛰었다. 이사회에서 일부 의혹이 해명되고 회계 처리의 오류를 바로잡을 방안을 논의했다는 긍정적인 메시지를 발표하면서 폭락했던 에클코인이 다시 무섭게 폭등하기도 했다. 그는 격렬한 논쟁과 이사회 투표를 거쳐 에클버그 CEO로 유임되었지만 기업 에클버그는 태풍 속의 낙엽처럼 흔들리고 있다. 그는 의회 청문회에 나설 준비를 하는 중이었다.

그를 의심하는 에클버그 이사회와 미국 증권거래위원회의 매서운 추궁에 맞서 해명에 성공하더라도, 에클코인의 가격 그래프를 다시 로켓처럼 직각으로 쏘아올리더라도, 그래서 이전보다 더 큰 부자가 되어 다시 나타나더라도 더이상 아무 의미가 없었다. 그가 다시 떠났다는 것, 사랑의 제단에 모든 것을 올리고 파멸한 연지를 두번째로 배반하고 사라졌다는 것, 나는 그것을 도저히 믿을 수 없었다. 생각에 잠긴 얼굴, 호리호리하고 강인한 몸, 무엇보다도 나직하고 진중했던 그의 목소리를 닮은 어떤 것들을 마주치면 나는 시야가 부옇게 변하고 쟁반을 놓쳤다.

신은 그런 식으로 못된 장난을 친다. 가장 진실한 표현력을 가진 얼굴 뒤에 결코 의지해서는 안 될 것을 숨겨놓는다. 아주 간단한 트릭인데 인간은 거의 틀림없이 혼란에 빠지고 만다. 실은 나 역시 아직도 헷갈린다. 많은 사람이 재웅의 말과 약속을 담은 여러 기록들을 재생하며 그 모든 일이 어쩔 수 없었음을, 그가 다시 일어나 K-영웅 스토리를 이어갈 것을 믿었다. 말과 표정, 몸과 자세, 학벌과 경력, 그가 가진 모든 것이 진실성을 담보했다. 이 모든 일을 겪었음에도 그가 다시 나타나 그 표정, 그 목소리로 다가온다면 나는 또다시 혼란 속에 빠지고 말 것이다. 호리호리하면서도 강인한 그의 몸, 진중한 얼굴, 무엇보다도 그 나직하게 떨리는 목소리 때문에 나는 또다시 나 자신을 의심할 것이 분명하다. 그러므로 나는 그를 다시는 만나지 않으려 한다. 신이여, 이번에도 마음껏 즐겼는가? 나는 더이상 그에게 공물을 바치지 않는다.

연지에게 전화를 걸었으나 받지 않았다. '사랑해, 언제나 네 곁에 있을 거야. 연락해'라고 문자를 보내자 붉은 하트 하나가 답으로 날아오기는 했다. 나에게는 그 하트가 중요했다. 나도 연지에게 그렇게 붉은 하트 하나를 보냈던 시간이 있었다. 내가 가장 힘들었던 시절에 연지는 몇 번이나 뉴욕에 오면서도 나에게 굳이 만나자고 재촉하지 않았다. 섭섭한 기억이 아니라 고마운 기억이었다. 아무것도 해줄 수 없을 때, 그를 절대 고독 속에 놓아두어야 할 때가 있다. 이제는 내가 연지에게 그렇게 해줄 차례인 것이다. 우리는 서로 연락하지 않았으나 나는 우리가 연결되어 있다고 느꼈다.

연지가 어떻게 지내는지는 아무도 몰랐다. H아파트에 진치고 있던 유튜버들이 지쳐 사라질 때까지 연지는 두문불출했다. 가끔 병원에 가거나 경찰서에 출두하는 모습이 찍히기는 했다. 짐작할 수 있을 만한 모습이었다. 말랐고, 검은 옷을 입었고, 진한 선글라스로 얼굴을 절반 넘게 가렸다. 그녀는 빌지도 울지도 않았다. 무표정하게 나타났다가 무표정하게 사라졌다. 그 순간에도 그녀가 아름다웠던 것은 아무도 예상하지 못한 일이었다.

붉은 페라리가 노란 쿠페를 덮치려다 오히려 탱크 트레일러에 튕겨져 날아가는 블랙박스 영상이 수천만 뷰를 기록했다. 태환의 부검 결과는 유족들의 반대로 공개되지 않았지만 그가 당시 마약에 취해 있었다는 증언이 곳곳에서 나왔다. 익명 게시판에 태환의 과거 행적이 폭로되기도 했다. 그는 가난한 아이들을 상습적으로 조롱하고 괴롭혔으나 집안의 명성과 좋은 성적 때문에 아무 문제도 없이 넘어갈 수 있었다고 했다. 어떤 사람들은 그저 남학교에서 일상적으로 주고받는 거친 대화에 불과했다고 말했다. 태환이 젊은 나이에 비극적으로 세상을 떠났으므로 그 문제에 대한 더이상의 규명은 이어지지 않았다.

여기서 연지와 나의 입장이 달랐을 것이다. 적어도 나는 사실이 사실대로 알려지는 것이 중요하다고 생각했다. 나는 태환이 어떤 사람이었는지 그 일부를 보았다. 공부만 하던 착실하고 총명한 청년이 엄마의 불륜에 충격을 받아 그리되었다는 식의 서사는 정말이지 참기 힘들었다. 우직한 남편이 아름다운 아내에게 배신당했다는 소리도, 능력 있는 CEO가 사랑에 눈멀어 일을 그르쳤다는 소리도 참을 수 없었다. 정말이지 최악의 클리셰들이었다. 그런데 세상은 그 낡고 뻔한 이야기들을 얼씨구나 하고 물었다. 그게 편하기 때문일 것이다.

태환의 장례식장에서 이를 악물고 울음을 삼키던 광채는 사람들에게 호의 어린 연민을 샀다. 카메라에 얼굴을 비치지 않는 연지의 몫은 증오였다. 지금 내가 살고 있는 세상은 그런 침묵과 오해의 퇴적층을 디디고 섰다. 태환은 비극적으로 세상을 떠난 아까운 청년으로, 광채는 우직한 기업인이자 슬픔에 잠긴 아버지로, 재웅은 위기를 극복하기 위해 다시 한번 몸부림치는 CEO로, 각자 그들의 빛나는 거짓 속에 머물렀다.

거짓과 기만으로 가득찬 그 빛들이 연지를 더 깊은 어둠으로 몰았지만 연지에게는 그 편이 더 나았을지 모른다. 태환을 그 빛나는 거짓 속에 영원히 머물게 하기 위해서라면 영원토록 입을 다물고 사는 것도 어렵지 않다고 생각했을지 모른다. 그녀와 그녀를 둘러싼 것들에 대해서, 잘못 알려진 많은 것에 대해서, 하나하나 설명할 수도 없고 설명한들 나아질 것도 없었다. 영원한 침묵만이 구원인 것처럼 연지는 아무 말도 하지 않았다. 사실이 사실대로 알려지는 것, 그것은 단 한 번도 인류에게 일어나본 적이 없는 상상 속 짐승의 강림 같은 일이다.

연지는 재웅을 두 번 선택했고 그 대가로 침묵을 얻었다. 재웅과 광채와 태환 들이 스러지지 않는 빛 속에 머물게 하기 위해 연지는 스스로 어둠 속으로 들어갔다. 하지만 나는 안다.

연지는 빛이다. 지노귀굿을 하는 무당처럼 이리저리 날뛰면서 나는 연지의 빛을 내 두 눈으로 보았다. 종말의 붉은 회오리처럼 한강을 넘어온 대교와 램프들이 시야를 어지럽게 분할하는 가운데 노란 드레스를 입은 연지는 얼굴 높이로 내려온 서쪽 해를 등지고 앉아 피처럼 붉은 비명을 토했다. 두 눈을 칼로 찌르는 것 같았던 그 빛은 내가 인생에서 본 어느 것에도 비견할 데 없이 유일했다.

그것이 연지의 빛이었다.

작가의 말

 숨막히는 코비드 팬데믹 기간중 나는 야외에서 시간을 많이 보냈다. 서른아홉을 넘길 때도 그랬고 마흔아홉을 넘기던 그때도 나는 반역과 방화의 열망으로 은밀하게 절절 끓었다. 몸은 한없이 조신하게 걸으며 마음만, 소설 속 세상에 끝도 없이 불을 질렀다. 내가 던진 화염병 속에는 토가 나오도록 '범생이'로 살아온 삶에 대한 신물이 가득 담겨 있었을 것이다. 아홉수를 넘길 때마다 소설 속 세상에 불을 댕겨 폐허로 만드는 것이 내가 살아가는 방식인 듯하다.
 처음에는 인왕산 숲길을 걷다가 청계천을 걷는 데에 재미를 붙여서, 조금씩 더 멀리 가던 발걸음이 답십리와 뚝섬을 지나 한강에 이르렀다. 지하철에서 보는 한강과 발걸음으로 닿은 한강은 많이 달랐다. 서울을 가르는 한강이 그렇게 넓고 우아한 줄을 그날 처음 알았다.

그렇게 새로이 한강을 즐기던 눈길이 어느 날 성수동의 치솟아오른 고층 건물들, 그중에서도 강가에 바짝 다가선 한 건물에 닿았고, 내가 좋아하는 BTS 멤버가 이 건물에 산다고 하는 소문을 들었던 기억이 났다. 시선은 강 건너 맞은편에 야트막하게 늘어선 오래된 압구정동 아파트 단지로 이어졌는데, 양쪽 모두 그 무렵 이어지던 부동산 폭등 기사 속에서나 접하던 신화 속 동물 같은 건물들이었다. BTS 말고도 그곳에 살고 있을 내가 알지 못하는 수많은 셀럽들과 부자들의 화려한 생에 대한 동경이 슬며시 고개를 들었고, 맙소사, 성수동과 압구정동이 이렇게 정확하게 마주보는 위치였구나, 나는 한강을 따라 걷던 발걸음을 멈추고 높고 얕은 두 건물의 대칭성에만 집중하여 그곳을 다시 바라보기 시작했다. 올드 머니와 뉴 머니를 대표하는 두 건물들이 찰랑이는 넓은 물을 사이에 두고 마주보는 이 풍경은 분명 낯익은 데가 있었다. 개츠비가 바다 건너편 가물거리는 초록 불빛을 향해 손을 내밀던 바로 그 자리에 선 놀라움 속에서 이 소설은 시작되었다.

전례가 없었던 팬데믹의 와중에 바이러스와 백신이 똑같이 인류를 구할 희망 혹은 재앙으로 몰아넣을 흉기라는 상반된 주장 속에 논란이 되었고, 코인이라는 낯선 재화는 여러 번 세계 경제를 뒤흔드는 발작을 일으켰다. 서울대 경영학과 94학번 이광채와 이규아, 생명과학부 95학번 강재웅을 비롯해 소설 속 인물들과 그들의 행적은 모두 허구이지만 소설 속 사건들은 국내외 바이오-IT-투자 업계를 충격과 혼란으로 몰아넣었던 테라노스, 테라폼랩스, FTX, 위메이드 등 여러 기업들의 사례를 두루 참조했다.

이 소설을 쓰는 데에는 대학 시절의 오래된 기억과 감정들을 되살리고, 그것들이 지금의 내 삶에 남긴 흔적들을 연결지어 생각하는 시간들이 많이 필요했다. 철없던 시절의 창피한 흑역사들 속에 빠짐없이 함께 등장했고, 오래가는 우정으로 함께한 끝에 마침내 그것이 눈물나게 아름다운 시간이었다고 말할 수 있게 해준 서울대학교 분자생물학과 91학번 동기들과 선후배들께 감사와 사랑을 전한다. 내가 다닌 학과는 1990년에서 1995년에 이르는 짧은 기간 동안 동물학과-분자생물학과-생명과학부로 여러 번 이름을 바꾸었는데, 생명과학이라는 위대한 학문에 잠시 몸담았던 그 시간은 언제나 나에게 깊은 자부심의 근원이 되어주었다.

느슨하면서도 오래 지속되는 작은 우정들이 언제나 내 삶을 튼튼하게 지켜주었다. 내게는 낯선 동네인 압구정동을 함께 걸으며 편안한 친밀감을 느낄 수 있도록 도와준 초등학교 친구 김상은에게, 뉴욕이라는 거대 도시에서 홀로 생존을 위해 몸부림쳤던 이규아의 삶에 입체성과 역동성을 더해준 김인태, 김경재님께, 1990년대 중반 마당패 탈 동아리의 풍성한 추억들을 나누어준 김경래님께, 와인이라는 매혹적인 세계의 한 자락을 들추어 보여준 홍광현 소믈리에게, 한강변을 뛰놀며 자란 어린 시절의 일화들을 들려준 이연님께 감사드린다.

   나에게 가장 중요하고 핵심적인 친구는 가족들이다. 그들과 투닥거리고 시시덕거리는 일상의 시간들 속에서 나는 언제나 온전하고 충만하다는 느낌을 받았고 내 삶과 부딪칠 용기를 얻었다. 내 인생 최고의 친구가 되어준 남편과 딸에게 가장 큰 사랑을 전한다.

2024년 여름 사직동에서

심윤경

문학동네 장편소설
위대한 그의 빛
ⓒ심윤경 2024

초판인쇄 2024년 9월 13일
초판발행 2024년 9월 25일

지은이 심윤경
책임편집 김영수 | 편집 이재현 오동규
디자인 김문비 유현아 | 저작권 박지영 형소진 최은진 오서영
마케팅 정민호 서지화 한민아 이민경 왕지경 정경주 김수인 김혜원 김하연 김예진
브랜딩 함유지 함근아 박민재 김희숙 이송이 박다솔 조다현 정승민 배진성
제작 강신은 김동욱 이순호 | 제작처 한영문화사

펴낸곳 (주)문학동네 | 펴낸이 김소영
출판등록 1993년 10월 22일 제2003-000045호
주소 10881 경기도 파주시 회동길 210
전자우편 editor@munhak.com | 대표전화 031)955-8888 | 팩스 031)955-8855
문의전화 031)955-2696(마케팅) 031)955-2679(편집)
문학동네카페 http://cafe.naver.com/mhdn
인스타그램 @munhakdongne | 트위터 @munhakdongne
북클럽문학동네 http://bookclubmunhak.com

ISBN 979-11-416-0124-9 03810

* 이 책의 판권은 지은이와 문학동네에 있습니다.
  이 책 내용의 전부 또는 일부를 재사용하려면 반드시 양측의 서면 동의를 받아야 합니다.

잘못된 책은 구입하신 서점에서 교환해드립니다.
기타 교환 문의 031)955-2661, 3580

www.munhak.com